マスカレード・コンフィデンス
詐欺師は少女と仮面仕掛けの旅をする

イヴリーン＝ハベルハバル
ライナス＝クルーガー

パトリツィア＝ウシュケーン
クロニカ

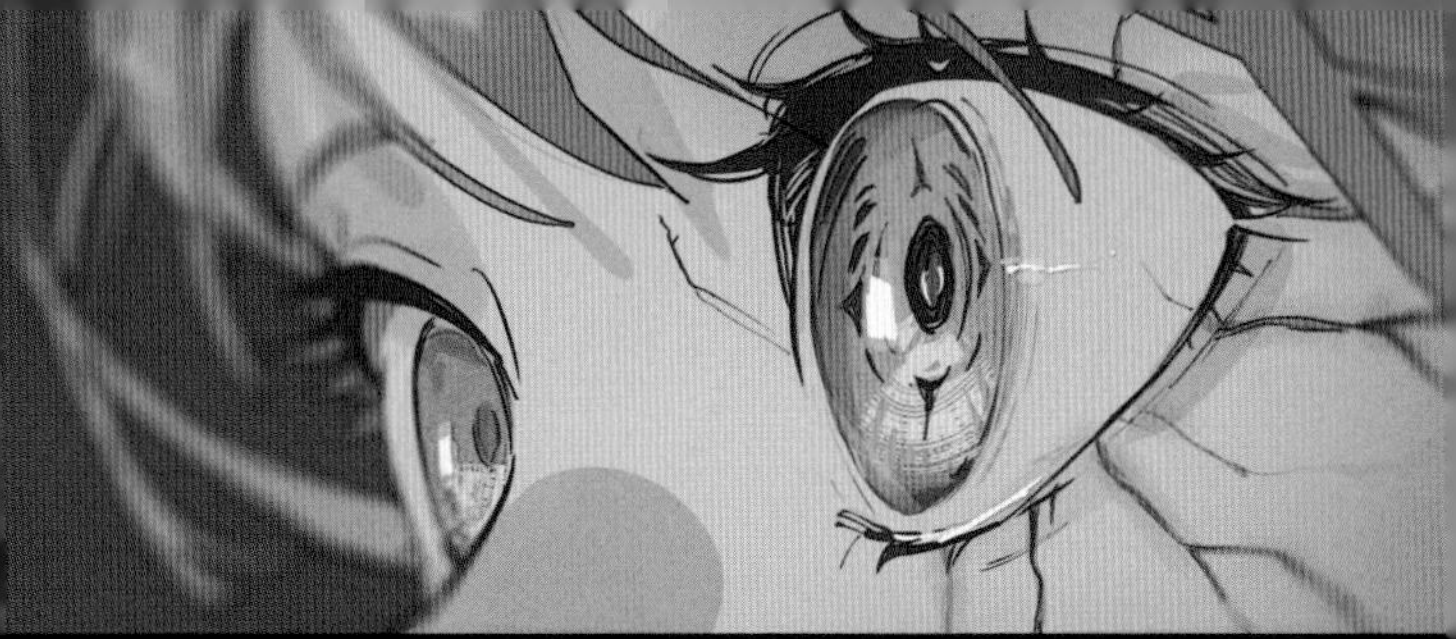

軋む足に活を入れ、穴だらけの車両の西壁を蹴りつける。傷ついた安普請のツーバイフレームは張りぼてのように奥へ倒れ、それと入れ替わりに、息を飲むクロニカの前に一つの景色が立ち上がった。

西――海の方角へと沈んでいく真っ赤な夕陽は、ちょうど白く峻険な中央山脈《アレゲニ》の、切り立った峰々に溶けていくところだった。

木の葉とともに吹き込んで来た山颪に、長い髪がたなびいて。

どれぐらいの時間、少女は異色の虹彩で、溶け落ちる夕焼けを眺めていたのだろうか。

「……嘘」
「ありがとう」
振り返った微笑から贈られた感謝に、
俺は聞こえていないフリをした。

VS.イヴリーン

Contents

masquarade confidence

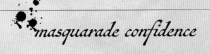

マスカレード・コンフィデンス
詐欺師は少女と仮面仕掛けの旅をする

滝浪酒利

MF文庫J

口絵・本文イラスト●Ｒｏｉｔｚ

Prologue

嘘《うそ》をつくときのコツを教えよう。

その一、真実だけを話すことだ。


式を挙げて早一か月。純白のテーブルクロスと銀の燭台《しょくだい》が演出するディナーテーブルを、席に着いた新妻の瞳がうっとりと眺めていた。

そんな妻の横顔を満足げに眺めつつ、「彼」は早上がりさせた使用人に代わって夕食の皿を丁寧に並べていった。

間もなく、多忙な夫が仕事を切り詰め用意した、二人だけの時間が完成する。

「あ、あの、ありがとう。アーサー。まだ一月《ひとつき》目なのに、こんな」

「もう一月さ。エルザ」

答えながら、彼は上等なワインのコルクを抜いた。小気味良い音とともに、甘酸っぱい香りが二人の間に広がる。南部産の華やかな風味は妻の好みである。

彼はマメな夫だ。事あるごとに行動で愛を示し、妻から夫に失望する機会を奪うことに余念がない。その誠実さは生まれつきの特性であり、数年間の泥臭い軍役を経てなお擦り切れる事無く、むしろ戦友との絆《きずな》を通じてより磨き上げられた。

九年前、革命内戦の終結とともに退役した彼は、幾許《いくばく》かの退職金を元手に投資家へと生まれ変わり、少々の財産を築いて田舎の名家の子女を妻に迎えた。

そんなつまらない成功は、昨今どこにでもありふれている。

十二年前。革命が王都を陥落させ、千年続いた貴族たちの支配が崩れ落ちた。

そうして、不死の絶対君主と三柱の大貴族《オリジンノーブル》が統治する王国《レガートス》は、共和制と議会政治を主君として戴《いただ》く共和国《コロニアルズ》へと生まれ変わった。

貴族たちが独占していた既得権益は人民の手に取り戻され、誰もが自由に商売をし、自由に論じ、自由に生きていける時代が到来したのだ。

つまり、誰もが己の手を動かさなければ何者にもなれなくなったという事だと気付いている人間は、一体世の中にどれほどいるのだろう。

少なくとも、彼と彼の妻は違う。

アーサー＝ティクボーンは、そんなことにすら気付かないでいられるほど、恵まれた才能と境遇を享受できたゆえに。

エルザリア＝ローレライは、革命からも取り残された木っ端貴族の末娘で、常に自分を両親から自由にしてくれる何かを待ち望むだけだったから。

「乾杯」

二つのグラスがかちりと鳴って、ルビー色の液体が互いにきらきらと波打った。

小さなテーブルが距離を縮める。夫は気障《きざ》ったらしくグラスを傾けながら、妻の瞳から視線を外さない。エルザが気恥ずかしそうに目を伏せると、悪戯《いたずら》っぽくにやりと笑った。

「もう、からかわないでったら」

「ごめんごめん。ついつい、君が可愛《かわい》すぎてね」

二人が知り合ってから、まだ三か月。けれどエルザは運命を確かに感じていた。自分に愛を尽くし、導いてくれるこの男こそが、天に約束されていた人なのだと。

そしてアーサーも、そんなウブな女を心の底から愛していた。生涯を懸けて、彼女だけの運命になる事を誓っている。

食事とともに酒も進み、新婚夫婦の会話はよく弾んだ。アーサーは自分の仕事や過去を自慢するより、エルザの話を聞きたがった。

エルザは貴族の子女らしく、幼い頃から男の前でぺらぺら喋《しゃべ》らないよう躾《しつ》けられていた反動か、あるいはどんな話でも興味と共感を示してくれる最愛の夫のせいか。三杯目のワインを飲み終える頃には、彼女の心は惜し気もなく赤裸々になっていた。

幼少の頃の小さな思い出。軍隊に入った年の離れた兄のこと、数少ない友人について。果ては親への愚痴や、初恋の相手との麦畑でのキスまでも。

そこまで話して、一瞬酔いが醒《さ》めた時にはもう遅かった。エルザは慌てて口を噤《つぐ》み、恐る恐る夫の顔色を窺《うかが》う。

そんな彼女の頬《ほお》を、アーサーは予想外に優しく撫《な》でた。

「話してくれてありがとう。君にばかり沢山しゃべらせてしまったね。疲れただろう？」

「いいえ、ううん。違うの、私。その、あなたが聞いてくれるのが楽しくて、つい……言わなくていい、はしたない事まで……その、失望させてしまって、ごめんなさい」

「失望なんて、とんでもないさ。君のことなら、僕は何だって受け入れてみせるよ」

夫は立ち上がって腰を折り、不安に揺らぐ妻の瞳に顔を寄せて、口づけをする。

深く、深く、深く。男の方から、確かな愛と誠意を流し込むような深いキスは、当人たちには永遠に思えただろう。

数秒後、アーサーはゆっくりと唇を離し、気遣うように訊《たず》ねた。

「……今日はもう、休むかい？」

「うん。……あなたと、一緒に」

そうしよう、と夫は頷《うなず》き返し、妻を抱き上げて寝室へ向かった。

「……」

――そして、安らかに寝息を立てるエルザの胸元からそっと腕を引き抜いて、彼は静かにベッドから立ち上がった。

先ほどまで抱きしめていた細い肢体を見下ろしながら、肺腑《はいふ》から息という息を静かに吐き出していく。胸の裡《うち》でくすぶる妻への愛情を、全《すべ》て排出するかのように。

それから服を着て、アーサーはゆっくりと、己の顔に手をかけた。

べりべりと、聞こえる筈《はず》の無い音とともに、「彼」の顔が剥《は》がれていく。

アーサー＝ティクボーンという男の名前、肩書、感じた想《おも》いや記憶。用済みの人生が上っ面から引き剥がされていく。

決して、何か物質的なものが皮膚に張り付いていたわけではない。単なるイメージ。想像上の仮面だ。しかし、これを被《かぶ》ることで確かに「俺」は別人に成れる。

つまりは、一種の個人的な儀式の一環だ。

「ふう……」

剥がし終えた見えない仮面を空気に捨てる。三か月ぶりの素面《しらふ》が、新鮮な空気を求めて深呼吸するのに合わせて背伸びを一つ。

それから横目でベッドを確認すると、エルザ、「彼」の妻はよく眠っていた。バレないよう少量ずつに分けて、料理と酒に混ぜた睡眠薬が効いているようだ。

遅効性とはいえまさか一戦せがまれるとは思いもしなかったが。おかげで余計な時間を食ったと、思わず舌打ちがこぼれた。

もうこの世のどこにも、彼女に対する愛情は無い。エルザを愛していたのはアーサーであって、俺ではないのだから。

そして万が一、エルザが目を覚まして俺を見つめても、夫と同一人物だとは思うまい。

顔は同じだ。だが歩んできた人生が違う。だから身にまとう雰囲気も違う。

自分で思っているよりも、人は相手の顔など見ていない。愛する相手だろうが何だろうが、ぱっと見の印象と雰囲気だけで判断し、思考を止めるように出来ている。

アーサーという男は消えた。ついさっき、この顔から剥がれ落ちた瞬間に。

アーサーが語った愛は真実だった。だが、真実は人の数だけ存在する。
そして彼はもういない。最初から事実として存在してもいない。それだけの話だ。
そして今、ここにいる俺の名はライナス＝クルーガー。
職業は、詐欺師だ。

第一章　Wild bunch

1

詐欺師と銀行は、親戚のようなものだと俺は思う。

夜逃げした新婚生活から持ち出せたのは、数十点の宝飾品と土地屋敷の権利書だった。戦利品全《すべ》てを正規貨幣に換算すれば、おおよそ五千ポンドほどの儲《もう》けにはなるだろう。

しかし当然ながら、これら盗んできましたと言わんばかりのシロモノを素直に現金化する事はできない。というわけで、数日かけてのもうひと仕事が不可欠である。

馬糞《ばふん》くさい東部各地を転々としながら、それらを小出しに洗浄していくのだ。

換金先は、決まってだいたい町外れ、時には道すら通っていない僻地《へきち》に、人目を逃れて建てられた闇銀行だ。そこでは盗品から妻まで、あらゆるものを担保に金を引き出せる。

「土地と屋敷の権利書だ。住所はスティルフィードの田舎町。建物の方は新築一年」

どこから見ても納屋にしか見えない、はめ込み窓のカウンターに書類を見せる。

すると薄暗い小屋の奥から、それ以上に後ろ暗い風貌の男が顔を出して言った。

「へえ……。珍しいもん持ち込むね。あんた何、強盗とかやってる人？」

「俺が何だろうと誰の返り血がちょっぴり付いてようと、コイツが本物であることにゃ変わりはねえよ。いいからさっさと金にしてくれ」

権利書と引き換えに差し出されたのは、小汚くヨれた札束だった。

発行元が政府ではない闇のカネ、俗にいう野良紙幣《ワイルドマネー》だ。

銀行業の自由化。誰でも自分の顔の紙幣を発行できる昨今、この国には大量の野良犬ならぬノラ紙幣が出回っている。その種類は、たぶん百や二百じゃきかないだろう。

だから盗品や汚れた金は、非公認の闇銀行で非正規の闇カネに転生させるのが定石だ。

それだけでもう、何をして儲《もう》けた金なのかは誰にもわからない。……しかしながら。

「……こんだけか？」

受け取った札束はさしたる抵抗もなく、指の間でぐにゃりと折れ曲がった。

「ああ。こっちはリスクを引き受けてるからね、手数料だよ。言っとくけど、そいつは八額紙幣だ。これでもサービスしてる方だぜ」

正規貨幣に換算して、額面八割の紙幣。だが元々の盗品価値からは相当目減りしている。

仕方なしに舌打ちで済ましながら、受け取った金を懐にしまった。

その拍子に、ずっと忘れていた、自身の薬指のそれに気が付いた。

「……なあ、ついでにこいつも頼む」

左手から指輪を外し、カウンターに置く。

意味を失《な》くした結婚指輪は、まるで死人の指から外されたように見えた。

そうして数日をかけて、ようやく戦利品全《すべ》てのロンダリングは終わった。

それから、適当な街中の真っ当な自由銀行《フリーバンク》の窓口に、今月の売り上げを持って来たような顔つきで、俺は堂々と札束を積み上げた。

「振込をお願いします。宛先は首都銀行《スミスバンク》、名義と口座番号は――」

こうして、ドブネズミよりかは綺麗《きれい》になったノラ紙幣はこの銀行で正規ポンドへ換算され、俺が持っている偽名の口座の一つへと振り込まれていく。

手続きを進めながら、俺は視界の端で窓口の奥を盗み見た。そこには見るからに頑丈そうな、デカくて丸い金庫の扉がレンガの壁にはめ込まれていた。

銀行は、詐欺師の親戚だ。

立派な金庫の中身を皆が信用しているから銀行券は価値を持つ。たとえその中が伽藍堂《がらんどう》で、紙切れが空手形に過ぎなくとも、気付かれない内は何も問題にならない。

信用が金を生むのはどちらも同じ。つまり銀行業は、合法的な詐欺業務と言い換えてもいい。それが合法である理由は一つ。社会に必要とされているからだ。

誰も金の価値を信じない社会とは、物々交換しか通用しない原始時代だ。それではあまりにも不便すぎるから、人は嫌でも、金に支配されざるを得ないのだ。

「ありがとうございます。合計で三千六百ポンドと十一シリング七ペンス、送金承りました。手数料は三パーセントになりますので、ご了承ください」

「よろしくお願いします」

軽くなった足で踵《きびす》を返し、不必要に立派な建物を後にする。

ひと仕事を終えたと同時、頭の中で見えないコインが音を鳴らした。俺にしか聞こえない小気味良い金打声《きんちょうじょう》が、人生の価値を知らせてくれる。

　この世で確かなものは一つ。それは、金だ。

　理由を述べよう。金とは、数えることができる価値である。

　そして数えられるという事は、誰の目にも明らかで、確かだという事に疑いはない。

　年収十ポンドの貧乏人と、一万ポンドの大富豪。どちらの方がより高い価値を持つか、客観的に説明できる尺度は一つしかないのだ。

　決して目に見えず、まして数えられもしない、絆《きずな》だの愛だの正義だの……心という妄想の中にしか存在しない、まやかしの真実どもでは断じてない。

　金こそが、この世で何よりも誠実に、正直に、その人間の価値を映し出すのだ。

　午後の日差しが、街並みの向こうの中央山脈《アレゲニ》へ傾き始めていた。歩きながらタバコに火をつけ、ふとすれ違った新聞売りの少年へ、硬貨を投げて呼び止める。

「大陸週報《ウィークリー》くれ」

「毎度！　ところでダンナ、こっちのスプリングパンチ《週刊紙》もどうです？　サンフロン州で起きた話題の結婚詐欺事件について面白いコラムが——」

「結構だ、興味ねえよ」

　受け取った新聞を開き、道端を歩きながら目を通す。次の仕事のネタを探すためだ。

　俺は詐欺師ではあるが、詐欺以外にも盗みや脅迫など、好き嫌いせず多くの悪事に手を染める。この業界、大抵の同業者は一つの専門分野に留《とど》まりがちだ。が、ハッキリ言えば、そういう連中は一度味を占めた手口を繰り返す頭の悪い犬に過ぎない。

俺は違う。常に新しい手口を模索し、実践し、反省し、改善し、進歩していく。

捕まらないコツは勤勉であることだ。向上心が無ければ、どんな仕事も続かない。

「おっと、失礼」

「気を付けろ、若造」

紙面に熱中しているフリをして、肩をぶつけた相手の財布を失敬する。三人ほどスリ抜いたところで、とある見出しが目に留《と》まった。と同時に足も止まった。

そして振り返った先に、開通したての鉄道駅を見定めて、次なる計画は組み上がった。

「……よし」

まず、金持《カモ》ちに会う。話はそれからだ。どこにいるかって？　心配無用。

信用が金を生む。よって金持ちは、周囲から金持ちだと思われる場所に生息する。

家なら一等地、ホテルならスイート。そして……。

列車なら無論、一等座席《ファーストクラス》だ。

2

始発の汽笛が通り過ぎた、駅のホーム。

ペンキの剥《は》げかけた待合ベンチに座りながら、俺は目を閉じていた。

遠くの梢《こずえ》から響く鳥のさえずりも、目前を過ぎるまばらな雑踏も耳から排除して、意識だけを己の内へと、深く、深く沈めていく。

顔とは、その人間の剥《む》き出しの心と、外の空気との接点なのだと俺は思う。

だからこそ、人は図らずとも顔に出てしまうものだ。今考えていることや、それまで考えてきたことの全《すべ》て、経験と感情の積み重ね、人生そのものが。

裏を返せば、そこに偽りの真実を張り付けることで、他人など容易に欺ける。

呼吸すらも切り離した集中下で、意図的に夢を見続ける。それは俺ではない他者の生を創作しながら、同時に自分自身として、その旅路を歩む作業だ。

あの時あんなことがあった。その時こう思った。何かを忘れ、あるいは糧にして、「彼」は今まで生きてきた。架空の記憶に、感情という肉をつけていく。

　そうして出来上がった仮面《じんせい》が、今日も俺を別人へと変えるのだ。

ほどなく、むせるような蒸気を空へ吐きつけて、車輪のいななきがやってきた。

立ち上がって、ホーム前方に伸びた、品の良い乗車列に並ぶ。

「切符を拝見いたします」

順番が回る。改札鋏《ばさみ》を持った制服の車掌《しゃしょう》へ、「彼」は求められたものを差し出した。

良い旅を、という一礼に見送られながら、ステップを踏んで車内へ乗り込む。

背後から聞こえてくる、切符を落としたらしい旅客の狼狽《ろうばい》を無視しながら。

「――というわけで、いかがでしょうか。ウィレムさん」

促した先の相手方、太っちょの紳士は葉巻の灰を落としつつ、悪くないとつぶやいた。

偶然、居合せた車内で持ちかけた商談。その予想通りの好感触に、「彼」――法律専門家、ジョン＝ロウは腹の中で拳を握った。

彼の伊達《だて》眼鏡越しに流れていく車窓の景色が、田園風景から山岳地帯へ切り替わる。

共和国《コロニアルズ》東部から南部へ、中央山脈《アレゲニ》沿い二百マイルの線路を走るのは、澄んだ青空へ高らかな汽笛を吠《ほ》えたてる蒸気機関車《スチーマー》だ。

この革命後の新時代を象徴する乗り物は、海の向こうの蒸気帝国《エルビオーン》から政府が購入した国策輸入品だ。高級ホテル並みの一等車から、ブタ箱同然の三等車まで常に満席に近い。金持ちの道楽レベルだった汽車賃は、ここ数年で急激に落ち着いている。

車輪の振動に合わせて、亜麻《リネン》のテーブルクロスがひらひらと揺れた。一等車に直結する食堂車両では、上品な身なりをした人々が遅めの昼食に興じていた。

初老の秘書に次の葉巻を要求しつつ、太った中年紳士、ウィレムは口を開いた。

「確認するが、ジョン君。この話、本当に信じていいものかね」

「もちろんですとも、ウィレムさん。確かに危険な投資ですが、この『熱』は間違いなくしばらく保《も》ちます。ピークを見極めるのは、私のようなプロならば難しくはありません」

彼の口を動かしながら、俺は先々週目にした新聞の見出しを思い出していた。

『自由貿易法、議決の見通し』

革命以前の王国《レガートス》を統治していた貴族たちは、国土で唯一の西部海岸線を完全に封鎖し、外国船の入国および、万民の出国を禁じていた。俗に言う鎖国体制である。

その病的なまでの封鎖は、あるものの流出を恐れたからであるが、今は措《お》いておこう。

革命後、鎖国政策はもちろん廃止された。しかしながら全面的な自由貿易だけは、これまで幾度となく保守派が議会通過を阻んできた。だが近年、徐々に勢力を増しつつある輸出向け大農場経営者《アグリカルチャ》たちが、どうやら力関係を逆転させたようだ。

よって話はあの見出しに戻る。新聞に記載された例の一報は、二週間を経た今や、いずれ解禁される貿易業への投機的熱病《フィーバー》として巷《ちまた》を賑《にぎ》わせていた。

ざっと調べただけで数百社。流行に乗って増殖し続ける大量の貿易会社の大半は、間違いなく、一年と保《も》たない泡沫《バブル》に違いない。

にもかかわらず多くの人間がそれらの株を買い求めたことで、かつてないほどに株取引の市場は膨らんでいる。では、この無謀な風船を膨らませ続けているのは誰か。

もちろん、それも新聞の仕業だ。かつては検閲されていた言論が自由化されてから早十二年、今や世間の連中は、日々書き換えられる流行に追い立てられている。

だからこそ、この「彼」、ジョンはそれを利用するよう勧めているのだ。

「ええ、ウィレムさん。確認のため、もう一度ご説明いたしましょうか」

頷《うなず》くウィレムの瞳に手ごたえを感じつつ、彼は法廷仕込みの口舌を回す。

「もしこの私めを信用して出資していただけるならば、私はそれを元手に幾つかの泡沫《ほうまつ》株を購入します。そして得られた売却益の額に拘《かか》わらず、五割増の返済をお約束いたします。無論、利益が出れば、そこからもまた五割」

ジョンの提案を一言でいえば、株の代理購入の持ちかけだ。

株取引は、面倒だ。事業主が発行した株の買い付けから、売却するなら買い取ってくれる人間を探すまで、一々相手を探して交渉しなければならない。そのため富裕層は普通、そうした諸々《もろもろ》について自分よりもうまくやってくれる代理人を雇おうとする。

「君は相当な自信家だな。もし思う通りに株が売れなければ、破産一直線だろうに」

「いやいや、私はむしろ小心者ですよ。……だからこそ、成功を確信しているのです」

落ち着き払った調子で、代理人候補、ジョンは続けた。

「今の高値は、すぐに下落します。しかし、人間というのはどこまでも自分に都合のいい生き物でして、こう考える連中が必ず一定数いるのです。今は一時的な値下がりに過ぎない、逆に買増しのチャンスだと。……ですから、売り逃げをかける相手には困りませんよ」

「実に面白い考えだね。愚か者を食い物にするわけか」

「お嫌いでしたか？」

「まさか」

まだわずかに、ウィレムの目には疑いの色があった。だが問題ない。それは裏を返せば信じたい証拠であり、どうせこの男の節穴に、俺の仮面は見抜けなどしないのだから。

「……正直に言えば、実際の取引に関しては、あまり心配していない。というより、素人の私が真に心配すべきは、君を本当に信じていいのかどうか、それに尽きると思うが」

「まったく、仰《おっしゃ》る通り、ご尤《もっと》もです。が、どうぞご安心ください」

至極当たり前の話だ。もしジョンが出資金を持ち逃げしてしまえば、あるいは得られた利益を渡さなければ元も子もない。

ゆえにこれも当然、きちんと相手を安心させる材料を用意してある。

「そうした株取引時の持ち逃げを想定した保険があるのです。少々こちらをご覧ください。ある一定額を超えた株式取引において有効な補償申請書です。売却利益から税金を納める代わりに、持ち逃げや紛失を補償する、いわば投資促進を目的とした期限付きの特例法ですが……ご存じありませんでしたか」

目を丸くして、初耳だと頷《うなず》くウィレム。

「今回の場合は、ウィレムさん御自身が補償対象になっていただきます。そうなると仮に私が不正を働き損害を出した場合、裁判所へこれを持ち込めば補償金が支払われます」

「なるほど……少し、考えさせてくれ」

ウィレムはしばし、契約書にある財務省の認印を眺めてから、重々しく煙を吐いた。

「……いいだろう。君の話に、乗ってあげよう」

「！　ありがとうございます！」

心の中で、俺は両の拳を握り締めた。契約、もとい、詐欺成立だ。

「君、ペンと小切手を。それと葉巻を彼に」

差し出された葉巻を受け取って、ジョンは恭しく火をつけた。タバコの交換あるいは奢《おご》りは、契約の成立を意味している。古い時代からの風習だ。

「法律家だか商人だか分からんね君は？　仕事を始めて何年だ？　家族はいるのか？」

「もう十年になりますかね。早死にした父が借金を残したので、返済のために弁護人の投資代理を請け負ったのが切っ掛けです。家族は妻が一人だけ。子供はいません」

ちらりと、テーブルの上の、小切手の額面を盗み見た。

同時に、頭の中で見えないコインが音を立てる。

また一段、俺の金が積みあがる。言い知れぬ充実が、腹の底から人生を満たしていく。

その時ふと、背景と化していた車輪の音に紛《まぎ》れて貫通扉が閉まる音がした。切符を切りに来た車掌《しゃしょう》だろうか、そう思い、何気なく視線を向けた先。

「――っ」

思わず、張り付けた仮面の奥で、俺は息を飲んでしまった。

契約書にサインしているウィレムは気づいていない。彼の背後の貫通扉から姿を見せたのは、四角いトランクを片手に引き連れた一人の少女だった。

小さな肩を通り越して腰まで下りた髪は、妖精のような紅紫《マゼンタ》から雪華じみた白銀へ、不可思議な諧調《かいちょう》を自然に織りなしていた。折れそうなほど細い腰から、フリルのついた黒いスカートが細い足首までをふわりと覆う。

しかし俺が、何よりも目を奪われたのは、それらの何れ《いず》でもなく。

少女は片目を閉じていた。つぶらかな翠《みどり》色の右目とは対照的に、左眼《ひだりめ》を閉ざす瞼《まぶた》はしかし無理をしている風もなく、ごく自然に下りたままになっていた。

その下に一体何があるのか。突発的な好奇心に応えるように、少女はこちらを向いてわずかに口角を上げた。微笑《ほほえ》んでいるのだと、一瞬遅れて理解したその時。

ゆっくりと、その左眼が開かれた。

そこに在ったのは、紫苑《しおん》に輝く水晶瞳《すいしょうとう》。月下の湖面の清澄さと、深淵《しんえん》の幽冥《くら》さを混交した——まるで、少女の髪色が溶け合ったかのような紫水晶《アメジスト》が、翠の右目と虹彩異色《オッドアイ》を成して、人形のような澄まし顔に嵌《はま》っていた。

俺は束《つか》の間《ま》、その両眼《りょうめ》が織りなす色彩に、思わず見惚《みと》れてしまった事を白状する。

「どうかしのたかね？　ジョン君」

「——ああ、いえ何でもありませんよ。サインはお済みですか？　そうですか。では失礼いたします。一応、私の方でも確認を……」

書類に目を通すふりをする間も、先ほどの少女が脳裏にちらついた。どこぞの良家の娘だろうか。にしては、擦り切れた鞄《かばん》とくたびれた革靴というのは不自然だが。

それに何より、あの目は一体何だろうか。今まで出会ってきた誰の瞳にも見たことのない、まるで全《すべ》てを見透かすようなあの輝きは——。

いいや、やはり、どうでもいい。どうせ俺には関係ないと、散らかった疑念を振り払う。

「ええ、どうもお待たせいたしました。書類に不備はございません。それでは――」

気を取り直して、小切手を、とジョンが言おうとした瞬間。

紫水晶《アメジスト》の左眼《ひだりめ》と、再び目が合った。

「――っ！」

いつの間にか、見知らぬ少女は俺の座席の隣に立っていた。

紅雪《あかゆき》の髪が揺れ、からかうような微笑がこちらを覗《のぞ》き込《こ》む。

「こんにちは」

「あ、ああ。ご機嫌よう、お嬢さん。何か用かな。悪いが後にしてくれると――」

絡みつくような、それでいて鈴のように澄んだ声音を、適当にあしらおうとした、直後。

「あなた、嘘《うそ》をついているでしょう」

3

嘘をつくときのコツ。その二、

常に冷静であれ。

言うまでもないが、場の空気は完全に凍りついていた。

予想外とは、忘れた頃にやってくる。何も嘘がバレるのは今日が初めてじゃない。これまでも、その度に取り繕い、切り抜けてきた。今もまたその時が来ただけのこと。

だから落ち着け、俺。

「あの、お嬢さん。……君は、何か思い違いをしているよ。初対面の相手に、一体何の根拠があってそんなことを言えるんだ」

平静を装った裏で、冷たい汗が背筋を伝う。しかし一体なぜ見抜かれたのか。心当たりの一つも思い当たらないでいると、続けざまに、愛らしい唇が致命打をぶち込んできた。

「あら、それはあなたが一番分かっていることでしょう？　詐欺師さん」

一瞬で、胃が悲鳴にも似た軋《きし》みを上げ、喉の奥が嫌になるほど締め付けられた。

冷静になれ。この際、見破られたことは最早《もはや》どうでもいい。動揺すれば自白したようなものだ。だが逆に落ち着いてさえいれば、単なる部外者の出まかせで片づけられる。

「……いいかい。見知らぬお嬢さん。私は今この方と大事なお話をしていたんだ。そこに横から割り込んで、私を詐欺師呼ばわりした。立派な名誉毀損だよ。保護者はどこだい？

しかるべき訴えを行わせてもら――」

「あなたの目的は、初めからそこの小切手だけ」

声は静かに、そして急所を狙うナイフのように鋭く切り込んできた。

そして、あどけなさを残す微笑が、すらすらと俺の嘘を解体していく。

「投資の話はただの口実。保険もただの嘘っぱち。そんな法律はどこにも存在しないし、契約書だってお役所のサインと印章を上手に偽造したのでしょう」

聞いていたはずのない会話への言及は、しかしはっきりとした口調で告げられた。

一体、何が、起きている。大きすぎる驚愕《きょうがく》は、もはや恐怖といっても差し支えない。

ウィレムが、サインした契約書をもう一度確かめ始めた。

彼も悟ったのだ。少女の声に宿る、まるで答案を読んでいるかのような明白さに。

「どんなお金持ちだって結局は同じ人間だ。自分は奪う側だと思い込んでいる連中ほど、騙《だま》しやすいものはない……ふふ、大した人でなしね、あなた」

歌うような調子に、俺はまるで自分がしゃべっているかのような錯覚を覚えずにはいられなかった。まさか在るはずのない良心が少女の姿をとり、内心の罪を垂れ流しているとでもいうのか。悪夢にしても出来すぎな状況は、しかしどうしようもなく現実で。

「…………ジョン君」

低い声が、鼓膜を揺らした。

「誤解です。ウィレムさん。彼女の言葉こそ、何の証拠もないデタラメに過ぎません」

ジョンの仮面が最後まで役を演じ切る裏で、俺は敗北を悟っていた。

証拠の有る無しなど、何の意味もない。人間が従うのは真実であって、事実ではないのだから。疑いを覆せなくなった時点で、もう俺の打つ手は消えている。

びりびりという音がした。破いた小切手をマッチで灰にして、ウィレムが立ち上がる。

「確かに、証拠はない。だが、私の気が変わるには充分だ。……真実はどちらにせよ、なかなか楽しい時間だったよ。おかげで久しぶりに列車が退屈しなかった。では、失礼する」

「あ、ちょっと！　お待ちくださ――」

ジョンの声を黙殺し、去っていくウィレムの背が貫通扉の向こう側に消えていく。

遠ざかっていく。聞こえていたコインの音が、俺を確かなものにする金色の声が。

そこで、一気に力の抜けた体が、座席の上に尻から落ちた。奇妙に明滅する視界の中で、

悔しさと怒りが渦を巻き始めるのを、俺はどこか白昼夢のように眺めやって――。

「お疲れ様。大丈夫？」

ぽっかりと空いた対面の席に、いつの間にか、少女は入れ替わりに座っていた。

ふと気が付くと、俺は華奢《きやしや》な胸ぐらを無理やりに掴《つか》み上げていた。伊達《だて》眼鏡と一緒に顔から剥《は》がれ落ちた仮面《ジヨン》にかわって、生の感情が喉を鳴らす。

「お前は一体、何だ」

「あら、強引ね……そういう趣味なの？」

「知ったことかよ。いいから答えろ、ガキ。どうして俺の邪魔を――」

再び目が合ったその時、魂を吸い込まれそうな紫苑《しおん》の左眼《ひだりめ》に映っていたのは、

「!?　――ッ!!」

瞬間、俺は突き飛ばすように少女から手を放した。――そうか、そういう事か。

もうダメだ、二度と、俺は断じてこの眼を見てはいけない。なぜならば、

「あら、気づいたのね」

少女の左眼に映っていたのは、俺の内面そのものだった。見知った記憶が、思考や感情

が、どうしてか判読できる形をとって小さな眼球の中を渦巻いている。

心を、直接見ているのだ。そして、そんな真似《まね》が可能なモノは、この世に一つ。

「……貴血因子《レガリア》っ！　まさか、お前は！」

かつて、この国を支配していた貴族たちが、国外への流出を病的なまでに忌避したもの。

それは自分たちの血統と、そこに宿る超常の力に他ならない。

4

貴血因子《レガリア》とは、貴族の血に宿るという、形なき遺伝要素を指す一語。

かつて、貴族たちはこの特別な力により平民を従属させ、王国を絶対的に支配していた。

しかし革命が彼らの支配に終止符を打った。貴族たちは続々と戦場で死に、あるいは断頭台の露と消え、多くの貴血因子《レガリア》が家系もろとも断絶した。

以来一般に、貴血因子《レガリア》の力を目にする機会はほとんどなくなった。しかし千年にわたって平民を圧倒した異能への恐怖は、社会からまだ抜けきっていない。

ゆえにそうした逆風の中で現在まで生き残り、家名と因子《ちから》を残すことが出来たのは、いち早く革命側に寝返った一部の革命派貴族たちか、あるいは、その逆か。

——気付けば、午後も三時の食堂車には空席が目立っていた。幸いにも、こちらの悶着《もんちゃく》に注目した者はいなかったようだ。お互い、世間に顔向けできる身の上ではない。

「残党貴族が……俺に一体、何の恨みがある」

視線を下に逸《そ》らしたまま、俺は努めて抑えた声で吐き捨てた。

「恨み？　別にないわよ」

あっさりと。形のいい、小さな唇がそう言ってのけた。

「ただ単に、目が合ったあなたが悪い人で、面白そうだったから、つい」

こみ上げてきた、殺意にも近い怒りを、間一髪で腹の底にしまい直す。

そして何を言おうか手をこまねく間に、細い指が机の上のメニューに伸びた。

「まだ怒ってるの？　教えてあげる。そういう時は、おいしい食事が一番よ」

遅めのお昼にしましょう、と勝手に呼び鈴を鳴らされる。汽笛と車輪の騒音、その間を縫うように特徴的な高音が響き、ほどなくベルボーイがやってきた。

「御用でしょうか。レディ」

「ええ。お水を二つ、それと……おススメはなあに？」

勝手に注文を始める少女の左眼《ひだりめ》はいつの間にか、また瞼《まぶた》を下ろしていた。

「今日は上等の仔牛肉《こうし》が入っておりますので、当車自慢のシェフが腕によりをかけてビーフシチューにいたしました。是非ご賞味いただければと」

「そう。じゃあそれを一皿。パンもつけて頂戴」

「かしこまりました」

注文を済ませると、少女は閉じたままの己の左眼を指さして、こう続けた。

「〈真理の義眼《アイオブザプロヴィデンス》〉。これが私の因子《ちから》、他者の魂《こころ》が見える左眼《ひだりめ》。……ただし、目を合わせなければ効果がないの。だから、そんなに警戒しないでもいいのよ？」

「無茶《むちゃ》言うな」

いつ瞬《まばた》き一つで腹の内を見透かされるともしれないのに、平気でいられる詐欺師などいない。首に刃物を突きつけられた人間が落ち着かないのと一緒だ。

そんな俺の心中を他所《よそ》に、少女は聞いてもいない自己紹介を始めた。

「私はクロニカ。訳あって、旅をしてるの」

女の一人旅に訳がないワケがない。しかし少女、クロニカはその理由を言うことなく、

「初めて見たわ、あなたみたいな人」

会話の文脈すらも無視して、勝手気ままにこう告げた。

「まるで仮面みたいに、魂《こころ》に別の顔を貼りつけていた。……でも、読めたのはそこまで。仮面の裏の底が見えない。あなた、そこに一体何を隠しているの？」

「……何を、言ってんだ」

言われた意味は理解不能ながら、しかし、頭の奥で不吉な警鐘がけたたましく鳴り響く。

こいつは、あの眼は、ヤバい。もう逃げろ今すぐ逃げろと、心臓がバクバクと叫び出す。

「ねえ、詐欺師さん。私、あなたに興味が湧いちゃった」

鼠《ねずみ》をいたぶる猫のような笑顔に、しかし危険と分かりつつ逃げられないのはどういう事か。脳裏に焼き付いた紫苑《しおん》の輝きが魔力じみて、俺の内なる深みを掴《つか》んで離さない。

まさか、「俺」は、この少女の眼に――。

その時、すぐ横にワゴンの音が響いた。ボーイが注文を持ってきたのだ。

「お待たせいたしました、ではごゆっくり」

列車の震動にも慣れた様子で、ボーイは鮮やかに給仕を終えた。すると待っていましたと言わんばかりに、少女は俺からさっと視線を外すと、目の前の一皿と向き合った。

赤い仔牛《こうし》肉の頂上に白いミルクが垂らされる、ホロホロに煮溶けたそれがスプーンに乗って小さな口に運ばれた。小さくふくらんだ頰《ほお》が、嬉《うれ》しそうにほころぶ。

流れていく車窓には、残雪の化粧を落としそびれた中央山脈《アレゲニ》の、碧羅《へきら》の山裾と蒼穹《そうきゅう》。

そんな景色と食事を満喫する少女は、図らずも絵画のような構図を作っていた。

いつの間にか、ひどく喉が渇いていた。俺はボーイが置いていった、グラスの水を少し飲む。生温《なまぬる》い水が胃の腑《ふ》に流れ落ちた、と同時、名乗った覚えのない本名を呼ばれた。

「――そういうわけだから、ライナス。あなた、私と一緒に旅をしてくれない？」

「一体どういうわけだ。あとお前正気か？　俺は詐欺師だぞ」

「そうね、でもこれからは私の護衛と道案内役よ。路銀や食べ物、お水、着替えその他必要な物の調達と荷物持ち、あと身の回りの世話をお願いね」

「ふざけんな！　そりゃ要するに、ただの奴隷じゃねえか！」

その提案を受け入れるのに、心の敷地にどれ程の余裕が必要かは知らないが、少なくとも、俺の胸がそこまで広大でないのは確かだ。

「あら、ご不満かしら？　でも残念だけど。もうあなたに選択肢は無いのよ」

「……どういう意味だ」

少女は閉じた左眼《ひだりめ》、その瞼《まぶた》の裏を読み上げるように諳《そら》んじた。

「首都銀行《スミスバンク》、ルーク州立銀行、海上保険組合、西部鉄道基金……」

唐突に羅列される単語。俺には、すぐさまその意味が理解できた。

それらは全《すべ》て、俺の財産の預け先。今まで詐欺で儲《もう》けてきた金を貯《た》めてある口座と投資先。文字通り俺の全財産であり、積み上げてきた価値の全てだ。

そして無意識に連鎖してゆく記憶が、一つの異常を報《しら》せた。

思い出せない。そこに、財産を預けているのは知っている。しかし、どうやってそこにアクセスしていたのか。口座番号、使用していた偽名、窓口、証券の在処《ありか》それらの記憶が無い。頭に空いた暗闇をどれだけ探っても、一片たりとも思い出せない。

思わず吐き気と眩暈《めまい》に倒れそうになったその時、クロニカの口が小さくスプーンを舐《な》めるのが見えた。まるでその銀の匙《さじ》で抉《えぐ》り取ったように、不在の記憶の行方が告げられる。

「〈真理の義眼《アイオブザプロヴィデンス》〉——第二眼《セカンドアイ》。ごめんなさい、一つ言い忘れていたわ。この左眼は、魂《こころ》を見るだけじゃない。視線を介して記憶や感情、思考を切ったり貼ったり繋《つな》いだり——まあ、イロイロと出来ちゃうの」

茶目《ちゃめ》っ気《け》すら帯びた微笑が、形だけのような同情を呟《つぶや》いた。

「辛《つら》いでしょうね。見るまでもなく、お察しするわ」

背筋を駆け抜けた戦慄は、しかし、そんな気休めで慰められるものでは断じて無い。

自分を支えていた確かな価値が、一瞬にして奪われた。絶望が腹の底から渦巻いて、一気に脳天まで駆け上がる。それを一抹の理性で堪えながら、俺は掠《かす》れた声で言った。

「……取引か」

「ええ。一緒に旅をしてくれたら、思い出せるようにしてあげる。でも断れば、あなたの記憶とお金は二度と戻らない」

果たして俺の返答は、魂まで抜け落ちていくような、深い、深いため息だった。

これは、報いだろうか。今までさんざん他人を騙《だま》してきた罰なのだろうか。まさか心を読み、記憶を奪う化け物に目を付けられるなんて。

「良かったじゃない。こんな美少女と一緒の旅なんて。言っとくけど、詐欺じゃないわよ」

それよりも、よっぽど質が悪い。なんて言葉は、きっと口にする必要もないのだろう。

「これからよろしくね、ライナス」

こうして、詐欺師ライナス＝クルーガーは生涯最大の敗北を喫したのだ。

「……で、何だって、俺なんだ」

車輪の震動が、投げ出した足裏を叩《たた》く。俺は座席にもたれたまま声を発した。

どうして、もっと利用しやすそうな善人ではなく、日々を真面目に生きるだけの詐欺師が、こんな目に遭わなくちゃいけないのか。

「なんとなく、楽しそうだからよ。詐欺師と一緒に旅をするのって、きっと退屈しないし、いい思い出になると思わない？」

ヒトの記憶を奪っておいて、思い出とはよく言えたものだ。

「それに、あなたは嘘《うそ》つきだから、虚構《わたし》にぴったりって思ったの」

意味が分からない。この少女が一体何を考えているのか、目の前しか見えない俺には、その真意など読み取れない。だがしかし、遊ばれているのだけは確実で。

だから、それがとてつもなく悔しくて、無性に腹が立って仕方がなかった。

ふと、食事を終えたクロニカが、ナプキンで口元を拭いながら問うてくる。

「……私としては、あなたをもっと知りたいわ。どうして、詐欺師なんてしているの？」

「金が欲しいからだよ」

それだけ？　と言いたげな視線から目を逸《そ》らしながら、言葉を続ける。

「誰だって、自分の長所を自分のために使うもんだろ。俺は人を騙《だま》すのが得意で、それが一番活《い》きるのがこの職業、つか……ああもう。心が読めるんなら一々聞くな」

俺の言葉に、少女は車窓の陽《ひ》に透けるような紅雪《あかゆき》の髪を梳《と》かしながら、言った。

「確かに私は他人の魂《こころ》が見えるけど、時には見え辛《づら》い相手もいるの。あなたの場合は特に、張り付けたものが邪魔だから、自分から言葉にしてくれると助かるわ」

さらりと為《な》された要求は残酷極まりない。種を明かせと言われた手品師は死ぬしかないというのに、クロニカは好奇心に任せて殺し文句を重ねてくる。

「その心の上っ面、あなたは仮面と呼んでいるようだけど……本当に、そんなもので人を騙せるものなの？　言ってしまえば、ただの思い込みじゃない」

計算づくか、その言葉は絶妙に俺のプライドを引っ掻《か》いた。しかし普段なら聞き流せる挑発に、乗ってしまったのはやはりここ数分の状況が目まぐるしすぎたせいか。

「……嘘をつくときのコツ、知ってるか」

「いいえ」

「その一、真実だけを話すこと。自分がマジに確信してる、真実だけをな」

「嘘をつくのに、真実を話すの？」

想定通りの疑問だった。閉ざされた左眼《ひだりめ》へ向けて、俺は強く頷《うなず》いてみせる。

「本音で嘘をつくのは簡単だ。嘘を本当だと思ってる人間に成りきればいい」

たとえ事実とは異なることでも、それは真実だと本気で信じている人間はいる。だからそういう人間に成りきれば、どんな嘘でも正直に口にできる。

「つまり、あなたは嘘をつくたび別人を演じているのね」

「そんな感じだ。自分をそういう人間だと思い込む。んで使い終わったら、仮面みたいに引っぺがす。コツさえ掴《つか》めば誰にでもできるさ。職場や家庭に世間体ってあるだろ」

「無いけど？」

「……お前以外の世の中の全員にはあるんだよ。そこで皆、何かしらを演じてるもんなんだ。そのくせ他人には本当を要求する。だから騙される」

神妙に寄った少女の眉根が、にわかには信じがたいと額に書いた。

「どれだけ本人がそう思っていたって、嘘《うそ》はしょせん嘘でしょう。実際に真実じゃない思い込みをつき通すなんて、いくらなんでも無理があると思うのだけれど」

「違うな。まず一つ、お前は誤解してるだろ。真実とは、事実じゃない。事実ってのは、誰がどう思っていようが関係なく現実に起きる出来事だ。けど真実ってのは、その事実がどういう意味を持つのかって言葉なんだよ」

この世の事実に本来意味などない。ただ、意味という名の真実が後付けされるだけだ。

例えば、ある人間が死んだとしよう。それは事実だ。だが、ソイツがどんな人間だったか、要は周囲からどう思われていたかという真実によって、死人は蘇《よみがえ》らないが葬儀の列は長くも短くもなるし、香典の額も変わる。

だから俺は、嘘をつく。現実に存在する事実を変えることはできないが、人の心の中にしかない、真実という名の思い込みを変えることなら、いくらでも可能だから。

「真実と嘘の境目なんて、コインの裏表みたいなもんだ。人は自分の信じたいものを信じられなくなった時、さっきまでの真実を嘘へとひっくり返す。その逆もまたありき——だから要は、何が嘘で何が真実かなんて、そいつの心一つであっさり覆るのさ」

「……心、一つ」

そこまで言った時、クロニカは俺の言葉を反芻《はんすう》するように小さく呟《つぶや》いた。まさか感銘を受けたわけでもあるまいが、一体何が気にかかったのだろうか。

そう考えていると、車輪の振動が次第にゆっくりとしたペースを取り始めた。そして程なく、列車は一際甲高い到着の汽笛とともに、長閑《のどか》な田舎町の駅に停車した。

車窓を開けて覗《のぞ》いてみると、山裾に広がる田園風景を背に、乗務員たちが燃料補給を始め、まばらな乗客たちがホームで乗降していく。停車時間は十数分程度だろう。

「どうする、降りるか」

俺としても、もうこの列車に用はない。

テーブルの上、飲みかけのグラスを挟んで、対面の少女に問いかけた。

その時だった。乱暴に扉を開く音と、それに続く靴音が、俺の思考に差し挟まれる。

否応《いやおう》なく、そちらに注意を向けた瞬間。

「動くな」

後方の貫通扉から現れた男たちが、素早く俺たちの席を取り囲んだ。

5

「動くな」

低い脅し文句は、乗降の喧騒《けんそう》の中でもよく聞こえた。だから二度も言わなくていい。

向かい合って座る俺とクロニカを見下ろす男たちは三人。そしてどうやらこの場で騒ぎを起こす気はないのか、彼らは落ち着いた口調で脅迫文を述べた。

「この駅で、我々と一緒に降りてもらう」

そう言うと、一人が袖口からちらりと銃口をのぞかせた。他の二人もコートの下が膨らんでいる。そして全員が、クロニカを見ようとしない。つまり、知っているのだ。

一体、こいつらは何者なのか。それは今現在どうでもいい。

重要なのは、どうすればこの降って湧いた窮地を切り抜けられるのか。しかし誠に残念ながら、俺には自慢できるような腕っぷしもなければ、銃も持っていない。

視界の端でクロニカの様子をうかがう。紅雪《あかゆき》の少女は慌てる様子もなく、ただ無表情のままテーブルをじっと見つめていた。

ふと思った。無関係だと言えば、コイツはともかく俺だけは助かるのではないだろうか。

「立て、一緒に来い」

言うや否《いな》や、クロニカの方に詰めよる二人が目隠しのつもりか黒い布を取り出した。

そして、乱暴に少女の髪を掴《つか》むのが見えて——気が付けば、俺は動いていた。

「おっと」

言われた通り、恐る恐る立ち上がる、ふりをして、膝でテーブルを軽くかちあげる。

すると、水の残っていたグラスが音を立てて倒れ、派手に中身をぶちまけた。

結果、男たちは反射的に視線をそこへ向けた。その時丁度、木立を抜けた車窓から強い西日が差し込んで——。

倒れたグラスから滴る水に、開眼した紫水晶《アメジスト》の左眼《ひだりめ》が反射した。

途端、三人の男たちは糸が切れたように、どさりとその場に崩れ落ちる。

何事かとこちらを向いた他の乗客たちは、そのままクロニカが視線を向けると、本当に何事もなかったように、元通りに向き直った。

「……今、何したんだ」

「第二眼《セカンドアイ》。記憶をメチャクチャにシャッフルしてあげたの。しばらく起きられないはずよ。……ああ、他の人たちは、今見たものを忘れてもらっただけ」

改めて背筋が凍る。逃げる隙ぐらいは期待していたが、一瞥《いちべつ》でこれとは想定外だ。

向き直ったクロニカは、褒めてあげると言わんばかりに微笑《ほほえ》みながら、言った。

「やるじゃない、カッコよかったわよ」

「……お前がやったんだろ」

咄嗟《とっさ》に口をついた否定は、後ろめたさからでは断じてないと思いたい。

ひとまず動かない三人を窓際に座らせる。それと同時に出発の汽笛が鳴り響き、重たい鋼鉄の箱が再びゆっくりと前進を始めた。

「で、こいつら一体何者だ」

「知らない」

「とぼけんな。こいつらはお前の眼を知ってた。……追われてたんだな」

すると悪戯《いたずら》がバレたように、クロニカは小さく舌を出した。

「そう、実を言うとね。だから助けが欲しかったのも本音の一つ」

「なら詐欺師じゃなくて警察に頼め。心配すんな、牢屋《ろうや》は誰でもタダで入れる」

それじゃダメよ、とクロニカは頬杖《ほおづえ》とため息を同時についた。

「私は旅が好きなの。色んなものを見て、聞いて、触れて、味わって、そうして歩いた証《あかし》をこの世界に刻みたいし、私の心にも思い出を刻みたい。檻《おり》の中の鳥になるのはごめんよ」

危機感があるのかないのか、歌うような語り口に、俺は嘆息混じりに訊《き》き返した。

「くだらねえ……それより、こいつらについて教えろ」

自分が、取り返しのつかない泥沼に入り込んでいる確信が生じる。しかしもう引き返せない以上、せめて可能な限り沼の深さを測りたいのが人情だ。

「彼らは、自分たちを〝騎士団〟と名乗っているみたい」

紫苑《しおん》の揺らめきが視界を掠《かす》め、内心の疑問への答えが寄こされた。

「あなたの想像通りよ。騎士団とは、少数の残党貴族とその従者たちからなる秘密結社。共和国《コロニアルズ》各地での反政府的な破壊行為が、主な活動内容ね」

月一の頻度で新聞を賑《にぎ》やかすありふれた反政府組織という説明に、クロニカは一転、落とした声で補足した。

「そして騎士団《かれら》の目的は、〈王〉を蘇《よみがえ》らせること」

鼓膜に飛び込んできた単語に、思わず、耳を疑わざるを得なかった。

〈王〉。人間を超えた貴族たちの更に上に立つ存在。それはかつて、王国《レガートス》を千年間支配していた、不老不死の君主の名だ。

「……お前、それ本気で言ってんのか？」

しかしながら、今となってはその実在は非常に疑わしい。貴族たちが超常の力を持っているのは事実だが、その頂点に君臨する存在は語られこそすれ、その目で見た者は誰もいない。革命で陥落した王都からも、遂《つい》にその死体すら見つからなかったという。

そのため一説では、〈王〉など最初から存在せず、貴族たちが利害調整役として必要とした記号に過ぎなかったと言われている。もちろん、俺もその意見に賛成だ。千年生きる不死身なんて、信じる方がどうかしている。しかしながら、

「ええ、〈王〉はいるわよ。少なくとも、私はこの眼で見たことがあるもの」

にわかには信じがたい供述を、左眼《ひだりめ》を伏せた少女はあっさりと言ってのけた。

「だからこそ、騎士団は私をつけ狙うの。今となっては私の左眼だけが、奴《やつ》の玉座に繋《つな》がる唯一の道だから」

はぐらかすように、要領を語らないクロニカを、しかし追及する気にはなれなかった。

革命、貴族、〈王〉……それらは俺の人生とは、次元の違う領域の問題だ。関わったところで、ロクな事にならないのは目に見えている。

しかし残念なことに、何もかもがもう遅すぎた。この少女に眼を付けられたことで、俺の人生はゆっくりと、別の世界から侵食されつつある。

だから今はもう、それを認めて切り替えるしかなかった。無事生き延びて金を取り戻すには、迫りつつある脅威から目を背けても仕方ない。

昏倒《こんとう》した三人に視線を戻す。確か、前の駅で降りろと言っていた。つまりは、そこに仲

間がいたのだろう。他の情報は読めなかったのか訊《たず》ねると、クロニカは首を横に振った。

「いいえ、ダメだったわ。この人たちは『私を連れて駅で降りる』という命令以外、何も聞かされていないみたい」

「下っ端ってワケか。ったく」

「お金にならない面倒は嫌い？」

「ああ。あと、生意気なガキも嫌いだ」

「でも、見捨てなかった」

「金のためだ」

吐き捨てたついでに、再度訊ねる。もう一つ、まだ明らかにしたい事があった。

「それで、一体どこまでだ」

「何が？」

「ゴールだよ。具体的に何処《どこ》まで、お前に付いていけばいいんだって聞いてんだ。その騎士団とやらに追われてる状況で、何の当てもなく旅してるわけじゃないだろ」

「だとしたら困ってしまうわね。あなたはこれから、人よりも少し目がいいだけのか弱い美少女と、どこまでも、終わりのない逃避行をしなければいけなくなっちゃうもの」

「この野郎……」

「安心して。ちゃんと目的地はあるから」

細い指先が、車窓の先に見える白い山稜《さんりょう》、その先を指してこう言った。

「海」

希望か、あるいは憧憬か、少女が口にした単語は隠しきれない熱を帯びていた。

「港で船に乗って、大海原を渡って外国へ、そのままずっと、ずっと遠くへ逃げ続けるの」

そして微《かす》かに潤んだ右目は、車窓に広がる山裾の先に、見えない海原を見ているようで。

「だからライナス。あなたには、私がこの国を出るまで手助けしてほしいの。海まで着いたら、記憶を戻してあげるわ。その先も一緒に来ると言うのなら、止めはしないけど」

「もちろんお断りだ……分かった、海までだな」

知らず知らずのため息が口をついた。気乗りしない。現在、俺たちが乗るのは中央山脈《アレゲニ》沿いの東南部路線。鎖国が解かれた西部海岸は、千マイルも離れた真反対の方角にある。鉄道や乗合馬車、船舶を最短距離で駆使したとて、ざっと見積もって三か月。遠すぎる。なによりその間ずっとこちらの考えが筒抜けだと思うと、死んだ方がマシかもしれない。だが俺にとって金は命より重いのだ。よって諦めるという選択肢はなく、それに何より。

「？　どうしたの、ヒトの顔をじっと見つめて」

「何でもねえよ。……何でもねえから目を合わせようとするな」

この澄まし顔を、このまま勝ち誇らせておくのは、我慢がならなかった。

心を読む瞳。そんな反則技に苦汁を飲まされてしまった自分が、悔しくてたまらない。

このままで終われるほど、俺の詐欺師人生は安くはないのだ。よって、見ていろ。

「絶対、吠《ほ》え面《づら》かかしてやる」

「……見えなくても、聞こえてるわよ。つくづく面白い男ね、あなたって」

呆《あき》れ交じりの微笑を聞き流して、俺は考える。ひとまず目下の問題は次の駅だろう。この三人がしくじった以上、先回りした仲間がそこで乗り込んでくるかもしれない。

その時だった。汽笛と車輪の間を縫うように、別種の音が耳に入った。

硬い何かの先端が、線路上の砂利を叩《たた》くようなその調子を、奇妙に感じたその瞬間。

天井から響いた衝撃が、車両全体を揺るがした。

テーブルと座席が波打ち、何事かと上を見上げた乗客たちのざわめきが広がる。

それから一拍遅れて、天井を突き破った人影が、重々しく車内に降り立つと同時。

その場の全員が、息を飲む音が確かに聴こえた。

「……臭い」

不気味なほどに低い、錆《さ》びた牢獄《ろうごく》の奥から響くような声が無言の中に木霊する。

病的なほどの痩身《そうしん》に、丈の長いコートを被《かぶ》せた男。神経質なほど撫《な》でつけた鳶色《とびいろ》の髪の下、丸い黒目が死肉を啄《つい》ばむ鳥のような不吉さでぎょろりと動いた。

「――――」

俺には、他人の心など見えない。けれど分かる。どうしようもなく分かってしまう。

視線の先の痩身からにじみ出る、暗く淀《よど》んだ、血錆びたその匂いが。

それは、自らの手で他人の命を握りつぶし、誰かの人生を靴底に踏みつぶしてきた者特有の、隠しきれない血の臭気。

俺のような詐欺師《こもの》とは違う、生粋の殺人者の匂いだった。

6

背筋がひりつく。痺《しび》れた吐き気を胃に感じながら、その男から目が離せない。

車輪も汽笛も、乗客のどよめきさえ背景と化した視界のど真ん中に、男は禍々《まがまが》しく佇《たたず》んでいた。一秒たりと合わせていられないような歪《ゆが》んだ瞳が、こちらを向く。

「ようやく会えたな。癌細胞《ドローキャンサー》。一応は同族だ。礼儀として名乗りおこう。騎士団守護士第《セカンド》二列《ガーズ》、アイゼルレッド＝グラキエルだ」

暗く重々しい自己紹介を聞いた途端、クロニカはびくりと肩を震わせて。

「伏せてっ！」

切迫した叫びが車内に響いた。傍《そば》にいた俺は、強引に袖を引かれて従わされた、直後。

「……臭いと言ったぞ。平民《にんげん》どもが」

グラキエル、そう名乗った男の身体《からだ》が内側から沸騰したように蠢《うごめ》いた。そして鋭く、空気を引き裂くような破裂音とともに、何かが彼の上半身から射出される。

食堂車の壁に、窓に、そして乗客たちへ無差別に突き刺さったそれらの正体は、針。

血のように赤い、細く尖《とが》った棘《とげ》状の針が、まるで乱暴な釘《くぎ》打ちのように、乗客たちを壁に叩きつけながらメチャクチャに磔《はりつけ》ていた。

「なっ……！」

頭上を掠《かす》めて、壁に突き立った棘《とげ》針の震動がビリビリと頭蓋に伝わった。恐怖が息を止める。理解が追い付かない。尻餅をついたまま、膝が震えて立ち上がれない。

惨劇の中心で直立したグラキエルが、俺ではなくクロニカを見下ろしながら言った。

「よく避《よ》けたな。心を見たのか？　いいぞ。その調子で死なぬようにしろ。殺すなと言われているが、努力するのはお前の義務だ。間違っても、オレに気を遣わせるなよ」

「随分と、傲慢な言い草ね」

咄嗟《とっさ》に盾にしていたのか、トゲだらけのトランクの陰から、少女はゆっくりと立ち上がった。そして片目を閉ざした強い嫌悪と警戒が、グラキエルと名乗った男を睨《にら》む。

「騎士団の貴族……初めて会うけれど、手段を選ぶつもりは無いみたいね。そんなに私が欲しいの？　変質者さん」

挑発的なクロニカの口ぶりに対して、不気味に痩せこけた頬《ほお》は、なぜか憐憫《れんびん》に歪《ゆが》んだ。

「その口ぶり。やはり聞いていた通りらしいな、癌細胞《ドローキャンサー》」

まるで、いくばくもない病人を哀れむような声は、しかし悪意と侮蔑に満ちていた。

「憶《おぼ》えていないのだろう。所詮お前は、束《つか》の間《ま》の癌細胞《がんさいぼう》だ」

その言葉が、少女の内の一体何に触れたのか、俺には咄嗟の事で分からなかった。

しかし確かに、怒ったように白銀と紅紫の髪が揺らめいた。そして心を見抜き狂わせる、開眼した紫水晶《アメジスト》が男を睨んで——。

「無駄だ」

「ッ、ぁ――！」

瞬間、クロニカは弾《はじ》かれたように左眼《ひだりめ》を押さえ、背後へたたらを踏んだ。

「確かに貴様の眼は厄介だが、それも平民《ヒューマン》に限った話。因子を保持する貴族《われら》ならば、干渉を弾くなど容易《たやす》いことだ……くく、背信の報いだな」

軋《きし》るような嘲笑を浮かべるグラキエル。言葉の意味はともかくとして、俺は悟った。

この男には、クロニカの左眼が通じないのだ。心は読めるようだが、俺やあの哀れな三人にしたような頭の中身への操作は、理屈は知らないが不可能らしい。

冷たい泥水のような絶望が、不意に喉元にせり上がった。

この貴族《バケモノ》は、前の駅でクロニカを待ち構えていたに違いない。それがどういう冗談か、走る列車に追いつき、直接乗りこんで来たのだ。

「しかし、余計な手間を取らせてくれたな……ああ、全く不愉快だ。貴様の無駄なあがきのせいで、このオレがっ！　こんな不潔な場所に！　足を踏み入れる羽目になるとは！」

ぶつぶつと苛立《いらだ》つグラキエルの体から、呪われた枝のように棘が伸びていく。呼応するように濃さを増す血錆《さ》びた気配が、覆しがたい事実として鼻をついた。

それは決して誤魔化《ごまか》せない、その人間の背骨に刻まれ、血を介して全身を巡り、皮膚から発散される特有の雰囲気。魂に染み付いた、殺人者の経験値に他ならない。

はっとして振り返った先、左眼を押さえた指の間から、赤い血を流すクロニカが見えた。

俺は、ただの詐欺師だ。人の心はいくらでも誤魔化《ごまか》せるが、現実相手にそうはいかない。

だからもう、俺にはどうしようもない。少女を見捨てて、この場から逃げる以外には。

そこまで考えたその瞬間、不意に、死臭立ち込める空気を鋭利な音が切り裂いた。

二発、続いて三発。その標的は、俺ではなかった。

小さな身体《からだ》が、無慈悲な棘《とげ》針に連続で貫かれる。細い喉笛に刺さった赤い凶器が、奇妙に遅い視界にはっきりと見えて、血濡《ぬ》れた紫苑《しおん》と目が合った。

すべては、一瞬の事。無造作に蹴散らされた花のように、少女が倒れていく。

そこに在った命が、散っていく。生と死に挟まれた、決定的な刹那に。

いまだこちらを見つめている。その左眼《ひだりめ》は、一体、俺に何を伝えようと――。

「――――ッ!!」

瞬間、震えていた足がついに動いた。と同時、半ば無意識に、懐から銃を抜き放つ。

先刻の三人から、念のため弾薬諸共《もろとも》スリ取っておいた拳銃だ。引き金をためらう理由はない。幸いにも発砲した三発は過たず、グラキエルの胴体に命中した。

枯れ木のような体が着弾の衝撃に大きく仰《の》け反《ぞ》った。その結果に背を向けて、倒れたクロニカを強引に抱き寄せ、俺は先頭側の貫通扉へ向け走り出す。

不安なほどに軽い体重を引きずりながら、振り返らずに弾倉を撃ち尽くす。そのまま扉まで数歩の車内を、かつてないほどの全力で駆け抜けた。

そして扉に手をかけた瞬間、後ろから、空気を裂くような発射音が響いた。

間一髪。背後に閉めた扉が穴だらけになるのを、気にかける余裕は毛ほどもない。

動かないクロニカを抱えたまま、俺は前方の車両へみっともなく転がり込んだ。

三両にまたがるそこもまた食堂車だった。まばらな乗客はけげんな顔をこちらに向けて、それから気付いたように悲鳴を上げるが、言い訳も警告もしている暇はない。

俺は彼らを突き飛ばすようにこじ開けて、さらに前方へと走り抜ける。

「お、お客様！　一体何が――」

血相を変えて駆け寄ってきた乗務員の眉間に、棘針が突き立った。

巻き起こる悲鳴と絶叫の中、背後から、何かを踏みにじるような靴音が木霊する。

「喚《わめ》くな、鳴くな。臭いんだよ平民《ヒューマン》どもが。ああ、ああ！　とても耐えられん。掃除が必要だ」

そして、掻《か》きむしるがごとき神経質なその叫びが、惨劇の合図となった。

弓兵の一斉射のような棘の雨が、乗客たちを次々と壁や座席に縫い留《と》めていく。ほとんど無座別の攻撃は、衝動的な殺意の発露以外の何ものでもなかった。

「クソ、がッ！」

咄嗟《とっさ》に、目の前の死体を背中にしょって盾にする。しかし防ぎきれなかった針が腕とふくらはぎに容赦なく突き刺さった。

まるで、灼《や》けた金属を流し込まれたような苦痛だった。線路のカーブに沿って車両が傾き、足を滑らせ、抱きしめた少女を落としそうになるのを必死で堪《こら》える。

そして次の車両へ移る。もう乗客の反応になど、脇目も振らずに駆け抜ける。

痛みよりも、背後から迫る脅威の存在が脳髄を激しく焦がした。グラキエル。弾をぶち込んでも死なない、貴血因子《レガリア》を宿した貴族。クロニカの身柄を狙っているという騎士団の一員。そして何より、とても話が通じるような輩《やから》ではなかった。

緊迫と焦燥が鼓動を早くする。どうすればいい。このまま進んでも行き止まりだ。ならば、いっそ飛び降りるべきか。衝動的な思い付きをすぐさま却下した。仮に無事だったとしても意味は無い。相手は走行中の列車に追いついてくるような理不尽なのだから。

それより、そもそもライナス、お前は一体何をしている？ そいつはもう死んでるから、さっさと捨てろよ。お前一人なら、奴《やつ》はもしかしたら追ってこないかもしれないだろ。

「ハァ、……はあ、畜生……！ がっ、ぁ!? ァアアァッ!!」

瞬間、見えない出口を求めて迷走していた思考に、爆発的な激痛が叩《たた》き込《こ》まれた。これまでとは比にならぬ、骨の髄を直にヤスリで削られているような衝撃に、とても立っていられない。倒れた拍子にクロニカを取り落とすが、気にする余裕は一切なかった。手足に刺さった棘《とげ》針が発火したように、猛烈な苦痛を肉体の奥へとねじ込んでくる。

「何、だっ……！ こりゃ、ぁっ……!!」

押し寄せる痛みが喉を詰まらせて息が出来ない。床から伝わるレールの震動が激痛をさらに加速させる。つまり俺は瀕死《ひんし》の芋虫めいて、車両の間でもがくのが精一杯。

「畜、生っ……」

間もなく、横倒しになった世界が霞《かす》んでいく。意識が、急速に遠のいていく。

そして視界の端に一瞬、ゆらめくような紫の光を見て、そこで全《すべ》てが闇に包まれた。

7

これは一種の現実逃避か。音を上げた意識が逃げ込んだのは、過去の時代の夢だった。

即《すなわ》ち、何も知らなかった、知らないでいられた、ガキの頃の俺だ。

とある有力貴族の庇護《ひご》の下、王都の一等地で父が経営する劇場の裏庭。打ち捨てられた古い舞台装置の影に隠れて、俺は部屋から持ち出したチョコレートを齧《かじ》っていた。

もう、馬鹿のように叫びながら走り回っていれば幸せなほど幼くはない。かといって、沸き上がる幼稚な反発心を御せるほど熟してもいない。そんな年頃だった。

つまりは、親から行けと命じられた学校をサボったはいいが、しかし不貞腐《ふてくさ》れる以外にやることもない、そんなある日の出来事だった。

『あ、やっぱここにいたのね、ライナス』

『……姉さん』

ペンキの剥《は》げた立て板の上から、覗《のぞ》き込《こ》むように、見知った姉の顔が現れた。

長い亜麻色の髪。身内贔屓《びいき》を抜きにしても美人な早熟の少女は、劇場付き一座の主演女優を務めるのに不足なく、寡婦をやれと言われれば秒で泣き出す巧みな演者は、しかしその時は、身内にだけ見せる人懐っこい素の笑顔を浮かべていた。

物心ついたときには、一緒に擦り傷まみれで裏庭を駆け回っていたはずなのに。いつの間にか大人の仮面を幾つも身に着けるようになった彼女へ、俺は嫉妬のような憧れと母代わりへの寂しさを持て余しながら、言った。

『こんなとこ来てていいのかよ。もう昼の部が始まるだろ』

『あなたこそ。もう学校の始業から大分経《た》つわよ』

そう言うと、長いスカートに覆われた膝が隣に座り込んだ。

『予定が変わったの。なんでも、前々から狙ってたサーカスの団長を父さんがついに口説き落としたらしくて、今日だけウチで演《や》ってもらうんだって。だから暇な私は久しぶりに可愛《かわい》い弟と遊ぼっかなーって』

『じゃ、俺が学校行ってたらどうするつもりだったのさ』

『行ってるわけないでしょ。それぐらいお見通しよ』

即答に、反論しようとして、しかしすぐに諦めた。やはり彼女には敵《かな》わない。

『ねえねえ、そんなに学校ってつまんないの？』

姉の純粋な好奇心に、しかし気の利いた返答が出来るほど、俺はまだ大人ではなかった。

『つまらない……ことは無いけど、それ以上に、嫌だ』

そっか、と言ったきり姉はそれ以上踏み込まなかった。言葉にすれば脆《もろ》くなる部分をそのままにしておいてくれる、なんだかんだで、俺は彼女のこういうところが好きだった。

『それに、父さんの言いつけ通り学校行って勉強しても、どうせここの経営なんて俺には無理さ。金稼ぎになんて興味ないし』

そのまま自分を誤魔化《ごまか》すように繋《つな》げた言葉は、しかし今度はあっけなく撃ち返された。

『でもどうせ、他にやりたいこともないんでしょ』

『そりゃ、そうだけど……』

姉はしばし、考えるように空を見上げ、それから唐突に、乾いた手をパチンと叩《たた》く。

『じゃあさ、ライナス！　私と一緒に舞台に立ってみない？』

『はあ？』

『そうと決まれば……早速練習よ！　まずは声の出し方からね。さ、立ちなさい』

『ちょ、ちょっと待てよ、姉さん』

すぐさま講師の声色に切り替わる姉へ、俺は慌てて反対した。

『演技なんて、俺には無理だよ。あんな大げさに動くなんて、その、恥ずかしいし……』

『だーいじょうぶ、大丈夫。すぐに慣れるわよ。だからお姉ちゃんに任せて』

付け加えるように、身をかがめた彼女が耳元で囁《ささや》く。

『きっと才能あるわよ、ライナス』

それから目を合わせて真《ま》っ直《す》ぐに、こう言い聞かせられた。

『あなたは、人並みには他人の心が分かる子よ。でも演技には、それ以上に自分の心を理解して、上手に使うことが大切なの。その点、あなたはきっと人並み外れてるわ』

それに、と言いながら姉の白い手がズボンのポケットに突っ込まれる。不意を突かれて驚く間もなく、隠していたチョコレートの包み紙が取り出された。

『けっこー大胆不敵で器用だし……これ、私が引き出しに入れといたチョコよね。最近減ってると思ったから、鍵までかけといたのに』

『……あ、いや、それは』

『罰として、今日はぶっ倒れるまで声を振り絞ること。それじゃ一発目行くわよ！』

再び、一段と強く背中を叩《たた》く姉に、しかし勘弁してくれと叫ぶ間もなく。

そこで俺の意識は、現実へと引き上げられた。

8

「あら、起きたわね」

瞼《まぶた》を開けると、こちらを覗《のぞ》き込《こ》む紫水晶と目が合った。後頭部の感触からして、どうやら少女の膝に寝かされているらしい。そしてなぜか、痛みは引いていた。

「丁度良かったわ、ライナス。あなたの方は抜き終わったところよ……痛覚を一時的に封じてあるから痛みは無いでしょ？　次は私の、コレを抜くのを手伝ってくれない？」

困ったように微笑するクロニカの喉元は、赤黒い棘針《とげ》が生々しく貫いていた。

「っ!!　クロニカ、お前、生きてっ……!!」

咄嗟《とっさ》に身を起こす。少女は見て分かるほどに悲惨な状態だった。喉元を貫く一本は間違いなく致命傷で、さらに右肩と胸、脇腹と左の腿《もも》まで。

どう考えても、生きて喋《しゃべ》っていられるはずがない。にも拘《かか》わらず、

「この棘、血を吸って成長するみたいなの。ああ、外見じゃなくて内側の話よ。吸えば吸うほど、獲物の骨肉の奥へ根を伸ばして、その痛みで行動不能にするわけね」

平然と、そう言ってのけるクロニカの表情は、しかし僅かに汗ばみ、青ざめていた。

「くそっ！」

とにかく、あらゆる懸念を後回しにして周囲を見回すと、こもった熱気と香ばしさが鼻を突いた。ここは、どうやら客車を抜けた先にある厨房《ちゅうぼう》車のようだった。

火にかかったままの鍋を無視し、辺りをひっくり返して使えそうな物をかき集めてから、力なく調理台に寄りかかったクロニカ、その体に刺さった棘針に手をかけた。

ぐいっと引き抜くと、ぶちぶちとした感触とともに、柔らかい皮と肉が根こそぎについてくる。そして果汁のように溢《あふ》れ出《だ》した鮮血が、生温《なまぬる》い現実感で俺の両手を濡《ぬ》らした。

やはりこれは、人間が耐え切れるような負傷じゃ断じてない、はずなのに。

「化け物、ね……いいわ、素直な人は好きよ」

こちらの思考の先を読んだのか、クロニカは真っ赤な唇を歪《ゆが》めて自嘲した。

「因子を宿した貴族は、平民《にんげん》とは生き物としての構造《つくり》からして違うの。これぐらいじゃ死にはしない……まあ、私はその中でも頑丈な方だけれど」

漂う血臭。肉を抉《えぐ》られた華奢《きやしや》な身体《からだ》は、今にも脆《もろ》く崩れ落ちそうな気すらした。

「……あいつ、グラキエルは、追ってきてないのか」

「そうみたい。今のところは、だけどね。思考を覗《のぞ》いたから分かるのよ。彼、どうやら乗客全員皆殺しにする気みたい。私たちの事は後回し、どうせ針をいくらか刺せばロクに動けはしないと思っているようね」

「……そうか」

助けに行く、などという同情心は、どうやら逃げる最中に落としてしまったらしい。ここに至っては、自分と彼女以外を気にかける余裕などなかった。

酒で傷口を洗い、清潔そうな布で止血してやる。途中、一時的に邪魔な衣服を脱がせた時、少女は微《かす》かに顔を赤らめた。

「変態」

「純然たる医療行為だ。安心しろ。こんな痩《や》せたヤギみたいな体に妙な気は起こさねえよ」

「……そういう余計なことこそ、心にしまっておきなさい」

数分かけて応急処置を終える。少女の服を着せ直しながら、俺の頭はこの場をどうやって脱するのかで一杯だった。

そんな俺の心境を読んだのか。クロニカは、しかし投げやりに首を横に振った。

「無理よ。人間の足じゃ、どうあがいても逃げられないわ……私を、見捨てない限りはね」

真っ赤に染まった棚板に寄りかかりながら、少女は問うてきた。

「幸い、奴《やつ》はそう早くここに来るわけじゃない。手早く皆殺すよりも、最大限に苦しめる悪癖のおかげで、悩む時間は十分にあるわ。だから、答えを聞かせて？　ライナス」

矛盾している。さっきは助けろと言っていたくせに、今度は見捨てても構わないと嘯《うそぶ》く少女の口ぶりは、まるで近づいてきた足音を悟り、壁を掘る手を止めた死刑囚のようで。

「諦めたのか」

そう問い返すと、クロニカは穏やかに、力なく肯定した。

「……うん、そうね。奴に、私の眼《め》は通じなかった。試したのは初めてだったけど、やっぱり貴族相手にはダメみたいね。本体の仕業か、それとも単に劣化してるせいかしら。どちらにせよ、もう構わないけれど」

自分だけの理屈を呟《つぶや》きながら、細い指先が、血が彩を添えた紅紫《マゼンタ》と白銀の髪を弄《いじ》る。

怖くはないのかと重ねて問うと、こう返された。

「怖いわ。でも不思議ね。いざその時が来てみると、意外と、どうでもいい気分にもなるの。たぶん、もうずっと前から、私はとっくに……疲れてたのかも」

なぜか。少女の血まみれの諦観に感じたのは、痛々しさよりも苛立《いらだ》たしさだった。

「……お前が諦めるのは勝手だ。けど、俺の金はどうなる」

「さあ……もしかして、私が捕まって殺される前に記憶を戻してほしいの？　ごめんなさい、それはお断りよ。私、誰かさんと違って約束は守る主義なの」

この期に及んで、いや、だからこそなのか。少女はからかうように言った。

「それとも逃げる前に、私を拷問して取り戻してみる？　好きにしなさい。めちゃくちゃにするなり、このまま見捨てるなり、どちらでも。あなたのお気に召すまま」

糸の切れたような手足から投げ出された少女の言葉が、俺の靴先に転がった。

いま分かった。こいつはきっと、逃げ切れるなんて最初から思っていなかったのだ。

いつかこうなると知っていながら、それでも、歩いてきたのだ。

どうして、さっさと官憲なりに捕まってしまわないのか、どうして、いっそ自殺してしまわないのか。そして何より、そんな旅路に何を得られるというのか。

俺には、まったく理解できないながら、一つだけ、はっきりしている事があった。

「……ムカつくんだよ」

「え？」

この期に及んで金を返さない、のはまだいい、理解できる。俺がクロニカでも絶対そうするに違いない。自分が死ぬ横で得をする奴が現れるのは死ぬほど腹立たしいからだ。

だから、俺が心底気に食わないのはもう一つの方。

最後まで意味深な、人を食ったような微笑を浮かべながら、絶望を受け入れるこの少女に俺は一度負けた。詐欺師として、負けたのだ。そしてまだ、勝っていない。

ゆえに、このまま金を奪われたまま、俺《おれ》が詐欺師たるプライドを傷つけられたまま、永久に勝ち逃げされるなんて、たとえ死んでも認めるわけにはいかないだろう。

不意に、煮えくり返った腹の底から、沈んでいた記憶がふきこぼれた。

――冷たくなった姉の顔、何も映さない瞳。

――窓の外で、降りしきる白い雨。

――右手に握ったナイフの感覚と、赤。

思い出す。そうだ、だから、俺がどうするかなんて、とっくに決まっていたのだ。

後ろを向いて、空の拳銃に弾を込め直すと、驚いたような気配が背中を叩《たた》いた。

「……え。ちょっと、あなた……本気？」

心が見える癖に、一体何を驚いているのか。俺は背を向けたまま肩をすくめてみせる。

俺にとって、確かな事は一つ、金は命よりも重い。そして積み上げてきた詐欺師としての誇りもまた、命を賭けるには十分すぎることに矛盾はない。

「安心しろ。やると決めたからには死ぬつもりはねえよ」

深く息を吸って、吐く。めいっぱい取り込んだ酸素に乗せて、冷静さを全身に巡らせる。

二十年の詐欺師人生、犯した失敗《ミス》も巻き込まれた事故《アクシデント》も数えきれない。けれどどんな時も、俺はこうやってその全《すべ》てを乗り切ってきた。

狭いキッチンを見回しながら、自分の中身を掘り返す。今現在に至るこの十数分間と、これまでの人生の経験値を総動員して、微《かす》かに見えた道筋に目を凝らす。

「あの化け物を、ぶち殺す。そんで生き延びるぞ」

その言葉は誰でもなく、自分自身に言い聞かせるためだ。

9

この世で確かなものは一つ。

それは、苦痛《いたみ》だ。

拷問吏。グラキエルは十二歳の時に因子を発現し、同時に父の役職を引き継いだ。

初仕事は、連行した男の前で、その妻子を拷問することだった。

最終的に、針のむしろと化した死体二つを渡して、男だけは無傷で解放した。

程なく、男はかつて家族だったものの前で首を吊《つ》り、自ら見せしめとなった。

平民《にんげん》はすぐに忘れる。与えられた分際を、自らが下等ないきものであるという自覚を、放っておけばすぐに忘れ、貴族に歯向かいだす。

だから彼らには教え込まなければいけないのだ。決して忘れないように、その体と心に未来永劫《みらいえいごう》の苦痛を刻み込み、愚かな大衆への見せしめとしなければならない。

言うまでもなく汚れた仕事だ。しかし、これは誰《われわれ》かがやらねばならぬ仕事であり、そしてきっと、過ちを犯してしまったのは、貴族の方なのだ。

我々、尊き血を宿す者たちが、正しく家畜どもを教育できなかったから、奴《やつ》らに与える痛みと絶望が少なすぎたから、革命などが成功してしまったのだ。

故に、騎士団の使命は一つ。癌細胞《ドローキャンサー》を治療し、〈王〉が御復活を遂げられた暁には、今度こそ完璧に平民どもを教育してやらなければ――。

「うっ……げ、くそ、最悪の気分だ」

「これでも、大分端折《はしょ》ったのだけれど……大丈夫？」

大丈夫だと、痛む頭を振って返答する。

クロニカの視線を介して伝えられた、グラキエルの記憶が脳裏を過ぎ去ってゆく。そのあまりにも凄惨な光景の数々に、俺は若干以上に後悔しつつ吐き捨てた。

そこには奴《やつ》の、言葉にならない矛盾した悪意も乗っていた。

不潔な生き物と関わるのは耐え難い。しかし、同時にどうしようもなく楽しいのだ。平《ク》民《ズ》がクズらしく、人のカタチを失って壊れていく様がたまらない。

歪《ゆが》んだ支配欲と同情無き残虐さの化身。その人間性は、端的に言って終わってる。

「胸糞《むなくそ》悪いが……大体わかった」

無論、話が通じるような手合いじゃない。相手はこちらが、交渉に値する生物だとは夢にも思っていないのだ。しかしだからこそ、そこに付け入るスキがある。

「時間がねえ、急ぐぞ」

タバコに火を点《つ》け、ふらつく頭に活を入れる。そして俺は準備を進めた。

こちらを殺すためにやって来る、奴を殺すための準備を。

数分後、厨房《ちゆうぼう》車の後方入り口を、荒々しい圧力がぶち破った。

「来たか」

俺たちは調理台の陰に身を隠していた。横には逆さに伏せた寸胴鍋《ずんどう》が一つ。中にはクロニカが入っている。俺の分はない。最初の試練は、ともかく生き延びることだ。

そして倒れた扉を踏みつけて、続々と侵入して来たのは、後方の客車の乗客たちだった。ただし、その有様は正視の許容を超えていた。全身に無数の棘針《とげ》を生やしたおぞましく真っ赤な仙人掌《さぼてん》たちが、しかし絶命すら許可されぬまま歩かされている。

体内に貫入した針が、まだ生きている神経を強引に刺激し駆動させているのだ。そんな悲痛極まる棘人間の死行進《デスマーチ》は、キッチンの中程で不意に停止した。

そして一同にぶるぶると、不規則かつ小刻みに震えながら、予兆のように絶叫して。

「っ!!」

様子見の頭を引っ込めた瞬間、彼らは一斉に爆発した。体内の血液を爆発的に吸い上げ成長した棘針が、骨肉の破片とともにはじけ飛び、周囲を無差別に破壊する。

車両は一瞬で穴だらけになったのだろう。轟音《ごうおん》とともに激しい風が吹き込んできた。

そして程なく、破片を踏みつける靴音と神経質な声が聞こえた。

「どうした……姿を見せろ。まだ生きているだろう」

爆風と破片に切り裂かれた、痛む手足を動かし、俺は調理台の裏から立ち上がった。

「ああ。おかげさまで、一張羅が台無しだ」

すぐ隣の足元で、あちこち凹《くぼ》んでボロボロの寸胴鍋が内から軽く持ち上げられた。いつでもいけるという事らしい。

グラキエルは、こちらと目を合わせるなり不快げに眉をひそめてみせた。

「平民《ヒューマン》風情が……一体誰に許可を得て、オレに向かってドブ臭い口を開いている。許せんな。許さんよ。よって殺す」

「そりゃこっちのセリフだ。ヘッジホッグ野郎」

不意の怒りに瞠目《どうもく》した顔に向けて、俺は効きもしない銃を構えた。

「お前ら貴族様は、今じゃ社会に歯向かう立派な害獣だって知ってるか。善良な市民の義務ってワケじゃないが、ここで駆除してやるよ」

あからさまに過ぎる挑発は、しかし有効だと俺は知っている。

何故《なぜ》なら、先ほど少女の左眼《ひだりめ》が伝えてくれたのだから。平民《にんげん》の苦痛と絶望に酔いしれる優越種、そのプライドに引っかき傷でもつけようものなら、必ず反応するはずだ。きっと最大限にこちらの尊厳を踏みにじるため、一手間を凝らすに違いない。

演技でなく、握った銃が小刻みに震えた。すぐさま、見抜いたような嘲笑が寄越《よこ》される。

「くく、虚勢を張るな、下等生物。怖いのか？　震えているぞ」

「ああ、怖いね。喋《しゃべ》るハリネズミは初めて見た」

見え透いた挑発を畳みかけると、見えない殺気が、俺に焦点を合わせるのを感じた。

今、決めたな。この生意気な獲物を這《は》いつくばらせ、命乞いを聞きながら殺そうと。

「……おい劣等。オレはたった今、少しだけ気が変わったぞ。その度胸に免じて一度だけ、命を拾う機会《チャンス》をやろうという気にだ」

粘度を濃くした殺気と裏腹に、ひどく落ち着いた声でグラキエルは続けた。

「足元に隠している小娘を差し出せ。そうすれば、貴様だけは生かしてやろう」

当然ながら、俺が漏らしたのは失笑だった。

「あんた、嘘《うそ》が下手だな」

「なんだと？」

「今のセリフは、真実から出た言葉じゃない。それに本音が顔に書いてあるぜ。期待を裏切られた俺の絶望が見たい……合ってるだろ？」

男の表情が、苛立《いらだ》ちに歪《ゆが》んだのが分かった。針が蠢《うごめ》き──来る！

「今だ！　クロニカッ!!」

発砲しながら座り込むように台の陰に落ち、撃ち出される棘《とげ》針を躱《かわ》す。当然、こちらの弾も外すがどうでもいい。俺の役目は、最後まで注意を引き付けておく事なのだから。

入れ替わりに立ち上がったクロニカが、足元のそれを両手で放るように投げ付けた。

少女の細腕には重かったのだろう。それは回転しながら、不格好な放物線を描いて。

『……本当に、それを投げつければいいの？』

『ああ。ヘタに触るなよ。使うまでは寸胴被《ずんどうかぶ》せて守るぞ。最悪、俺たちが吹っ飛ぶ』

その物体を前にして、クロニカはあからさまな疑いの視線を向けてきた。

『この列車は、蒸気帝国《エルビオーン》から輸入した中古品だ。だから、厨房《ちゅうぼう》の設備も向こうのもんを付いてきたそのままに使ってる』

俺は火を止めて、かかっていた調理中の両手鍋を持ち上げた。ねじ切り式の密閉蓋の上、そこに空いたベル付きの小さな蒸気孔を、詰め物をしてしっかりと塞いでいく。

『……一体何なの、それ』

『あのシチュー、美味《うま》かったか』

クロニカへ背を向けたまま、俺はどこかで仕入れた雑学を語り聞かせた。

『揺れる上に狭い車内だと、ひっくり返った時に面倒な大鍋は嫌われる。だから基本的に走行中の煮込み料理はコイツで作る。小さくて密閉できるし、何より客を待たせず短時間で具材が柔らかく仕上がるからだ』

盛り上がった熱い鍋蓋を爪先で叩《たた》きながら、その下にある力の大きさを確かめる。

『圧力鍋。コイツは使い方を誤ると――』


どうなるのか。その答えが、今現実に示された。

自身に向け緩やかに飛来する物体へ、グラキエルは妥当に対処した。針を伸ばし、串刺しに射止めて投げ返す。普通の投擲《とうてき》物なら有効だろう。だが、この場合は間違いだ。

「!!」

すさまじい破裂音が轟《とどろ》く寸前、俺はクロニカを押し倒して床に伏せた。

何が起きたのかは見るまでもない。高温高圧の調理器具に内容された具汁と気圧が、針によって穿《うが》たれた穴から、恐るべき破壊力として解き放たれたのだ。

その単発威力は先の棘《とげ》人間にも劣りはしない。爆音の耳鳴りを振り切って顔を出した先、グラキエルは右上半身を失った状態で車両の内壁にめり込んでいた。顔面には鍋蓋が突き刺さり、頸《くび》が真横にへし折れている。しかし、これで死んだとは思えない。

半壊した調理台を乗り越え駆け寄り、俺は奴《やつ》の胴体へ全力で蹴りを入れた。それで、ボロボロだった壁はついに限界を突破し、グラキエルはそのまま車外に投げ出された。

「悪いが、お前はここで乗り換えだ」

血まみれの拷問吏は後ろ向きの慣性に引かれるまま、砂利の上を数度跳ねて、そして回転する車輪の地獄に巻き込まれた。

骨肉が挽《ひ》き潰れる凄《すさ》まじい異音が響く。そうして飛び散る人体の破片と血飛沫《ちしぶき》が、けれど見る見るうちに後ろへ流れていくのを見届けて。

俺は体から、どっと力が抜けていくのを感じた。

10

「お疲れ様、ライナス。やったわね」

「だといいが……あぁ、クソ、まだ頭がクラクラしやがる」

軽やかな靴音とともに、クロニカは前方の貫通扉から現れた。包帯の下の出血はどうやらもう止まっているらしかった。確かに、本人の言った通り頑丈な生き物だ。

あれから数分。俺たちは吹きさらしと化した厨房車《ちゆうぼう》を後に、前方の給炭車両へ移動していた。煤《すす》けた石炭の箱《コンテナ》に背中を預け、座り込んだまま俺は言った。

「どこ行ってたんだ」

「前の機関室よ。運転してる人たちへの命令を、上書きしてきたの」

どうやら俺が気を失っていた間に、コックたちを操って機関員たちを呼び出し、騒ぎを気にせず列車を運行させるよう命じていたようだ。

俺は適当な相槌《あいづち》を打ちながら、強壮薬の瓶をひねる。怪我《けが》に効くかは不明だが、各車両には乗客の体調不良に備えて簡単な医薬品が常備されているのが幸いした。

「お前も飲むか」

薬は嫌いと言って、クロニカは首を横に振った。子供らしいとこもあるんだなと呟《つぶや》くと、軽く膝を蹴られた。元気なようで何よりだ。

「さて、それじゃあ、私はちょっと客車に戻るわ。荷物を、置いてきたままだったもの」

そう言って、俺の目の前を黒いスカートが翻った。……しかし確か、クロニカのトランクはあの時、盾代わりに穴だらけになったはずだ。中身が無事とは思えない。

「そうね……確かに、着替えの服は全部ダメになっちゃったかもしれないけど、それでも、あの中には他に大事なものが入ってるから」

「？　何だよ、大事な物って」

何気なく問いかけた俺に、クロニカは言い淀《よど》むような気配を挟んでから、言った。

「日記よ。ずっと書いてるの、この旅のことを」

それだけは、たとえ穴だらけになっていても捨て置けないと。

日記。その単語に、俺は何かを思い至ろうとして、しかし、今は頭が上手《うま》く回らない。

「……ちょっと待てよ。俺も行く。こっちの荷物も、あるしな」

ついでに、もう少し薬が欲しかった。傷口が痛くて仕方ない。できれば強めの麻酔薬《チンキ》が
どこかの車両にないかと、ふらふらと立ち上がると同時。

「そうだ。一応お礼を、言っておくわ……上手くいくなんて、期待してなかったけど」

振り返ったクロニカの言葉に対して、俺の答えは決まっていた。

「金のためだ」

「嘘《うそ》つき」

クロニカは件《くだん》の左眼《ひだりめ》を閉じたまま、一転してはにかむように、唇を曲げてみせた。

「あなたは嘘つきだから、そんな言葉、信じてあげない」

言ってろ、そう吐き捨てようとした瞬間。

不意にぽすりと、軽い体重が胸に飛び込んできた。まるで抱き着かれたような格好に、
一瞬、俺は思わず停止して――。

そこで唐突に、熱い感触が腹部を貫いた。

「――――ッッ!!」

「かっ——……ぁ、ライ、ナスっ……!!」

目線を下げると、少女の腹から飛び出した、血濡《ぬ》れた杭《くい》の先端が俺の腹を刺し、背中を貫いたところだった。

抉《えぐ》るような圧迫感と致命的な痛みが、差し込まれた胴体から全身を焼き尽くす。急転する視界。足の裏が浮いたと感じた途端、背骨に強い衝撃が走る。

腹に刺さった杭ごと射出されたのだと気付いた時には、積まれた石炭箱の側面に、俺はピン留《ど》めされた標本昆虫さながら、クロニカと一緒に打ち付けられていた。

抱き合ったような姿勢のまま、諸共《もろとも》に貫かれた少女を気にかける余裕はない。

メキメキと床下を突き破って這《は》い出《で》てくる異形。それは絶え間なく生え続ける無数の棘《とげ》針で、上半身の致命傷と断裂した下半身を歪《いびつ》に再生しながら動いていた。

焦げ臭い金属の摩擦音とともに揺れが止まった。車両の連結部が破損したのか。ともかく停止した箱の中に、低くくぐもった、混じり気の無い憎悪が充満した。

「……何故《なぜ》だと、思う。答えろよ、劣等種。なぜこのオレが、下だ。貴様ら人畜生を詰め込んで揺れる臭い箱の、よりにもよってぇっ!! 車輪の下にぃっ! このオレが敷かれなければならなかったぁっ! なあ! 貴様のせいだろうが、ゴミ虫がァッ!!」

振りかざされる凶気《きょうき》を前に、ああ死ぬのだと、俺は頭の奥で理解した。

「楽には、死なさんぞ。お前は法を犯した。オレが上で貴様が下と定められた、〈王《かみ》〉の敷いた摂理に背いたのだ……報いを、受けるべきだ」

瞬間、両の手足が棘針によって貫かれ、骨ごと固定された。

「〈死性魔棘《ダーインウィードル》〉……覚悟しろ劣等種。未来永劫《みらいえいごう》、我が毒棘《どっきょく》が！　貴様を地獄の最底辺に縫い留めてやる！」

そして額に刺さった棘針が、じわじわとその下へ、激痛の根を食いこませてくる。自分のものとは思えない絶叫が喉を震わせ、理性を離れた手足が折れそうなほど痙攣《けいれん》する。

……これは、報いなのだろうか。今まで散々、他人を欺き利用してきた詐欺師に相応《ふさわ》しい罰が下っているのか。そう考えると、なぜかひどく納得できた。

薄れゆく意識の中、はっきりとしているのは気が狂う程の苦痛だけで、けれどそれに対する万策はとうに尽きている。やれることは、すべてやったのだ。

だから不思議と後悔もない――いや、だが、それだけは、なければならない。

なぜなら俺は詐欺師だから。金が、金を、金で、金に、金のためなら何でもする人間の屑《くず》が、このまま潔く死ぬなんて、おかしいに決まっている。

目線を下げる。抱き合わせのまま共に貫かれる、串刺しの少女をそこに見る。

その左眼《ひだりめ》に奪われたまま戻らない金へ、あるいは、そこに■■かもしれない「俺」の■■に、最後の想《おも》いを馳《は》せようとしたその瞬間。

暗転していく世界の中で、透明な熱に濡れた紫水晶が、こちらを静かに見つめ返した。

「――――!!」

交わる視線。網膜を介して注ぎ込まれた何かが、刹那の際に脳髄を震わせる。

それは、今まさに命を苛《さいな》む苦痛《いたみ》よりもなお鮮烈で。

視界を閉ざしていく暗闇よりもなお致命的な、不明《ふみょう》に過ぎる虚無だった。


……そして俺は、落ちていく。

どこへ？　分からない。真っ暗なその闇は全く以《もっ》て意味不明だった。ただ、何だ？　口にしようにも、余りに単純すぎて逆に言い表せない。

理解は及ばず、共感の余地もない。虚《うつ》ろにして意味不明な暗黒が、俺という個人を跡形もなく咀嚼《そしゃく》しながら飲み込んでいく。

顔も名前も人生もろとも、俺が俺である全《すべ》てを剥《は》ぎ取《と》られ、俺だった俺のようなものは何者でもなくなり、破滅的な坂を転がり落ちていく――いや、けれど、ちょっと待て。

それを自覚している、この「俺」は一体なんだ。

その瞬間、紛《まぎ》れもない「俺」自身の内側から、あの音が、聞こえた。

11

やめてと叫んだ。彼の名を呼んだ。

気が付けば熱い感触が、私の頬《ほお》を流れ落ちていた。

「ライナス……っ!!」

進行形で貫かれ苛まれる傷口なんかより、胸の奥がひどく熱くて息が苦しい。

どうして、出会ったばかりの詐欺師の死に際に、こんなに心が揺れ動くのか分からない。

彼は嘘《うそ》つきで、根性がひねくれた利己主義者で、打算的なお金の亡者で、つまりはとても同情できるような人間じゃない。それは魂《こころ》を見たから知っている。

なのに、死んでほしくないと思ってしまう、自分自身が分からない。

『あなた、嘘をついているでしょう』

単なる興味本位だった。好奇心で、ちょっかいを出してみただけ。

『これからよろしくね、ライナス』

一緒に旅をしてほしいと言ったのもそう。ふとした気まぐれの、寄り道に過ぎない。

なぜなら、この旅路の果ては最初から決まっている。刻一刻と崩れ落ちていく道の先に待っているのは、どこでもない虚無の底。それだけは、ずっと前から知っている。

けれど、それでも、私は思い出が欲しかったのだ。

見て、聞いて、触れて、ほんの少しでも私という足跡を、この世界に残したかった。

そして、ああ、今ようやく気が付いた。

何者でもない虚構《わたし》一人で歩く旅路は、あまりにも寂しすぎたから……。

その結果がこの様だ。私のせいで、彼は地獄以上の残酷さで嬲《なぶ》り殺される。

そんな心のどこかで覚悟していたはずの結末を前に、予想もしていなかった激情が、もう動けない体の内でどうしようもなく荒れ狂ってしまう。

「……いやだ」

何が嫌なのか。クロニカ《わたし》を構成する無数の未練と何一つ変わらない、しかし今まさに生まれた、生《き》の感情としての新たな後悔が、未練にしないでと絶叫する。

だって、私はまだ、もう少しだけ、彼と一緒に、旅をしたいのだから。

それを自覚した瞬間、溢《あふ》れ出《だ》した想《おも》いが何かの引き金を引いた。

そして発動するのは、私自身もこの瞬間まで知らなかった、己の因子の三つ目の能力。

視線の行く先。死にゆく男の瞳の奥へ吸い込まれるように、その力は叩《たた》き込《こ》まれて。

「……なんだ？」

背後から響くグラキエルの声は、まるで私の代弁じみて揺れていた。

突如殴られたように、首を仰いで昏倒《こんとう》したライナス。密着した彼の体が、不気味に震え始める。流れ出た多量の血も、穴だらけの筋肉も骨も関係なく。まるで彼の中に入り込んだ別の生き物が、死体を無理やり動かしているみたいに。

そこでようやく、私は彼に何をしてしまったのかを悟り始めて……。

瞬間、瀕死《ひんし》のはずのライナスが、撃ち出されたかのように跳ね上がった。

猛烈な勢いに、彼の体を刺し留《とど》めていた棘針《とげ》が抜け、私の体ごと床に落ちる。

「っ!? なん……何が起き——」

ヤツの驚愕《きょうがく》が最後まで続かなかった理由は、横倒しの視界がはっきりと捉えていた。

赤い棘に覆われたグラキエルの右腕が、音もなく、引きちぎられていたのだから。

そして獣じみた叫びが、車両を内から食い破らんばかりに響き渡った。

「GIAAAAAAAAAA!!」

その声は、ライナス＝クルーガーでも、彼が演じてきた仮初《かりそめ》の人生の誰のものでもない。

〈真理の義眼《アイオブザプロヴィデンス》〉第三眼《サードアイ》。

魂魄《こんぱく》転写。誰かの記憶、感情、魂の全《すべ》てを対象とした別の人物へ上書きする機能。

見る見るうちに、ライナスだった肉体が変貌していく。網膜に焼き付いた致命的な情報は一瞬で脳を汚染するにとどまらず、脳幹から脊髄へ流れ込み、血液を乗っ取り全身へ。

そうしながら一人の男の存在を、人間でも貴族でもない何かへと造り替えていく。

無造作に、ライナスは握っていたグラキエルの右腕を貪り始めた。

貴血因子《レガリア》による異能の棘針を、ばりぼりと噛《か》み砕《くだ》きながら己の血肉へと替えていく。そしてあっという間に肉体の再生を終えて、爛々《らんらん》とした双眸《そうぼう》が敵を捉えた。

その瞳に宿る異質さに、グラキエルは息を呑《の》んで狼狽《ろうばい》したのだろう。

「っ……く、平民《ヒューマン》ッ!!　な、何だ何なのだ貴様その目は……か、下等生物の分際で、オレの……このオレの力に、逆らうかァッ！」

怖気《おじけ》を誤魔化《ごまか》すような喝破とともに、怒涛《どとう》の如《ごと》く棘針が発射された。

致命の豪雨に、けれど真正面からライナスの体は飛び込んだ。躱《かわ》しも逸《そ》らしもその素振りすらしない。ヒトの理屈に沿った動きなど一切行わず、骨肉を穿《うが》つ棘針を取り込みながら肉薄し、素手の一撃が数百の棘を砕いてグラキエル本体を殴り飛ばす。

詰まれた石炭箱をなぎ倒し、貫通扉ごと隣の車両へ吹き飛んでいく貴族を追って、ライナスは両脚をバネ仕掛けのように瞬発させた。

残骸《ざんがい》の上に倒れ伏すグラキエル。その腕をもぎ、足を砕き、増殖する棘《とげ》を知らぬとばかりにまとめてへし折って解体していく有様は、人外の範疇《はんちゅう》すら逸していた。

――以上の状況を、倒れたままに見つめることしかできない。そんな私の脳裏で、忌まわしい知識が次々と連鎖して、一つの予想を形作る。

貴血因子《レガリア》とは形なき遺伝要素。人間の血中からその魂と結びつき、肉体を貴族へと変える寄生君主《パラサイトモナク》の生態情報。

この左眼《ひだりめ》が彼に移してしまったものは、けれど貴血因子《そのてぃど》では断じてない。

なぜなら、見えるのだ。変貌した彼の瞳の中で蠢《うごめ》く暗黒は、まともな平民の魂《にんげん》などではなく、貴族ですらない。

その闇は、まさに。私が生まれた、忌まわしき故郷《ふるさと》そのもの――。

「あ……ああ、あ」

血濡《ぬ》れた唇から迸《ほとばし》ったのは、取り返しのつかない事をしてしまったという嘆きだった。

ライナスという男の人生はいま、完全に終わった。

「がッ!!　ぐ、ぉぉおっ！　き、貴様はぁアァアァッ!?」

そんな私の絶望を中断させるように、絶叫が拷問吏の喉から迸った。グラキエルは必死の形相で棘針を連射し、ライナスの体を天井の外へと吹き飛ばして遠ざける。

そして荒い息とともに、血走った憎悪が私に向けられた。

「貴様アッ！　貴様か貴様だな！　何をした！　忌々しい、呪われし癌細胞《ドローキャンサー》ッ！　お前はあの平民《にんげん》にぃ、一体何を——」

「うるさい……わよ。教えてあげるから、もう、喋《しゃべ》らないで」

黙らせるように、私は哀れな貴族の瞳へ、知る限りの全《すべ》てを投げ付けてやった。

〈王〉とは、貴血因子《レガリア》とは、そしてお前たち貴族とは、一体何なのか。

図らずも、全てを知ってしまったグラキエルから、このとき完全に表情が消えて。

色を失ったその顔面に、砲弾のような拳が突き刺さった。

天井を突き破って、強襲する獣のように獲物を押し倒し、バラバラに引き裂いていく。

再生する棘針の速度を上回る勢いで解体し、しまいには胸像のように頭と胸だけを引き抜いて——ぐしゃりと、両手でそれを握りつぶした。

そうして足元にこぼれ落ちた血と脳髄の残骸を、彼は一体どれぐらいの時間、掻《か》きむしり続けていたのだろう。

「……ライナス」

ようやく、静寂を取り戻した車内で、私は再び彼と向き合った。

呆然《ぼうぜん》と、糸が切れたように立ち尽くす男の瞳は、最早《もはや》何も映していない。精神が先に死んでしまった肉体もまた変異に耐え切れず、遠からず自壊するだろう。

「ごめんなさい……」

もう届かない、ゆえに欺瞞《ぎまん》に過ぎない謝罪が、涙と一緒に床に落ちた。その時だった。

「——え」

力なく垂れ下がった、動くはずのない彼の腕が小刻みに震えた。それから虚空をさまよった指先が、何かを見つけたように彼自身の顔へと向かう。

そこに、見えない何かを求めて指が動き、存在しない厚みを掴《つか》んだ途端。

「ふざ、けんな」

破けるような音が観えて、彼の内側から、顔の無い闇が剥《は》がれ落ちた。

そして掠《かす》れた声が静寂を伝って、呆気《あっけ》に取られた私の鼓膜を震わせる。

「金、返せよ」

12

聞こえる。

コインの音が聞こえる。存在しない金の音が、過ぎ去ったあの日から、けたたましい警鐘を鳴り響かせている。「俺」は俺に戻らなくてはいけないのだと、だから。

「ふざ、けんな」

俺を塗り潰そうとする暗黒を、仮面と定義した端っこに指をかけて。

「金、返せよ」

遂《つい》に指先がそれを剥ぎ取った瞬間、押し寄せた解放感は思わず窒息しかける程だった。色彩を取り戻した世界の中心で固まった少女の顔に向けて、何か言ってやりたかったが、酸欠の頭では皮肉の一つも浮かばない。仕方がないので舌打ち一つ。

「どうして、なんで……あなたは」

「さあな……必死だったから、何をやって、何がどうなったかなんて、覚えてねえよ。……けど、俺の、勝ちだな」

吠《ほ》え面《づら》をかかせてやると、言った。判定は微妙だが、同じような物だろう。

その小憎たらしい澄まし顔が、驚く様が見られたから。

丁度そこが限界点。体の節々がまるで壊れた人形のように悲鳴を上げ、ついに体重を支えることを放棄した両脚が崩れるまま、俺は仰向《あおむ》けに倒れ伏す。

そして重い憔悴《しょうすい》の泥濘《でいねい》に、取り戻したばかりの意識を投げ出そうとした、その時だった。

弾《はじ》けたようなクロニカの笑い声が、俺の鼓膜を震わせたのは。

「は、はは……ふ、ふふ……あは、はははははは――ッ！」

思わず顔を上げた先、少女は体を折り、左眼《ひだりめ》を押さえながら、大口を開けて哄笑《こうしょう》していた。

笑う。呵《わら》う。咲《わら》う。細い肩を、砕けそうなほどに震わせて、その一身に表している感情は、歓喜以外の何ものにも見えない故に、俺は我が目を疑った。

一体、何がそんなに嬉《うれ》しいのか。

命が助かった事か？　いや違う、この反応はそんな次元のものではないと直感する。

ならば何なのかと、その先へ思考を進める前に、

「私、本当に、ほんとうに……あなたと会えて、良かった」

歓喜を咽《むせ》ぶ少女の壮絶な有様に、俺は言葉を失った。

見開かれた左眼《ひだりめ》からの落涙じみた流血は尋常じゃない。眼下周辺に浮かんだ血管は残らず破れ、ひび割れた陶器人形のように、色白い顔には赤い亀裂が無残に刻まれていた。

にも拘《かか》わらず、今のクロニカは苦痛を感じているようには見えなかった。

傷ついた左眼を撫《な》でながら、青ざめた唇が言祝《ことほ》ぐ訳は、俺にはまったく分からない。

「あなたが、詐欺師だったから」

なのに彼女は、俺を理由に感謝を告げた。

「あなたが、全然素直じゃない、ひねくれ者だったから……無いはずの顔を引き剥《は》がしてしまうぐらいの、とんでもない大嘘《おおうそ》つきだった……おかげで、私は、ようやく――」

そこで言葉を切った、血まみれの笑顔が晴れやかに言った。

「この旅に、終着駅《ゴール》が見えたの」

その瞳は、俺でも、俺の心でもなく、遥《はる》か先、海よりも遠い場所を見ているように思えた。

――それから、暫《しば》しの時を置いて。

ようやく笑い終えた少女に、俺は躊躇《ためら》いがちに声をかけた。

すでに汽笛と車輪の残響は影も形もなく、血に汚れた壁の隙間から差し込んだ茜色《あかねいろ》の夕《ゆう》陽《ひ》が、少女の姿を薄暗がりに照らしている。

「なあ……これから、どうすんだ」

拭い残った乾いた血を微笑にはりつけたまま、クロニカは言った。

「言ったでしょ。海まで旅をするの。もちろん、あなたも一緒よ」

迷惑だと言い返す直前、クロニカはこちらを遮りながら、まるで歌うように言った。

「でもまずは、お互い大変な目に遭った事だし、どこかでゆっくり休みましょう。あったかいお風呂とふかふかのベッドがあって、それから、景色の綺麗《きれい》な宿がいいわ！」

そこでボロボロになった服の裾をつまんで、クロニカはやれやれと嘆息してみせた。

改めて、客車に置いてきた荷物《トランク》を取りに行かないと、とこぼす少女を、もう一度呼び止めて、俺は言った。

今晩泊まることになる田舎の安宿で、無いものねだりされるよりはマシだろうから。

「景色だけなら、すぐ叶《かな》えてやる。……横向いてろ」

言うが早いか、軋《きし》む足に活を入れ、穴だらけの車両の西壁を蹴りつける。傷ついた安普請のツーバイフレームは張りぼてのように奥へ倒れ、それと入れ替わりに、息を飲むクロニカの前に一つの景色が立ち上がった。

「……嘘《うそ》」

西——海の方角へと沈んでいく真っ赤な夕陽《ゆうひ》は、ちょうど白く峻険《しゅんけん》な中央山脈《アレゲニ》の、切り立った峰々に溶けていくところだった。

木の葉とともに吹き込んで来た山颪《やまおろし》に、長い髪がたなびいて。

どれぐらいの時間、少女は異色の虹彩《こうさい》で、溶け落ちる夕焼けを眺めていたのだろうか。

「ありがとう」

振り返った微笑から贈られた感謝に、俺は聞こえていないフリをした。

第二章　Carnival of Savarin

1

美食《グルメ》なんて言葉ができたのは、ここ最近の話だ。

「起きて、ライナス。着いたわよ」

「……起きてる」

甲高い汽笛と同時、膝を揺する小さな手の感触が、浅い眠りを終わらせた。

顔に被《かぶ》せていた新聞を外すと、直前まで読んでいた大見出しが視界を掠《かす》めた。

『東南部通貫路線、襲撃さる。死傷者二四五人、反革命派の犯行か』

俺とクロニカが出会ってから、ちょうど二週間。幸いにもまだ二度目の襲撃は無い。そして今到着した場所は、恐らく国内で最も、その危険から遠い場所だろう。

身軽なクロニカに続いて、二人分のトランクを持たされた俺がステップを降りる。

ドーム状の鉄骨構造に蓋された首都駅のプラットホームは、大勢の乗客でごった返していた。金持ちの乗客に群がるポーターをよそに、改札口の混雑に並ぶこと数分。

穴あきの切符を駅員に渡し、数冊の車内貸本を返却口に滑り込ませてから駅を出る。

時刻は昼前。夏の日差しに照らされた半円形の駅前広場《スティションスクエア》からは、パノラマのように首都の街並みが見渡せた。

だが特筆には値しない。華やかなりし高層建築が、田舎者を威圧するために並び立っているだけだ。都会は来るたびに印象を変えるが、本性は常に変わらない。

しかし隣に立つ少女は、そんな虚飾の壮麗さを無邪気に指さして、言った。

「わあ……。やっぱり首都だけあって、すごい都会ね。見て、ライナス！　あそこのホテル、玄関の前に噴水があるわよ。一番上のお部屋に泊まってみない？」

「アホ言うな。それと、あんまハシャいでるとバカに見えるぞ」

「あなたこそ、あんまり大人ぶっていると、却《かえ》って子どもっぽく見えるわよ」

「……いいから黙ってろ」

ここは元王都にして現共和国首都《コロニアルズ》、パリントン。

十二年前、この国の全《すべ》てをひっくり返した震源地。国民議会が自由の風を吹かす新都の礎には、打ち砕かれた旧弊の残骸《ざんがい》と、処刑された貴族たちの怨嗟《えんさ》が埋められている。

そして今回、俺たちがここに足を運ぶことになった発端は、一週間前に遡る。


『……飽《ゆ》きた』

雑に茹でられたジャガイモと、ほぼ脂身だけのベーコンの山盛りを前に、クロニカは白旗代わりにフォークを振りながら、うんざりしたように呟《つぶや》いた。

列車での出会いから一週間ほど、俺とクロニカは海へ向かい、南部を転々としていた。

道中の寝食は当然、ネズミに食われたような田舎宿の世話になる他ない。

『我慢しろ。この辺の食い物がロクでもないのは、今に始まった事じゃない』

肥沃な土地柄にも拘《かか》わらず、南部四州の食糧事情はひどく貧しい。その理由は革命で急加速したモノカルチャ、つまりは、新たに地主となった小金持《ブルジョア》ちたちが、こぞって利益率の高いタバコや綿花の作付けばかりを小作人に強要しているせいだろう。

『ねえ……鉄道のある街に着くまで、あとどれぐらいなの？』

『四、五日ってとこだ。睨《にら》むなよ、この辺は道だってロクなもんじゃない』

ぐったりと机に頬《ほお》をつけたまま、クロニカは塩辛いイモ山に向かってため息をこぼす。

『……美味《おい》しいものが、食べたい』

それは、到底この場に望むべくもない贅沢《ぜいたく》で、だからこそ俺たちの利害は一致した。

俺だって、詐欺る相手もロクにいない、貧乏くさい田舎に長居したいわけではないのだ。

『まあ、もう少しの辛抱だ』

その呟きに釣られたように、少女の左眼《ひだりめ》が胡乱気《うろんげ》にこちらを見上げた。

俺は無言のまま、胡乱気な紫水晶《アメジスト》に、次の目的地を教えてやった。


……そして今、俺たちはこうして首都にいる。

人が多く、カモに事欠かないのが都会の唯一の利点だ。紅白のレンガで造られたティンバーフレームが立ち並ぶ大通りは、身なりの良い紳士淑女であふれ返っている。

「こっちよ、ライナス！　……もう、ちゃんと付いて来てったら」

着替えの入った真新しい黒のトランクを揺らしながら、上機嫌な声が踊る。

「目的はお料理だけど、まだまだお昼には早いわね。折角《せっかく》の首都だし、食前酒《アペリティフ》の代わりに、色々と見て回りましょう」

そう言って、ギンガムチェックのスカートから伸びた革靴の爪先が、石畳を踏んで微笑《ほほえ》んだ。白いノースリーヴのシャツに、これまた白いツバ広帽子の下、二色を織りなす長い髪が、先端の白銀を陽射《ひざ》しに溶かしながら揺れている。首都に来る前に装いを新調した（俺の金で）少女は、盛夏《みほ》の季節を等身大にコーデしていた。

断じて、その姿に見惚れたわけではない。ないが、渋々、俺は差し出された手を取った。

「エスコート、よろしくね。ライナス」

そして、それからの小一時間を一言で表すならば、これに尽きる。

「……疲れた」

やっとたどり着いた休憩地点。中央広場のベンチにもたれた途端、俺はそう呟《つぶや》いていた。

小洒落《こじゃれ》たブティックに付き合わされ、ガラス張りの植物園に寄り道され、宝飾店の前で興味津々に立ち止まられて肝を冷やされ、歩くのが遅いと文句を言われ……職業柄、女の街歩きに付き合い慣れた俺でも、コイツが相手ではいささか以上に辟易《へきえき》する。

頭上に広がる腹立たしいほどの晴天をぼうっと眺めながら、半ば無意識にタバコの火を点《つ》けた途端、隣に座ったクロニカがぽつりと言ってきた。

「もう疲れたの？　……なんだか、おじさんみたい」

「ほっとけ。言っとくがな、俺はまだ二十八だぞ」

煙と一緒にそう吐き出すと、クロニカは片目で同じ空を見上げて、呟くように言った。

「意外と若いあなたの年齢はさておき、本当にいい天気……そうだ」

手を叩《たた》くや否《いな》や、少女はトランクから一冊の本――いや、前に言っていた日記か――を取り出し、ペン先を軽く拭ってから、さらさらとそこに書きつけていく。

どこで手に入れたのか、少女の日記帳はそれなりに分厚く立派だった。装丁の傷み具合から、かなり使い込まれているようだ。きっと何度も読み返しているのだろう。

「そういうのってよ、普通一日の終わりに書くもんじゃないのか」

「私は思い立ったときに書く派なの。じゃないと……ううん、やっぱり何でもない」

言葉尻を打ち切って、ペン先だけが動く。横からちらりと盗み見ると、少女の日記はまるで備忘録《メモ》のように、短い文章のまとまりがあちこちに散っていた。

そのまま眺めていると、気付けば、睨《にら》むような半眼がこちらへ向いていた。

「一応言っておくけれど、勝手に読んだりしたら、ひどい目にあわせるからね」

「もうあってる。……冗談だ、お年頃のポエムに興味持つほど暇じゃない」

ため息交じりの紫煙を吐いたその時、俺はふと、吸い殻の先の景色にそれを見つけた。

あ、と思う間もなく、隣のクロニカも気づいたように、同じものを見る。

「ライナス……あれって」

何と説明するべきか言葉に迷って、俺は結局、淡々と事実を述べた。

「断頭台だ。革命の時、実際に使われたのが、記念碑《モニユメント》になってんだよ」

さんさんとした穏やかな陽《ひ》の下に、血錆《さ》びたままに並べられた数群の処刑台。大通りが交差する六角形の中央広場。ここの通称は、革命広場《ギロチン》という。

かつてこの国には、処刑制度があった。

古くは、貴族が罪人を見せしめとした、悪い意味で趣向を凝らした残虐な公開処刑。そして革命期に吹き荒れた、貴族の血筋を絶やすための、効率重視の断頭処刑。

「……悪い、その、何というか、忘れてた」

歯切れ悪く謝罪する。少女からはあまり語らないが、クロニカもまた残党貴族だ。

管理局に己の因子行使権を明け渡した首都居住貴族たちでさえ、この血なまぐさい記念場に好んで足を運ぶ者はいない。当たり前だが、自分や家族は革命を支持していても、そうではない親類縁者の首が、あの刃《やいば》に切り落とされている者も多いのだ。

しかしクロニカはあくまで涼し気に、その忌み刃をじっと眺めながら、言った。

「別に気にしないで。革命で死んだ親類も、友達も……私には誰もいないから」

なぜか。俺には少女のその横顔が、まるで何かを羨ましがる子どものようにも見えて。

六角形の端の時計塔が、頭上の太陽に代わって、その到来を知らせてきた。

それを合図に、クロニカは日記をしまい直すと、俺の手を引いて立ち上がった。

「そんな事より、早く行きましょう、ライナス。忘れないで、私たちの本命は――」

新興の繁華街へ続く大通りの口を指さして、少女は胸弾むように言った。

「レストランよ！」

2

貴族の大量処刑、その言い換えである市民革命は、街の文化にも変革をもたらした。

その一つが、失業した貴族屋敷の使用人たちが開いた、まったく新しい形態の飲食店だ。

その店では、金さえ払えば誰でも平等に、空腹を満たすためではなく、楽しむための食事、流行風に言い換えるなら、美食《グルメ》が味わえる。

それこそがレストラン。新時代を象徴する飲食店である。

『素敵！　そんなお店があるなら是非もないわ。決めた、次の目的地は首都よ』

南部の安宿にて、俺の思考を読むや否《いな》や、クロニカは意気揚々と顔を上げてそう言った。

無論、俺も異論はない。が、しかし、ふと気になった事がある。

『……そういやお前、いつから旅してんだ。つか、今までどういう生活してきたんだよ』

旅をしてきている割に、クロニカは少々、というには控えめなぐらい世間知らずだ。

少女は数秒黙ってから、小さく言い訳のように呟《つぶや》いた。

『……秘密。どうしても知りたいなら、ご想像にお任せするわ』

あからさまにはぐらかすようなその態度に、しかし追及する気は起きなかった。別に俺も、奪われた金について以外、コイツに興味などないのだ。

『そうかよ。……じゃ、その態度のデカさは生まれつきか』

胸は小さいのにな、と付け加える直前、テーブルの下の膝が勢いよく蹴りつけられた。

不意の衝撃に悶絶《もんぜつ》していると、左眼《ひだりめ》を開けた可憐《かれん》な微笑《ほほえ》みがこちらを見下ろしていた。

『とにかく、レストランよ。とびっきり、美味《おい》しいお店へ連れて行ってね』


かくして、空前のレストランブームに沸く首都と、クロニカの希望は一致した。

がやがやとした新興の美食《グルメ》通りには、老若男女入り交じった、浮かれ気分の雑踏がひしめいている。今や自分もその一部なのかと思うと、途方もなくうんざりさせられた。

そしてなお悪いのは、溜息《ためいき》をつく口が、残念ながら一つしかないという事だ。

「……なあ、頼むからいい加減決めてくれよ。もー適当にあの辺の店でいいだろ」

「ダメよ。折角《せっかく》初めてのレストランだもの。しっかり選んで思い出に残さなくちゃ。……あのお店は、魚介のグラタンが美味しそう。でも、他はイマイチみたい。あっちのメインディッシュは……え、嘘《うそ》でしょ、カタツムリなんて食べるの」

退店した客から食事の記憶と感想《レビュー》を読んでいるのか、紫の左眼をせわしなく動かすクロニカの歩み《メニュー》はここ数十分ほど、遅々として進んでいない。

〈真理の義眼《アイオブザプロヴィデンス》〉。クロニカは普段、例の左眼を閉じている。その理由は本人曰《いわ》く、見たいものばかりが目に入るわけではないのと。

「疲れ目になりそう……いくら何でも、こんなにお店があるのは予想外」

「組合《ギルド》がなくなったせいだよ」

聞き返すクロニカに、思い出しながら語ってやる。

「昔は、誰でも自由に商売できたわけじゃない。例えばパン屋だったら街に何件まで、小麦は去年までのを使って価格は定価で値引きも値上げも禁止、そんでパン以外の焼き菓子やなんやらを売るのも当然禁止、ってな具合にな」

競争と価格変動を防ぎ、庶民に供給される食糧《エサ》の質を安定させるため。そういう名目で革命以前の商業組合《ギルド》制度は存在していた。しかしながら、

「それって、すごく不便だったんじゃないの？」

「ああ。そう考える奴《やつ》が多かったから、なくなった。その結果がこのザマだ」

雑草の如《ごと》く並び立つレストランどもは、そうした制限が撤廃された弊害だ。本来の需要が無視された挙句、ブームが過ぎれば大半は潰れていく。と、そこまで口にしたとき。

「あ、見てライナス。あそこのお店から出てきた人が食べたの……高級料理のフルコースだって……！　すごくおいしそうよ！　特にデザートが！」

そよ風よりも容易《たやす》く俺の話を無視して、クロニカはもう駆け出していた。

「ったく……ガキのくせに贅沢《ぜいたく》な、ロクな大人にならねえぞ」

ため息代わりに悪態一つ。俺は遠ざかっていく後ろ姿を追いかけようとして、やめた。

よく考えればこれはチャンスだ。うるさいのが離れた今の内に、邪魔をされずにひと仕事するのも悪くない。限りある時間は、金に換えなければ損失として計上されるだけだから。

そうと決まれば——素早くさり気なく、周囲を流れる雑踏に視線を巡らせる。

シルクハットの紳士、談笑する婦人たち……身持ちの良さそうなカモを探していると、
ふと、一つのシルエットが視界に飛び込んできた。

派手な日傘をさした、一人の女。左右非対称《アシンメトリー》の裾をした水色のコートドレスに、過剰なぐらい絞ったウエストからすらりと伸びたロングスカートは、一見でどこかの御令嬢《ごれいじょう》だと教えてくれる。

通りの左右を見物する後ろ姿は優雅と評してなんら差し支えない。ゆったりとした歩調に揺れるプラチナブロンドの髪が、扉の開いた宝物庫のように俺を誘っていた。

決めた、あの女にしよう。

定めた標的の後をつかず離れず歩きながら、取り出した手鏡と髪櫛《てぐし》で身だしなみを整える。何事も、もちろん悪事も、第一印象が重要だ。

しかし、後ろ暗い決意が足を急《せ》かす途中で、俺は視界の端にそれを見咎《みとが》めた。

「ん？　……って、おい」

件《くだん》の女へ、人混みからひょっこり現れた、見知らぬ男が話しかけていた。

道を尋ねているのか、それともナンパか客引きか、それ自体は別にどうでもいい。が、
問題なのは、そこに背後からさり気なく近づくもう一人だ。

相方が注意を逸《そ》らしている内に、そいつが女のポーチを強引にひったくった。

「！　ま、待て!!」

咄嗟《とっさ》に叫んで、足止め役の男も追いかけるふりをしてその場から走り出す。

創意工夫の欠片《かけら》もない、俺に言わせれば三流の手口。腹が立つより先に足が動いた。

あの程度の路上強盗ごときに、俺の獲物《かのじょ》を渡すわけにはいかない。

容易に予測し得た犯人の逃走経路に先回りして、通行人の影に隠れ、全力で走り来るひったくりの前に俺はひょいと片足を突き出してやる。

「!?　ぐへぇっ!!」

すると哀れな男は気持ちいいぐらいにズッコケて、街灯に頭からぶつかっていった。

男の手をすっぽ抜けたポーチが描く放物線、その先に腕を伸ばして受け止める。

そのまま人混みを縫うように歩きながら、相方に駆け寄るもう一人の男とすれ違う。

瞬間に、バックルを外してベルトを抜き捨ててやった。

「!?　ぐはぁっ!!」

唐突にずり下がったズボンに足を取られた男は、小汚い下着を見せつけるようにして相方の隣に顔から滑り込んでいく。

騒ぎ始めた野次馬《やじうま》たちを尻目に、俺は用意した人生をいつもの仕草で顔に被《かぶ》った。

改めて探す必要もなく。その場で呆然《ぼうぜん》と立ち尽くしていた日傘の女に、偶然を装った声音で話しかける。

「失礼、美しいお嬢さん。こちらの鞄《かばん》、落としましたよ」

3

彼は女性の手を取り、少し離れた適当なレストランのオープンテラスへ誘導した。飲み物だけの注文に顔をしかめた給仕《ウェイター》に、たっぷりチップを渡してやる。にこやかに言われるまでもなく、ごゆっくりするつもりだ。

「あ、ありがとうございます。助かりましたわ。その、本当になんてお礼をしたらいいか」

「お礼なんていりませんよ。それより、お怪我《けが》はありませんか。あなたのような可憐《かれん》な女性が、一人でこんな人混みを歩くなんて些《いさ》か不用心でしょう」

「え、ええ。私《わたくし》もそれは重々承知なのですが……ちょっとした事情がございまして」

歯切れ悪く俯《うつむ》く彼女に、内心やはりかと得心した。

椿《つばき》に艶《つや》めくプラチナブロンドの髪、青いリボンは少女らし過ぎるが、色合いとしては似合っているし美しい。真珠のイヤリングは言うまでもなく、香水も高級品だ。

しかしなぜか、外見に気を遣っているのは明らかなのに、白い指先だけは爪化粧《ネイル》をしていないのが気になったが、まあ、無視できる範囲の違和感だ。

「何か、深い事情がおありのようですね。こうして出会ったのも何かの縁です。僕でよろしければ、貴女《あなた》の力にならせてくれませんか」

とは言っても、この手の女の事情など、大抵、水たまりより浅いと決まっているのだが。

「あ、ありがとう！　見ず知らずの私《わたくし》に、こんな良くしてくれる人なんて初めてです！

ええと、そういえば、貴方《あなた》の御名前《おなまえ》は」

「ウィルソン＝ブロジェットと申します。よろしければ、ウィルと、お呼びください」

それが、今この顔に被《かぶ》っている、俺ではない「彼」の名だった。

決して裕福ではない東部の農家出身ながら、不断の努力と忍耐で大学を卒業した知識《インテリゲンテ》人《イア》は、今や広大な綿花畑と工場を所有する、若き実業家である。

その立ち振る舞いと雰囲気は自信と爽やかさに満ち溢《あふ》れており、いわば、女性にとっての一つの理想像に合致する。彼の唯一の欠点は、実在しないことぐらいだ。

応じて、注文したレモネードのグラスを手に、花のような笑顔が自己紹介を返してきた。

「勿論《もちろん》です、ウィル！　私《わたくし》はパトリツィア＝ウシュケーンと申しますの。どうぞ、パティとお呼びになって下さい」

ウィルの仮面は、期待以上の好感触を引き出してくれた。それからしばし、彼と彼女が世間話を交えながら、急速に打ち解けていく。

パトリツィアの実家は、南部の裕福な貴族の家系らしい。しかし彼女から、バケモノじみた気配は微塵《みじん》も感じない。そもそも、あんなひったくりの餌食になるほどの鈍くささだ。

なにも貴族の全《すべ》てが貴血因子《レガリア》を宿しているわけではない。因子は一人の親から、一人の子にしか継承されない。つまり両親が貴族でも、その子どもの内、因子を宿せるのは二人まで。そのほかの兄弟姉妹は名ばかり貴族の一般人となる。さらに言えば、革命後も残存する貴族家系の大半は、とっくに因子遺伝自体が途絶えてしまっている。

ふと、溶けた氷がグラスの中でかちりと鳴った。と同時、パトリツィアは内心をこぼす。

親の用意した縁談に、嫌気が差して家出したのだと。

「ありがちな理由ですわ。あなたのような、努力で身を立てた人からは、何不自由なく暮らしてきた小娘の反抗なんて、下らなく見えるでしょう。……笑ってくださって結構です」

「笑いませんよ、決して。……ありがちな理由というのは、それだけ多くの人にとって譲れないという証拠ですから。貴女《あなた》の真剣な選択を、笑ったりなんかしませんよ」

「……ありがとう。優しいのね」

涙ぐんで感激するパトリツィアを、俺は仮面の裏から鼻で笑った。

この女を動かす理屈はもう大体つかめた。クロニカではないが、こうして面と向かい合って十分に言葉を交わした今、彼女が何を望んでいるかぐらいは、手に取るように分かる。

パトリツィアはこの出会いを運命だと感じたいのだ。衝動的に実家を飛び出した後悔よりも切実に、必然の偶然に救われたいのだろう。

ならば俺は求められるまま、彼女が信じたい真実の顔を演じてやるだけだ。鳥籠を飛び出した先、辿《たど》り着《つ》いた理想の湖面が、悪魔の鏡だと知れぬままに沈めてやろう。

「でも、パティ。聞いてくれ、僕は心配なんだ。さっきの事だけじゃない、君のような美人がこのまま一人旅を続ければ、その内もっと危険な目に遭うかもしれない。正直に言えば、すぐに父君と仲直りして、実家に帰った方がいいと僕は思う」

「それは、そう……ですけど」

「でも、それがどうしても難しいと言うなら、僕を頼ってくれないか」

そう言うと、彼は優しくパトリツィアの手を握った。

「え、えっと……ウィル、それって、あとこの手は、その、あの……」

「……ごめん。急すぎるかもしれないけど、その、嫌だったら拒んでくれて構わないから」

エメラルド色の瞳に偽りない感情を伝える裏で、俺は見えないコインの音を聞く。赤子の手を捻《ひね》るが如《ごと》くだ。この女の身も心も実家の金も、今や全《すべ》ては俺の手中に収まった。

「僕と、一緒に来てくれないか、パティ」

「……ウィル」

そして、時が止まったような昼下がりのテラスで、見つめ合う二人の唇が、ゆっくりと近づいていき、触れ合う——寸前で、俺は気付いた。

プラチナブロンドのかかった白い肩越しに、こちらを睨《にら》む、紫苑《しおん》の眼光に。

「——ぐっはああっ!?!!」

「う、ウィル——っ!?」

視線を介して網膜を突き抜けさらにその奥へ、叩《たた》きつけられたクロニカの意思がハンマーのように脳髄を揺るがしてきた。

神経に直接作用した衝撃力は、ウィルソンと俺の体をパトリツィアから引き剥《は》がすだけにとどまらず、ブリッジの体勢で背後の植木鉢へ、勢いよく突っ込ませる。

「きゃあああ！　ど、どうしましたの、ウィルッ！　ちょっと溢《あふ》れ出る情熱《パッション》が斬新すぎませんッ!?」

「ち、ちが……これには、深い、事情があって……」

仰《の》け反《ぞ》った上半身を起こ、せない。軋《きし》む背骨はアーチを描いて硬直したまま、頭も植木鉢から取り出せない。しかし、両脚だけは俺の意思を無視して立ち上がる。

早く戻れ。脳髄に叩きつけられた命令が、血を介して全身を巡っていた。

「ご、ごめん……じ、実は持病の突発性海老反《えびぞ》り病の発作が……きょ、今日は失礼するよ」

「何ですかそのリアクション全振りの病っ!? え、ていうかちょっと待って今の雰囲気でこれで終わりってアリなんですっ!?」

とってつけた言い訳だけを残して、俺はその場から退散する。

幸い数歩で姿勢は復帰し、何とか人混みを抜け、クロニカの下へたどり着けた。

息も絶え絶えに文句を言おうとした直前、少女の冷ややかな声が頬《ほお》を打った。

「馬鹿」

4

それから数分、ようやく機嫌を直したクロニカに、店は決まったのかと訊《き》いてみると。

「……まだよ。途中で私を置いてけぼりにした、嘘《うそ》つきの女たらしを探してたから」

前言撤回、まだ直ってない。

「悪かった。けど、お前もお前だ。日が暮れるまで昼飯選ぶつもりかよ」

「それは、分かってるわよ、でも」

俯《うつむ》き、口ごもるクロニカ。しかしこれ以上付き合って歩くのは限界だった。主に腰が。

「もういい……黙ってついてこい」

「え、ちょっと——ライナスっ⁉」

今度は俺からクロニカの手を握り、半ば強引に連れ立っていく。昼時を過ぎかけた表通りを外れ、ネズミがたむろする薄暗い路地へ。

実際、歩いて分かった事がある。表通りの店は全《すべ》てハズレだ。特に、繁盛店はなおさら。

「ま、待って。こっちにお店なんて——」

「問題ない。さっき、ちらっとそれっぽいのが見えた。ほら、着いたぞ」

果たしてその先に建っていたのは、救いようもなく古臭い面構えの二階建てだった。

しかも立地が悪すぎる。大方、商売を知らない店主が貧乏くじを掴《つか》まされたのだろう。

「もう、なんなのよ、急に引っ張って……でも、このお花、きれいね」

瑞々《みずみず》しいハイビスカスの花壇に顔を寄せて、クロニカは小さく呟《つぶや》いた。よく掃除された店先は清潔で、ネズミ避《よ》けらしい太った猫が一匹、軒の上で欠伸《あくび》をしている。

確かに表通りの有象無象どもに比べれば派手さに欠ける、しかし、それがいいのだ。

甲高いドアベルの音に迎えられながら、少女とともに店の敷居をまたぐ。

「あら、お客様ですね。ようこそ、いらっしゃいませ」

深々とした一礼で出迎えてくれたのは、一人の老齢のメイドだった。太った玉ねぎのように丸い恰幅《かっぷく》が、年季の入った白いエプロンと妙に似合っている。

彼女の案内で席に着く。狭い店内では、白い漆喰《しっくい》の壁がオレンジ色の灯《あか》りを穏やかに反射していた。よく磨かれたテーブルは、安物ながらに黒檀《こくたん》じみた艶と品を帯びている。

「この度は、ようこそおいでくださいました。お若いお二人とは珍しい、まあお客様自体珍しいのですが……さておき、心を込めておもてなしさせていただきます」

老メイドはそう言って、素早く丁寧に水とナプキンを用意してくれた。

「ご親切にどうも、メニューはシェフから？」

「ええ。御品書きはございません。まるで古臭いディナーに招待されたようでしょう？」

「期待通りですよ」

疑問符を浮かべるクロニカをさておいて少し待つと、慌ただしい足音がやってきた。

「い、いらっしゃいませ！」

現れたのは、いかにもコックな男だった。人のよさそうな顔はよく焼けていて、特に一際赤らんだ大きな鼻が、厨房《ちゅうぼう》の火に長く炙《あぶ》られてきたことを物語っている。

「どうも。大分歩き回ったせいか腹が減ってましてね。この娘も見かけによらず、よく食べますので、アペタイザーとメインを二種類ずつ、それとパンとワインを頂けますか」

「か、かしこまりました。何か、お嫌いなものは」

「いえ、特にありません。ただこいつはまだ子どもなので、辛口は控えていただけますか」

クロニカの眉がわずかに動いたが、無視を決め込む。

さておき、足早に厨房《ちゅうぼう》へ引っ込んでいった店主に替わり、老メイドが頭を下げて。

「申し訳ございません。何分そそっかしい店主でして、腕は保証いたしますが、久々の御《ご》来客《らいきゃく》様に緊張しているようで、どうかご容赦を」

「お気になさらず。……あー、興味本位なのですが、ご夫婦でいらっしゃいますか？」

「いえいえ、店主と私はただの雇い雇われのビジネスライクな関係でございます。失礼ながら、お客様の方こそ恋仲同士でしょうか？」

「とんでもない、ただ親戚の娘を預かっているだけですよ」

適当に否定すると、なぜか、老メイドは大きなため息をついた。

「まあ、そうだったのですね。……はあ、すみません、私はてっきりこちらの美しいお嬢様はきっと何処《どこ》かの裕福なお家柄で、庭師のあなた様と踏み入ってしまった道ならぬ恋の逃避行の末にここへ来られたのだと妄想、もとい推測していたのですが……」

「重ねて断じて違います。……というか設定がやたらと細かいなおい」

遮ろうとした俺を無視して、老婆は勝手に話の花を咲かせていく。

「いえ、しかし親戚筋とはいえお若いお二人の事です。これからの展開に恋のスパイスがガロン単位でぶち込まれぬとは限りません。……はっ！　そうと決まればこの婆《ばあ》もうかうかしておれませぬ！　是非とも、今日のお食事が、お二人を愛とロマンス渦巻く底無し沼へと滑落事故させますよう誠心誠意お節介を——って痛ぁっ!?」

「……大丈夫？」

唐突に腰を押さえてうずくまった老婆に、クロニカは控えめに声をかけた。

「し、失礼いたしました。この婆、久方ぶりのアドゥレセンス溢《あふ》れる恋の気配に、少々テンションガリ上がりいたしまして、こ、腰が付いていけず……」

よろよろと立ち上がりながらもしっかりと一礼して、老いたメイドは勝手に盛り上がった意気を勝手に阻喪しつつ下がっていった。

「そ、それではどうぞごゆっくり……たとえ墓の下に行っても、この老骨はお二人を応援しておりますゆえ……」

去り際の老女の親指《サムズアップ》に、俺は思わず、頭を抱えた。

「やっぱり大丈夫かこの店……」

「あなたが選んだのよ」

なぜか、どこか上機嫌な微笑を浮かべて、クロニカは言った。

「お前も少しは否定しろよ。あのバアさん、いっそ水でもかけてやれば鎮火したか？」

「多分、何しても油を注いだと思うわ。それにあなたも、満更でもなさそうだったし」

「……なわけあるか。生憎《あいにく》、そこまで三流じゃない」

その時ふと頭の片隅を過《よぎ》ったのは、先ほどのパトリツィアの顔だった。

あの女もそうだ。恋だの、愛だの、実体のないものに踊らされるほど愚かな事はない。

金で買えないものは無い。いい言葉だと俺は思う。

何かが金で買えないとすれば、それはそもそも最初から、この世に存在していないのだ。

愛、正義、平和……大切な物は、いくら金を積み上げても手に入らない、金に換えられない価値があるのだと人は言う。全く以《もっ》て甚だしい誤解に違いない。

それらが金で買えないのは、最初から、この世のどこにも存在していないからだ。

無を買おうとしたところで、手に入るものなど何もないのは当然だろう。

「あなたって、つくづく最低だわ。……もう、夢がないんだから」

「ほっとけ。……そんなもんこそ、犬に食わせとけばいいんだよ」

そして待つこと十数分。結論から言えば、料理に関しての心配は杞憂《きゆう》に終わった。

前菜は注文通りの二種類。カリカリと香ばしい魚のフライとほうれん草のキッシュ、メインはリンゴソースのポークソテーとホワイトシチューのパイ包み、そして焼き立てのパンだ。何《いず》れも手間を惜しまず、この一席のために調理された一品《オーダーメイド》。

表の繁盛店では到底不可能な芸当だ。なまじ客数が多いため、工程を減らして手間を省き、作り置きしたお決まりのメニューしか提供できないのは当たり前なのだから。

そして、それこそが正しい商売だ。客一人に割く労力は最低限に、かつ客数は最大限にして利益を優先する。それが不特定多数を相手にする新しい時代の商売だ。

しかし、この店と店主は、かつて貴族の屋敷仕えだった頃から何も変わっていない。

時代に合わせて経営者になることが出来なかった、いつまでも誰かに忠実に仕えることしかできないコックの店は、だからこそ最高のもてなしをしてくれる。

そしてひっそりと、時代の影に消えてゆくのだろう。

「ま、俺にはどうでもいいが。ところで、クロニカ」

「……なによ、そのムカつく顔。『やっぱり俺の言う通りにして正解だっただろこのお子様が』とでも言いたいのかしら？」

一言一句違わず正解だ。片目で俺を睨《にら》む少女の顔に、剣呑《けんのん》さを感じ取ったのか、

「も、申し訳ございませんお客様！　な、何か料理に至らぬ点でもございましたか！」

腰を痛めた老メイドに代わって、丁度食後のお茶を持って来た店主が狼狽《ろうばい》した。

流石《さすが》のクロニカも、予想外からの反応を慌てて否定する。

「え、ええと、違うの店主さん。あなたの料理はとっても美味《おい》しいけど……その、この男の前で認めたくないと言うか……ああもう！　私の負け」

溜息《ためいき》一つ。テーブルの下でこちらの足を蹴りつけると、クロニカは淑《しと》やかに席を立ち、スカートの裾をつまんだ完璧なお辞儀《カーテシー》で店主を労《ねぎら》った。

「今まで食べたどの料理よりも、きっと絶対に美味しかった。このお店に出会えて光栄よ」

それはいつかの昔、この店主がかつて仕えた主人から受けた栄誉の場面、その再現だったのかもしれない。感激した赤ら顔が、咽《むせ》びながら何度も頭を下げる。

「わ、わたしも、最後に、あなた方のようなお客様が来てくださってよかった……！ほ、本日のお代は結構でございます。今の御言葉《おことば》だけで、この店は報われましたから」

瞬間、店主のその言葉に、俺は嫌な未来を予感して。

しかしもう遅い。テーブルナイフにきらめいた、紫水晶の瞬《まばた》きがそう語っていた。

「どうして、こんな素敵なお店を閉めるの？」

「え、ええ。お恥ずかしながら、どうも私は商売下手でして――」

「それは嘘《うそ》」

続く少女の言葉が、不意に訪れた沈黙を切り開いた。

「良ければ、事情を話してくれないかしら。こうして出会った縁だもの。力になるわ」

「おい――」

勝手に決めるな、という声は、しかし喉元を過ぎぬままに（視線で）射殺《いころ》されてしまった。

代わって、クロニカに促された店主は、ためらいがちに口を開き始めた。

「実は……遺産相続について、訴訟を起こされたのです」

その話を要約すると、次のようになる。

店主は元々、とある革命派貴族に仕えていた料理番《コック》だったという。

そして老いた主人に子供はなく、革命後に病没した彼は、使用人の中で最も信頼していた店主に、没収を免れた財産及びその相続権を正式な遺言状にて譲渡した。

それを元手に、この店を始めたのが数年前。立地は悪く客は少ないが、それでも主人の遺産があれば、少なくとも潰れることは有り得ないし、それだけで充分だった。

ある日、かつて仕えた主家の遠縁だという人物から、不正相続を訴えられるまでは。

「その相手が、ゴードンという人物でして……」

思わず息を呑《の》んだ。一端《いっぱし》の小悪党を自認する俺の耳にも、その名は届いている。

シェリー＝ゴードン。首都に多くの高級レストランやホテル・クラブを経営するグルメブーム成金の代表例、というのは表向きに過ぎない。その正体は議員や実業家に密会の場を提供し、汚職を仲介する裏社会の顔役の一人という噂《うわさ》だ。

どう考えても、たかが詐欺師風情がケンカを売っていい相手じゃないのは明白で、しかしやはり、俺に選択肢など無いことは少女の左眼《ひだりめ》が語っている。

「お任せください。私、実を言えば法律家でして……裁判の経験もありますから」

「ほ、本当ですか！」

店主の顔が、パッと明るくなった。上出来とでも言いたげな少女の微笑《ほほえ》みが憎たらしい。

この野郎、俺がこれからどれだけ危ない橋を渡ると思ってやがる。

しかし悲しいことに、鍛え上げた作り笑いは本音を押し隠すには充分過ぎた。俺は薄っぺらい偽装を保ちながら、気にかかっていたことを口に出す。

「ああ、それと、興味本位でお聞きしますが、問題の遺産というのは一体いくら程で？」

「あ、はい。ええと、ざっとこれぐらいでしょうか」

耳を疑うような金額に、思わず横目で確認すると、クロニカは呆《あき》れたように頷《うなず》いた。

頭の奥の暗闇から、コインの音が聞こえてくる、気が変わったのは言うまでもない。

「ご期待ください。必ず、このお店を取り戻してみせますよ」

俺にとって自明なのは、存在しない愛や忠誠なんかでは断じてない。

そこに確かに実在する金のためなら、命を賭けても悔いはないのだ。

5

そして、数日後。

「――以上のことから、ゴードン氏は到底、相続権を主張できる立場とは考えられません」

首都の至上裁判所《シュプリームコート》に堂々とした声を響かせながら、俺は対岸の席に深く腰掛けたシェリー＝ゴードン、本人の様子を盗み見た。

ここにはいないお人よしの店主に負けず劣らずどっしりとした体格をしている。しかし顔は正反対の悪人面だ。彼は葉巻を咥《くわ》えたままひどくつまらなそうにこちらを眺めていた。

まるで、結果は見えていると言わんばかりに。

「ダメだったわね」

「当たり前だ。陪審全員買収されて勝てるかよ」

閉廷後、店に戻った俺は店主に敗訴を伝えて、肩肘を張り疲れた体を席に落とした。

「……ですが、うう……ありがとうございます。こんな、こんな……私などのために」

ティーポットを抱えたまま、店主が感極まったように涙ぐむ。老いたメイドが一礼し、代わりに芳《かぐわ》しい紅茶を注いでくれた。

「お疲れさまでした、クルーガー様。……結果はともかく、どうかお気を落とさずに。店主も私も、お二人のお気持ちだけで充分救われておりますから」

丁重に感謝を述べて、老メイドは店主とともに奥へ下がっていく。

「それで、次の手は？　どうせ用意しているんでしょう」

読んでいたようなクロニカの口ぶりに、俺はそっぽを向いたまま頷《うなず》いた。

「ああ。ただし、だ。首尾よく運びたきゃ、一つだけ俺の言う事を聞けよ」

「内容によるわね。変態さん」

「違う。至って真面目な要請だ――この件が片付くまで、絶対に俺の心を覗《のぞ》くなよ」

――準備がある、そう言ってライナスは一人店を出ていった。

奥まった厨房《ちゆうぼう》で皿洗いを手伝いながら、残された私は時間を潰すことにした。

「お、お嬢様、そんな事はなさらずともいいんです。どうかごゆっくりお寛《くつろ》ぎ下さい」

「いいの。私、一度ぐらいお皿を洗ってみたかったもの。どうしても気が咎《とが》めるなら、さっきの紅茶のお礼代わりよ。本当に、ビックリするぐらい美味《おい》しかったから」

「お口に召したようで何よりでございます。クロニカ様」

その時、厨房のカウンターの陰からひょっこりと現れたのは、丸い恰幅《かつぷく》のメイド服。

店主は彼女の登場に若干の驚きを示しつつ、自らの手前ではないと口にする。

「ええ、私も茶の初歩ぐらいは心得ていますが……彼女の、アリアの紅茶には遠く及びません。本当に、こんな店には勿体《もったい》ないメイドです」

「まあまあ、褒められたところで別に何も出ませんよ。それに、こんなお茶汲《ちゃく》みだけが取り柄の老人を雇ってくれたのはこの店ぐらいのものですよ」

聞けば、革命失業した使用人たちの雇用の受け皿となったレストラン、しかし私がライナスと歩いた表通りの店は、若くて体力のある人材を好んで雇用する一方で、

「私のような物覚えも悪く、客引きにも使えぬ老いぼれでは、就職事情は冬を通り越してもはや絶望でございます。まあ、普通は貯金や年金、それも無ければ子や孫に頼るしかない年ですからねえ、仕方のないことではありますが」

にこやかに話す老女――アリア。その柔和な笑顔は、新しいものが溢《あふ》れ続ける世の中から、追いやられていく事への寂しさを押し隠しているのだろうか。

あのへそ曲がりの詐欺師ではないが、私は少しだけ、世の中に嫌な気持ちを覚えた。

「おや、これは申し訳ありません。湿っぽい雰囲気にするつもりは無かったのですが……。どうやらこのカサカサ肌が水分を欲してしまったようで。ここは話題を変えるといたしましょう。――ときにクロニカ様は、どうして旅をなされているので？」

不意の問いかけは、何気ない調子で私の琴線を震わせた。

どうして、旅をしているのか。その問いへの答えは、今も昔も変わらない。

「私は、思い出《じんせい》が欲しいの。色んなものを見て、聞いて、触れて……何よりも切実に、私だけの足跡が欲しい」

しかし、けれど、その意味合いは、あの詐欺師のせいで変わってしまった。

閉じた左眼《ひだりめ》の裏がずきりと疼《うず》く。表面上は治ったものの、刻まれた傷は癒えてなどいない。ずっと、はじまりと私を繋《つな》いでいた見えない縛鎖が、壊れかけているのを感じる。

それら全《すべ》ては、彼のおかげなのだ。

あるはずのない希望、存在しなかった終点《ゴール》が今なら見える。変えられないはずの運命を、一人の詐欺師が、乗り換えさせてくれた。

もうこの旅路は、こぼれ落ちていく時計に、砂を継ぎ足すに過ぎないような、先延ばしの逃避行などではない。だからこそ切に願うのだ。

一度きりの、かけがえのないものとなったこの旅に、私は後悔を残したくはないと。

だから助けたい。彼が出会わせてくれた、このお店を。

「クロニカ様？」

「……あ、ごめんなさい。手が、止まってたわね」

気付けば、私の手は水の中の皿に触れたまま、切り離されたように止まっていた。

「いえいえお気になさらず。きっとクルーガー様の事を考えていたのでしょう。私には分かりますとも。あの御仁、少々ニヒルが効きすぎてはいますが中々のハンサム。まったく、羨ましくもあり懐かしくもございます。かくいうこの私も若い時分には、お仕えする家の若君と禁断のラブロマンス大長編を繰り広げていたものですから」

「……そ、そうなの」

心なしか頬《ほお》を赤らめて昔を語るアリアへ、私は一瞬開きかけた左眼《ひだりめ》を閉じた。

彼女の魂《れきし》を覗《のぞ》くのはやめておく。失礼な気がするし、何より本当に大長編だったら……見たいような、見てはいけないような、しかしやっぱりよしておく。

やはり他人の心なんて、見えないに越したことはない。そう結論づけて、私は再び、人生で初めての皿洗いに没頭し始めた。

6

同時刻。

その部屋は書斎というには豪華すぎて、執務室というには悪趣味すぎた。つまりは応接室というのが相応《ふさわ》しく、来客に主人の権威を見せびらかすための空間である。

部屋の主である太った大男は食事中。ウォルナットの机に白いテーブルクロスを敷き、銀のナイフとフォークで香ばしい肉を切り分け、口に運んでぐちぐちと噛《か》んでいく。

そのつやつやとした禿《は》げ頭の脂が、シャンデリアの光にぎらついていた。

「もう一度言ってくれないか、ハッティンソン卿。聞こえなかった」

「ゴードン、その、君に頼みがあるんだ」

ハッティンソンと呼ばれた男は対照的に、貧相な顔つきを苦し気に歪《ゆが》めた。衣服は上等なものだが、肝心の彼自身が、まさに没落貴族という風にやつれていた。

「……頼み、頼みか、だろうな。君の頼みなんて一つしかない」

「た、頼む！　少しでいいんだ。あの家の財産事情を教えてやったじゃないか。裁判では勝てるんだろう？　だから、私にも――」

「昔なじみの家の財産から、おこぼれを預かりたい。そう言うんだな、ハッティンソン」

目を背けていた事実の構図を突きつけられ、ハッティンソンはややたじろいだ。

しかし、代々の屋敷と老いた使用人たちの顔を思い浮かべて、彼は恥を忍んで頷《うなず》いた。

それを見たゴードンは、ナプキンで口元を拭うと、不遜に立ち上がる。

空になった昼食の皿は、いつの間にかテーブルクロスごと跡形もなく消えていた。

「いやだね、断る。と言いたいところだが、そうだな」

言葉を切り、有無を言わさぬ気配とともにゴードンは右脚を前に出した。

「跪《ひざまず》いて靴を舐《な》める機会をやろう。もしかしたら、俺の気が変わるかもしれないぞ」

一瞬、中年の貴族の瞳は、役立たずになり果てた誇りと、落ちぶれた現実に坐《ざ》する覚悟の狭間《はざま》で揺れた。しかし彼が決断に要したのは数秒だけだった。

ゆっくりと跪き、哀れな己の顔をはっきりと写す、磨かれた革靴に舌を這《は》わせる。

それを見下ろす邪悪に肥えた笑顔は、しかしハッティンソンからは見えなかった。

「ふふ、くく……実に情けないなあ。いいだろう、気が変わったよ」

「じゃ、じゃあ」

「うむ。これ以上恥を晒《さら》させるのは、かわいそうだからな」

言葉尻が落ちると同時、空気を裂く飛翔音《ひしょう》が、ハッティンソンの首に突き刺さった。

「ぐ、っぁ、な、これは……血が、あああッ!!」

ゴードンの手にいつの間にか握られていたのは狩猟用クロスボウ。放たれたのは革命期に猛威を振るった出血矢だった。鋭い先端が皮膚を貫き、ストロー状の空洞が毛管引力によって血液もろとも因子を一気に吸い上げ、強制的に体外へ排出させる。

失血の苦痛にあえぐその口元に、ゴードンは蹴り込むような爪先をねじ込んだ。

「お前ら貴族を見ていると本当に腹が立つよ……これまでさんざん偉そうにふんぞり返っていた分際で、いざ革命が起きると尻尾を振って生き延び、そして落ちぶれるとこまで落ちぶれてからようやくプライドを明け渡す。本当に、あさましい生き物だ」

倒れ伏すハッティンソンの尊厳を最後の一片までも踏みにじりながら、彼は続けた。

「時代は変わったんだ。もうお前らの手に残っていいものは何もない。名誉も、地位も、金も、そしてその血肉の一片までも含めて……お前らの全《すべ》ては、俺のものだ」

――そして、一時間後。

食後の葉巻にゆったりと火をつけて、ゴードンは次の来客を新品の絨毯《じゅうたん》の上に通した。

「ようこそ、お嬢さん。長々とお待たせして申し訳ない。ところで、この私にどんな御用だろうか。噂《うわさ》に聞く――騎士団の使者が」

「一つ、あなた様と取引をできればと思いまして、シェリー＝ゴードン様」

「……詳しい話を聞こうか。ではまず、あなたの名前からうかがっても？　レディ」

プラチナブロンドの髪が、青いリボンを揺らしてお辞儀した。

「私は、パトリツィア＝ウシュケーンと申します。この度は、とある貴族の少女の身柄を確保するために、どうかあなた様のお力添えを頂きたく、参上いたしましたわ」

7

細い指先が、緞子《どんす》織のテーブルクロスに並んだ大皿からクラッカーを一枚取り上げた。

「美味《うま》いか」

「あんまり」

裁判所での敗訴から三日後、ここはとある高級ホテルのパーティーホール。彫刻された大理石の柱、真っ白な化粧漆喰《しっくい》の天井には豪華なシャンデリアが吊《つ》るされていて、その下でピカピカの金管楽団の演奏と、招待客たちのお上品な喧騒《けんそう》が混成していた。

余談ではあるが、この建物は先日クロニカと訪れた市街中央の革命広場《ギロチン》、処刑場の跡地を見下ろすように建っている。流石《さすが》にいいセンスだと言う他なかった。

経営者は無論、シェリー＝ゴードン。晩餐会《パーティ》の主催も彼だ。

そこに今、俺とクロニカは紛《まぎ》れ込んでいる。受付をどう誤魔化《ごまか》したかは言うまでもない。

「それにしても……あなた、お化粧なんてできたのね」

「俺の本業は知ってるだろ。誤魔化し、取り繕いは得意分野だ」

クロニカの姿は、俺が場に相応《ふさわ》しく整えた。とは言っても、素材のおかげで大した手間は必要なかった。絹糸のような紅雪《あかゆき》の髪は軽くかき上げて項《うなじ》を晒《さら》し、べっ甲の髪飾りで留《と》めてある。それから口紅は薄く、頬《ほお》に軽く粉をまぶせば即席女優の完成だ。

黒いイブニングドレスを着せたクロニカは、先ほどからさり気ない注目を集めていた。

しかし当人は眉間を寄せて不満げな目つきを隠しもない。その理由を問うと、

「気が滅入《めい》るのよ。男の人たちから下心で見られるし、女性からは敵意や嫉妬を向けられる。むこうは隠してるつもりでも、私には見えてしまうから」

「それの何が嫌なんだ？」

「あいにく、私はあなたほど性格悪くないの。……ああ、そういえば、一つ訊《き》き忘れていたんだけど——ねえライナス、この格好って、あなたの好みなの？」

先日の約束を守って左眼《ひだりめ》は封じたまま、クロニカはからかうように告げてきた。

「思い上がるなら、あと十年は成長してからにしろ。今のお前じゃ馬子にも衣装だ」

「……それ、どこの言葉でどういう意味よ」

今回の計画は、いわば最終手段だ。ゆえに単純にして明快。まず会場に潜入し、主催であるゴードンに挨拶を装って近づく、あるいは彼の目を引く、そして。

「私が、記憶を奪うのね」

「ああ。財産の在処《ありか》、愛人の住所、ついでに親の顔も奪ってやれ。それで万事解決だ」

法廷で負けた以上、遺産を取り返す手段はもう、法の外にしか残っていなかった。

「何だかすごく強引ね。秘密にしてた割には期待外れなのもあるけれど、もっと、こう、何と言うかスマートな、詐欺師らしい作戦は無かったの?」

「無茶《むちゃ》言うな。悪党を叩《たた》きのめすなんて専門外だ。……で、どれぐらいまで近づけばいい」

「最低十五フィート、それ以上だと視線がつながらないわ」

「分かった、じゃ、そろそろ行くぞ」

上手《うま》くいけばこれで終わる。事前の仕込みの甲斐《かい》があった。そしてかけておいた保険の成果だろうか、今のところ危惧していたような気配もない。

隣へ差し出した手のひらに、揃《そろ》えた指の感触が触れた。俺はクロニカを伴ってゆっくりと、赤い絨毯《じゅうたん》の敷かれた会場へと漕《こ》ぎ出した。

内気な娘の社交界デビューに付き添う父親、を演じながらさり気なく。主賓席にどかりと座ったデブの標的との距離を詰めていく――最中、不意に楽団の演奏曲が変わった。

陽気なリズムに合わせて、人々が空間を開ける。ダンスの時間だ。

流石《さすが》に無視するわけにはいかない。不審過ぎて一発アウトだ。ゆえにここは仕方ない。

「クロニカ、お前――」

踊れるか。そう言って、傍らの少女へ振り返ったその時。

「こんばんは。そして初めまして、バカな人」

俺が手を取っていたのは、クロニカではなかった。

少女の姿は、いつの間にか忽然《こつぜん》と消えていた。入れ替わりに、濡《ぬ》れ羽色《ばいろ》の黒髪の下から俺を覗《のぞ》くのは、まったく見知らぬアイスブルーの瞳。

そして息を呑《の》む暇もなく、氷のような無表情が、有無を言わさぬように告げてきた。

「一曲、いかがでしょうか《シャルウィーダンス》」


……嘘《うそ》をつくときのコツ、その二。

常に冷静であれ。


「ダンス。お上手ですね」

「……誰だ、お前」

白い波形模様《モアレ》のウエストに手を当てて、シルクの手袋と手を取りながら踊る。

黒髪を落とした端正な顔立ちは、人形のような冷たい無機質さを帯びていた。

硝子《がらす》玉のような蒼《あお》い瞳がチリチリと、探るように俺を観察する。

「私は、ゴードン氏の秘書兼護衛。イヴリーンです」

簡潔な自己紹介は、どうしてか、やけに遠くから聞こえてくる気がした。

「クロニカを、どうした」

自分でも驚くほどに冷めた声だった。視界が締め付けられるような熱い感覚。弾《はじ》け飛《と》びそうな腹の底の衝動を、欺瞞的《ぎまんてき》な無関心の蓋で押さえつける。

「あの娘ですか」

ステップ、そしてターン。するりと、俺の胸元からハンカチが抜き取られた。

「消してしまいました。こんな風に」

イヴリーンは白い布切れを、シャンデリアがつくった己の影に落とした。それは吸い込まれるようにひらりと舞い、黒い領域に触れた瞬間、砂糖細工のように溶け消えた。

間違いない。これは超常の異能。貴血因子《レガリア》の力以外にあり得ない。

悲鳴の一つすら残す間もなく、クロニカはこの世から消されたのだと理解して。

「私見ですが、済んだ事よりも、今はご自分の心配をされたらどうです？」

その声が、音楽が遠い。意識は肉体を抜けて、現実の一歩後ろで奇妙に煮えている。

霜が降りたように冷たい女の瞳には、同じく、熱の無い俺の顔が映っていた。

「もう分かっているでしょうが、あなた、出しゃばりすぎましたね」

ステップ、ステップ、ステップ、そしてターン、ステップ、ステップ、ターン。

糸に繰られるマリオネットのように、俺の体はほとんど自動的に踊っていた。

そして実感を伴わない頭もまた、一つの言葉を器械的に反復し続けている。

「だから残念ですが、これから死にますよ」

冷静に、冷静になれ。

そうして曲が終わり、お互い最後のターンを踏んで。見つめあった姿勢から数秒。

外面とは裏腹の、熱いぐちゃぐちゃの思考を抱えたまま、ゆっくりと顔を上げると、
葉巻を咥《くわ》えたゴードンが、つまらなそうな顔で立っていた。

8

「虎の尾を踏んだなあ、弁護士」

眩《まばゆ》いシャンデリアの灯《あか》りが瞼《まぶた》の裏から消えないうちに、俺は薄暗い倉庫の薄汚い床に縛られた手足を投げだしていた。

ゴードンの声が、俺をリンチしていた手下のやくざ者どもを下がらせた。

靴音が床を介して大きく耳を叩《たた》く。頬《ほお》に落とされた葉巻の吸い殻が、傷口を焼く。悪態をつこうとした喉は、唾液の混じった血をむせる以外役に立ちそうもなかった。

「弁護士……実にふざけた肩書だとは思わんか。口先で他人を護《まも》ることなどできはしない。よって今、お前は暴力によって這《は》いつくばっているわけだが――で、目的は何だ？」

反応する形で顔を上げた瞬間、硬い靴の裏に勢いよく踏みつけられた。

「別に答えなくていい。見当はついてる。どうせあの店の金が目当てだろう。だが、俺が本当に聞きたいのはもう一つ……お前と一緒にいた、あの少女は何だ？」

次いで、硬い爪先で顎を蹴られた。血が詰まった喉が奇妙な音を立てる。

「お前はまるで、犬のような顔をしてるな。主《あるじ》は、きっと彼女だろう。言えよ、一体どうして、お前はあの少女と一緒にいる。そしてなぜ、騎士団の連中は彼女を狙っている？」

苦痛を堪《こら》えながら、どうにか己に向けられた言葉の意図をとりまとめる。

ゴードンは、クロニカと騎士団を知っている。そしてそれ以上を知りたがっている。ならなぜ少女は殺されたのか、それを防ぐために、俺は――だが、ともかく、今は。

「……お前に、喋《しゃべ》ることは、何もねえよ」

「そうか。もしや法廷でないと口が回らんかね？　悪いが、裁判には連れて行ってやれんな。何故《なぜ》なら、俺の判決はもう下っている」

太い指がパチリと鳴る。そして再び、俺はリンチの輪に取り囲まれた。

だが、何も喋らない。古今東西、拷問の目的とは一つ。人間という箱の中身を取り出すことなのだから、喋ってしまえば最後、空箱の末路など決まっている。

逆を言えば、口を閉じている間は生きていられるという事で、しかしだからこそ、死んだ方がマシな状態に置かれるのだが――その自論を、俺は身を以《もっ》て証明していた。

「……っ」

だが、ああ、そろそろだ。痛覚というのはある一定を超えるとぼうっと麻痺《まひ》してくる。きっと意気地なしの脳みそが、苦痛に耐えかねて逃げ場を見つけるのだろう。

ともかくそうして、俺の意識は肉体から滑り落ち、己の内に避難していった。

そんなところに安息など、在りはしないと知っているのに。

『大丈夫……大丈夫よ、ライナス。だいじょうぶ、だから……』

天井にぶら下がった父を前にして、姉は何度も繰り返しながら俺を抱きしめた。

十二年前の革命で、俺たちの生活は一変した。父が経営していた劇場は貴族のパトロンを失い、市民の暴動で焼け落ちた。そして一家は破産した。

同時に始まった内戦で社会が混乱する中、俺は気丈に震える腕に抱かれながら、たった一人の家族をずっと傍《そば》で守るのだと、ひどく青臭い決意を固めたのを覚えている。

けれど、実際はむしろ真逆だった。

姉さんは俺よりもずっと強く、前を向くことが出来たのだから。

『見て、ライナス』

安アパートと言うには褒めすぎなボロ部屋の小さな食卓に、姉はどこからか拾ってきたガラス瓶を置いてみせた。くすんだ容器の底には、ほんの僅かにコインが溜《た》まっている。

『まだ少しだけど……貯金、始めてみたの』

昼は主として死体の片づけなど、とにかく見つけた仕事を二人でこなす日々。しかし天性の器量の良さか、姉はすぐ夜の酒場で歌手の座を獲得していた。その分の稼ぎを貯《た》めているのだというのは容易に理解できた。

『これをいっぱい貯めて、また劇場をつくること。それが今の私の夢。どう？　ライナス。いつか舞台が出来たら、今度こそ一緒に劇をしましょ』

彼女の笑顔は、まるで過ぎ去った日々のようにきれいで、それが眩《まぶ》しかったから。

俺は壊れ物を扱うように、恐る恐る問いかけた。

『……姉さん、それ、本気？』

『本気も本気、大マジよ。だから……お願い』

そう言って、痩《や》せた両腕が俺を抱きしめた。

『あなたも、諦めないで……一緒に、生きて』

それから直《す》ぐの事だった。無理がたたった姉が血を吐き、倒れたのは。

……だから俺は、あやふやな、夢や希望や愛なんて嫌いだ。信じるに値しない。

当時の俺たちに本当に必要だったのは、そんなまやかしでは断じてなかったから。

その現実を直視しないキレイ事が、俺は大嫌いだ。


——意識を飛ばしていたのは、一体どれぐらいだったのだろう。時の感覚は一足先に殴り殺されており、瞼《まぶた》を開けると、そこにゴードンたちの姿はもう見えなかった。

しかし、いや、一人だけ目の前にいる。それは見るからに鈍そうな大男で、調理師風の汚れた作業着を着た、ぎょろりとした大きな目が俺を捉えた。

「だ、旦那が、後は任せるって言った。……お、俺、普段は厨房《ちゅうぼう》で働いてるんだ」

聞いてもない自己紹介をしながら、大男はこちらに背を向け、あまり想像したくない仕事道具を取り出し始めた。下拵《したごしら》えのつもりか、大仰に金属音を響かせ恐怖を煽《あお》りながら。

それら一切を無視して、俺は音を立てずに縛られた身を起こす。

すでに走馬灯はいずこかへ走り去っていった。しかし、たった一つの思い出だけが、返り血のようにべったりとはりついたまま、目の前を離れない。

――降りしきる雨、握ったナイフの感触。

――血濡《ぬ》れたガラス瓶の中で響く、コイン《罪》の音。

あの日あの時――俺が殺した姉の顔が、こびりついたまま離れない。

「俺の作るローストビーフ、ひ、評判なんだ。う、美味《うま》いって、み、みんな、お客さんもゴードンの旦那も言ってくれるんだ。あ、あんたもきっとそう言う。間違いない」

両肩関節を外し、縄を緩めて腕を解放する。縄抜けは久しぶりだが、運がいいことに首尾よくいった。解いた縄の先端に牛飼いが使うような輪っかを括《くく》る。

　クロニカは、死んだ。

俺の失敗だ。もう二度と、俺の金は戻ってこない。だからきっと、そのせいなのだ。

これほどまでに熱く激しく狂おしく、胸の内が煮《に》え滾《たぎ》っているのは。

「で、でも。旦那から注文が入ると、に、人間も料理する、そんでこっちも評判なんだ。痛いって、やめてって、何でもしゃべるからってみんな言う――」

「おい。ウスノロ」

振り向いた男の頭頂めがけ、俺はカフスボタンを重しにつけた縄の先端を投げ付けた。

輪投げの要領で大男の首に引っ掛けると同時、傷ついた体に鞭《むち》打ち、全力で引き絞る。

するとぴんと張った手応えとともに、急激に閉塞した縄紐《なわひも》が男の頸《くび》を圧迫した。

「!!　や、やめ、やめ……て」

男はしばらくもがきながら泡を吹き、そして倒れた。

足の拘束も解いて、ふらつきながら立ち上がる。幾度となく冷静さをぶっかけた頭の中で、消しきれない炎が燃え尽きることなく燻《くすぶ》っていた。

「俺の怒りを買ったな、クソ野郎」

9

翌日、朝。彼の私室兼、応接間にて。

ゴードンはノックの音で、徹夜明けの浅い眠りから目を覚ました。

「何だ。さっさと入れ」

「し、失礼します！」

来訪者は子飼いのやくざ者。昨晩、例の弁護士の暴行に加わっていた一人である。

「どうした。奴《やつ》が何か吐いたか？　まさか、その前に殺してしまったんじゃないだろうな」

「い、いえ……どちらでもありません。ないんですが、その」

机の下から仕置き用の鞭《むち》を取り出しながら、言ってみろ、と低く脅す。

「と、とっ捕まえていた男ですが、に、逃げられました。朝方、様子を見に行ったら消えてやがりまして、ど、どうやら拷問係のトビーを締め上げて脱出したらしく……」

数分後、血に染まった鞭を新鮮な死体の上に放って、ゴードンは片付けろと呟《つぶや》いた。

「かしこまりました」

応じて、バルコニーの朝日が部屋の床に延ばした影から、一人の女が立ち上がった。彼女、イヴリーンと入れ違いに、血と死体が飲まれるように影の下に消える。

「逃げた男ですが、追跡いたしますか。今日中には、捕えることが可能でしょう」

「……いや、後でいい。近々、騎士団の女が来る。お前は俺の傍《そば》にいろ、イヴリーン」

昨夜と同じ波形模様《モアレ》のドレスが、頷《うなず》くように一礼してから、訊《たず》ねた。

「なぜ、騎士団と取引を?」

突然来訪した騎士団からの使者、パトリツィア。結局、ゴードンは彼女との密約に同意した。その内容は、首都では派手に活動し辛《づら》い彼女ら騎士団に代わって、クロニカという貴族の少女を捕獲すること。その見返りとして、ゴードンは騎士団での地位を要求した。

「一体どういう風が吹きまわしたのでしょう。大の貴族嫌いのあなたが、連中の仲間になろうとは。……まあ私に関しても、以前からその点は疑問でしたが」

「今日は良く喋《しゃべ》るな。無愛想なお前にしては珍しい」

「失礼。気になったもので」

まあいい、とゴードンはお気に入りの南部産葉巻に火をつけた。

「俺は別に、貴族を殊更恨んでいるわけでもない。ただ、一昔前まで偉そうに人の上に立っていた奴らを踏みつけるのが好きなだけさ。その点、お前は何と言うべきか……そういう典型的な貴族らしいところがない、だから傍に置いている」

イヴリーンは半年ほど前、ふらりと現れた未登録因子保有者、即《すなわ》ち、残党貴族である。

そして今では、ゴードンの片腕と呼ぶべき立場にあった。

「これはあくまでビジネス、投資の一環だ。いくら俺でも私情は挟まんよ。騎士団とコネクションを作っておいて損はない。お前も、噂《うわさ》ぐらいは聞いているだろう……騎士団《やつら》は、〈王〉の遺体を持っていると」

開けたバルコニーに望む、眼下の広場の中央で、錆《さ》びた断頭台が、物言わぬまま朝日を浴びていた。それはまるで、逃してしまった罪人の首を待ちわびているように。

〈王〉。革命によって廃された、千年を君臨した不死者の遺体は、今を以《もっ》てなお行方が分からぬまま。そして一説には、その不死身の死体を手に入れた者は、この国の新たな支配者に成れるとまことしやかに囁《ささや》かれている。

「信じているのですか。そのような馬鹿げた話を」

くつくつと、含んだ笑みがこう応えた。

「信じている、どころじゃない。お前には言うが……俺にはあるのさ。〈王《かみ》〉の死肉を手に入れれば、必ず、この国を手に入れられる確信が」

己の太鼓腹を撫《な》でながらそう嘯《うそぶ》く、彼の声は成程確かな自信に満ちていた。

「つまり、これはそのための一歩というわけだ。よって、これからの騎士団《れんちゅう》との交渉を有利にするためにも、もっと情報を集めねばな。――出せ、イヴリーン」

「はい」

それは願望か、あるいは妄想か。イヴリーンは問わぬまま頷《うなず》いて、足元の影を動かした。

闇の表面に波紋が走る。直後、その黒い平面から吐き出されたのは、一人の少女。

翡翠《ひすい》色の右目が顔を上げるなり、紅雪《あかゆき》の長髪を振って、ゴードンをきっと睨《にら》む。

「さて、美味《おい》しそうなお嬢さん、どうして君は追われているのか、話してくれないか。良ければ、この私が力になるよ」

どこか芝居がかった、隠す気のない欺瞞《ぎまん》の声で、ゴードンはそう問いかけた。

10

「見え透いた嘘《うそ》ね、だから見るまでもないけれど——後悔させてあげる」

〈真理の義眼《アイオブザプロヴィデンス》〉第二眼。私を見下ろすぎらついた瞳に、精神を直接破壊する一瞥《いちべつ》が、叩《たた》き込《こ》まれるその寸前。

立ち上がった黒い影が、私とゴードンの間に、つながりかけた視線を断ち切った。

三次元の漆黒は白いドレスの足元から伸びている。そこに立つ女性は短く嘆息して、どこからか、黒眼鏡《オペラグラス》を二つ摘《つ》まみ上《あ》げた。

「お気を付けください、この少女の貴血因子《レガリア》は、物理的な威力を持たない代わりに、精神干渉に特化しているようです。恐らく能力の基点は眼球、引鉄《ひきがね》はその視線でしょう」

そう言うと、女は眼鏡の一つを自分に、もう一つをゴードンに渡した。

思わず歯噛《はが》みする。単純だが、私の能力に対する完璧な封じ手だ。相手の目を見ること叶《かな》わぬ限り、この左眼球は何の役にも立たない。

遅まきながら、この女貴族の能力も察しがついた。影の領域の自在操作。先刻までこの身が沈んでいた闇は、武器としては勿論《もちろん》、己の感覚器として収納物を精査できるのだろう。影のヴェールが再び平面に落ち、黒眼鏡をかけたゴードンが感心気味に顎肉を撫《な》でた。

「ほう、成程な。あのブロンド女め……謀《たばか》ってくれる。あえて、俺に言わなんだか。まあいい、助かったぞイヴリーン。ご褒美にナデナデしてやろう」

「普通に嫌です。セクハラで殺しますよ」

冗談だと笑って、黒いレンズを越した欲望の目つきが、私を捉えた。

沸き立つ嫌悪感に後退《あとずさ》りしつつ、私はどうにか、挑むように声を飛ばした。

「騎士団と取引したと言ったわね。愚かな人たち、彼らが、約束なんて守ると思うの」

「思わんさ。だからこその交渉であり駆け引きだ。君の身柄さえ押さえておけば、私の有利は揺るがない。たとえ奴《やつ》らが強硬手段に出ようにも、首都《ここ》では無理だ。だから心配には及ばんよ。君は大人しく、私の糧になる事だけを考えていればいい」

相手の言葉が終わるや否《いな》や、私は、ずっと気がかりだったことを訊《たず》ねていた。

「ライナスは、私と一緒にいた男は、どうしたの」

「あの男なら、殺したよ」

一瞬、比喩でなく心臓が止まった。

「……と言いたいところだが、どうやら君の相棒は厨房《ちゅうぼう》のゴキブリ並みにしぶといらしい。

少々痛めつけはしたが、逃げられてしまった」

しかし、思わず漏らした安堵《あんど》の吐息を叩《たた》き潰《つぶ》すように、ゴードンは続けた。

「だが安心するといい。すぐに捕えて再会させてあげよう。ああ、ところで一つ訊ねるが、ハンバーグは好きかね？　私は好きだ。彼も好きだといいんだが……粗挽《あらび》きにして、胡椒《こしょう》をたっぷりとかけてやれば、どちらだろうと気にならなくなるか」

毒々しい戦慄に背筋が震える。ライナスではないけれど、私にも目前の肥満体から、他者の生命を消費することを己に許した者特有の、血生臭い横柄さをありありと感じる。

……いや、しかし、これは何かが違う。

この粘ついた、黒眼鏡越しに私を見つめる欲望は、もっと下品で、野卑で、本能的な粘性を帯びている。私は自らの左眼《ひだりめ》の奥の故郷《ふるさと》に、同じものをよく知っていた。

「あなた、まさか――」

応じたのは、無骨に輝く刃《やいば》の輝きだった。ゴードンが、無造作に机の下から取り出したのは、鏡になるまでよく研がれた一振りの肉切り包丁。

「私は、鶏はモモ肉が好きでね。君のはどんな味かな、お嬢さん」

言うが早いか、脂ぎった指に捕まれて、私は絨毯《じゅうたん》の上に組み伏せられていた。

抵抗できない。貴族としては歪《いびつ》な癌細胞《がんさいぼう》の身には、ただの少女以上の膂力《りょりょく》はないのだ。

スカートが乱暴にまくり上げられた。そして振り下ろされた刃はさながらギロチンのように、私の右足を大腿部《だいたいぶ》から斬り落とす。

激痛は、衝撃から一瞬遅れてやって来た。

血濡《ぬ》れた包丁を片手に、ゴードンは拾い上げた私の右脚を舐《ねぶ》り、そして齧《かじ》りついた。

そして鶏モモ肉《チキンレッグ》のように、血の滴る生足を貪っていく。

吐き気を催す痛みと、寒気を伴う出血の中で確信した。こいつの正体は——。

「まったく、いけないお嬢さんだ。そんなに美味《おい》しそうな匂いをさせて大人を誘うなんて……なんて悪い子だ。思わず、つまみ食いをしてしまったじゃないか」

咀嚼音《そしゃくおん》に混じった声が、焼かれるような痛みとともに木霊する。けれど、私は自分の身よりもなお、ここにはいない彼の事を案じずにはいられなかった。この異常者が痛めつけたと言ったからには、きっと生半可ではない。

後悔が、傷の痛みより激しく身を焼いた。私のせいで、彼は本当に死んでしまったかもしれない。

閉じた瞼《まぶた》の裏から熱い何かがこぼれ落ちる。恥知らずにも、私は泣いていた。

ゴードンは筋とも骨ともつかない肉片を吐き出して、満足げに口元を拭った。無造作に投げ捨てられた足骨はしゃぶりつくされ、唾液にまみれて輝いている。

「ごちそうさま《メルスィーボーク》。美味しかったよお嬢さん……このまま君自身も、その美味《うま》そうな瞳ごと頂きたいところだが、今はやめておこう。お客人が来たようだ」

ドアの向こうの廊下から足音が響く。来意を告げるノックを、ゴードンは快く出迎えた。

「ようこそ、麗しき騎士団のレディ」

「この度は、首尾よく意図を遂げられた頃と思い、ご無礼を承知の上で、御招《おまね》きに預からずに参上いたしました。どうかお許しを、ムッシュ・ゴードン」

　そして現れた女性を、私は知っていた。

　間違いない。先日、ライナスと一緒にいた、その女性の名は、確か。

「……パトリツィア＝ウシュケーン」

　こちらの呟《つぶや》きに。金髪の淑女は薄く微笑《ほほえ》んだ。

11

「癌細胞《ドローキャンサー》の少女……初めましてですが、私《わたくし》の名は、申すまでもないようですね。そして何の用かも、言うまでもないでしょう」

　彼女は目を伏せたままクロニカへ一礼し、それから顔を逸《そ》らして向き直る。

「生け捕りが条件だと伝えたはずですが、一体これはどういったご了見で？」

「生きてはいるさ。子どもとはいえ貴族だ、少し味見したぐらいで死にはしないだろう。それに、あなたこそどういう了見だね。この少女の眼《め》の力を、黙っていたな」

「あら、お伝えしていませんでしたか。これは失礼を……それより」

　事も無げに言って、白手袋の指先が、背後に伸びる己の影にハンカチを落とした。

　すると舌打ちとともに、濡《ぬ》れ羽色《ばいろ》の髪と白波のドレスが、水鳥のように闇から躍り出る。

「人様の足元にモグラを忍ばせるなんて、これも、どういったご了見ですの？」

まいったねと、こちらも悪びれずに肩をすくめるゴードン。

元より、互いに交渉を取りやめる理由はない。片や、己の野望のため騎士団とのつながりを欲し、騎士団はクロニカの身柄を欲している。ここに利害が一致する以上、主導権を握るためのジャブは交わされこそすれ流血には至らない。

「ではお互いさまという事で……ここは一つ、仕切り直すことにしようか。イヴリーン、もういいぞ。客人にお茶を持ってこい」

無表情のまま頷《うなず》いて、イヴリーンは物陰に消えた。

「いいでしょう。私《わたくし》も、改めてご無礼をお詫《わ》び申し上げます。——では本題に入る前に、一つだけよろしくて？」

「何かな」

「その少女が本物かどうか、確かめさせていただいても？」

当然の要求に、ゴードンは気を悪くするでもなく、頷いた。

「構わんよ。しかしどうやってだね」

「ありがとうございます。ええ、簡単な事ですわ」

片足を失い、苦痛にあえぐ少女の前まで歩き、パトリツィアはそっと跪《ひざまず》いて、細い顎をくいと上げさせた。大粒の汗に濡れた左瞼《まぶた》が開き、紫水晶《アメジスト》が覗《のぞ》く。

二人の見つめ合いは数秒。果たして、クロニカは呆然《ぼうぜん》と息を呑《の》み、

──やがて安堵《あんど》を浮かべて、微笑《ほほえ》んだ。

「やっぱり、あなたってホントに……嘘《うそ》つき」

「ああ。知ってるだろ」

瞬間、瞠目《どうもく》したゴードンへ、差し出されたレースの袖口に硝煙が咲いた。

一発、そして二発。肥満体に銃弾が叩《たた》き込《こ》まれ、用済みのデリンジャーが床に落ちる。

そして、つい最前までパトリツィア──だった男は正体を現した。

腹部を締め付けていたコルセットがバチリと外れ、肩幅を誤魔化《ごまか》すファーが落ちた。金髪のウィッグとドレスを脱ぎ捨て、喉仏を叩いて声色が戻る。

それから最後に、化粧とともに見えない仮面が引き剥《は》がされた。

そして高らかに舞い上がる、用済みの変装衣裳《いしょう》の下からすらりと現れたのは、手品師めいた右手が握るライフル銃。

「自己紹介がまだだったな。騙《だま》して悪いが、俺は貴族のお嬢様でも、弁護士でもない」

空いた左手で少女を抱き寄せながら、男は言った。

「ライナス＝クルーガー。職業は、詐欺師だ」

12

嘘《うそ》をつくときのコツを教えよう。

その三。相手の立場に立つことだ。


「な……さ、詐欺師、だと。ま、まさか……き、きさまは、最初から！」

「正解だ」

くれてやる褒美は決まっていた。三度《みたび》、這《は》いつくばった腹に銃弾をぶち込む。

肝心なのは想像力だ。話を聞き、仕草を読み、表情を見て、そこに至るまでの人生を己の心中に想像する。そのようにして、相手の立場に立ちさえすれば、
同じ顔をするなど、造作もない。

最初から、ゴードンの下を訪ねたパトリツィアの正体は、俺だ。

交流を経た彼女の人となりを、せっかくなら使えないかと考えたのは数日前のこと。騎士団を名乗ったのは交渉のためのアドリブだ。実物は、ただのマヌケな家出娘に過ぎない。

ともかく彼女を騙《かた》って、俺はゴードンにあえてクロニカの情報を伝えた。そして目論見《もくろみ》通り、腰の重い支配者気取りのデブはパーティーを開いてまで、俺たちを誘《おび》き寄《よ》せた。

後はそのまま、正体を伏せていたクロニカの左眼《ひだりめ》で万事解決のはずだった。仮に失敗して捕まったとしても、身柄を取引材料にするからには、少なくとも殺されはしない。

だから全《すべ》ての誤算は、奴《イヴリーン》だ。彼女のせいで俺は捕まり、挙句クロニカが死んだものだ

と——ともかく、この借りは、いずれきっちり返してやらねばならないが。

「クロニカ……おい、大丈夫か」

力なく頷《うなず》く、少女の顔は青ざめていた。急ぎ、脱ぎ捨てた変装を包帯代わりに巻いてやる。バッサリと斬り落とされた大腿部《だいたいぶ》は、常人ならとうに失血で死んでいる。

「……ごめんなさい、ライナス。私のせいで、あなたを危険な、目に」

「謝るな、俺のヘマだ。お前が……いや、俺の金が、無事でよかった」

クロニカは見透かすように力なく微笑《ほほえ》んで、紅紫色のうなじを俺の胸に預けてきた。大《お》怪我《けが》と失血のせいか、長い睫毛《まつげ》の瞼《まぶた》が、気絶したように瞳をしまう。

一方、血に溺れる芋虫のように荒い呼吸を繰り返すゴードンへ、俺は言った。

「さて、おいハゲ豚。テメエには二つほど借りがあったな。一つは、俺を散々痛めつけてくれたこと。そんで、もう一つは——」

不意に、言い淀《よど》む。間をもたせようと反射的に血まみれの太鼓腹を蹴りつけた途端、ずっと燻《くすぶ》っていた激情が、思いついたばかりの理屈にあわせて喉を出た。

「こいつに、クロニカに、俺は金を、この俺の金を貸してんだよ。つまりだ。——俺の一番大事なものに、テメエは手を出したって事だろうが」

激情が、頭を割らんばかりにコインを鳴らしていた。

その音に従って、苦痛に喘《あえ》ぐ真っ赤に汚れた口にライフルの銃口をねじ込み、

「ぐご……ま、待ふぇっ——!!」

「悪いが、命乞いは聞いてねえよ。これが俺の判決だ」

喉奥を抉《えぐ》る感触に向けて引き金を絞り、弾丸が、ゴードンの頭蓋を叩《たた》き割《わ》った。

白い壁と黒檀《こくたん》の戸棚へ、鮮血と脳漿《のうしょう》が勢いよく飛び散る。そのグロテスクな開花を見届けてから、俺はぐったりとしたクロニカを抱え、踵《きびす》を返す——その瞬間。

「また会いましたね……バカな人」

「っ——!?」

物陰から立ちはだかったのは、ティーセットを持った白波のドレスだった。現れた彼女は部屋の惨状を冷静に眺め、近くのキャビネットに茶盆を置く。

イヴリーン。この女貴族にも借りはある。だがしかし、今はそれよりも。

「あんたの雇い主は死んだ。……多分だけどよ、別に仇討《あだう》ちするほど深い仲だったわけでもないんじゃないか。だから提案だ。俺たちを見逃してくれたら——」

「いいでしょう」

あっさりと頷《うなず》くイヴリーン。……なのに、どうしてだろうか。緊張が背筋を掴《つか》んで離さない。まるで、本当の危機はこれからだと警告するように。

「確かに私には、そこで死んでるデブを弔う義理も趣味もありません、が」

不意に訪れた沈黙と戦慄の幕間《まくあい》で、イヴリーンは両腕を広げた。立ち上がった彼女の影が、忠実な従者のように主《あるじ》の服を取り払い、新たな装いへと着せ替えていく。

「あなた方に、質問する義務があります」

数秒後。そこには黒白のエプロンドレスをまとい、濡《ぬ》れ羽色《ばいろ》の髪の頂点にヘッドドレスを戴《いただ》いた……いわゆる、メイド服が一輪、佇《たたず》むように咲いていた。

だが真に注目すべきは、その右腕の腕章、白百合《しらゆり》を銜《くわ》えた単頭鷲《わし》のマーク。

俺は、いや誰もが知っている。それは革命軍――改め、現共和国陸軍《コロニアルグランツ》の紋章《シンボルマーク》。

「正式な自己紹介は、まだでしたね。では改めまして」

つまりコイツの正体は、俺とクロニカが、最も遭遇《であ》ってはいけない人種。

「私は、共和国陸軍《コロニアルグランツ》第七遺産管理局所属、イヴリーン＝ハベルハバル特務中尉。

職業は、軍人です」

13

急変を告げた事態に、悪態をつく暇もない。俺は素早く思考を切り替えた。

軍人。それは共和国政府の行政を、武力によって代理する職業であり、遺産管理局とは、国内に残存する貴族に法の首輪をつけ、その支配下に飼いならすためのお役所、なのだが、

「このメイド服は気にしないでください。前職の名残です」

最大級の疑問を一言で片づけると、メイド改めイヴリーンは事務的に続けた。

「――さておき、色々と聞きたい事もあるでしょうが、それは私も同じこと。では一つ一つ整理していきましょう。まず一点、あなたたちは何者でしょうか」

言わなければ殺す、無言の殺意が、荒れ果てた応接間を支配していた。

できるだけ言葉を選んだ結果、口から出たのは箇条書きのような文句だった。

「こいつはクロニカ。騎士団から身柄を狙われてる」

「なるほど、ではあなたは？」

「……ライナス＝クルーガー。ただの道連れだ」

「そうですか。嘘《うそ》臭いですが良しとしましょう。では、改めまして、私は共和政府に所属する軍人です。現在の任務は、騎士団と名乗る反政府組織を殲滅《せんめつ》すること。そのために、奴《やつ》らに関する情報を、持っていそうな人間の懐に潜入していたところなのですが……」

こつこつと歩み寄った八つ当たり気味の蹴りが、死体を部屋の隅に叩《たた》きつけた。

「このセクハラデブは本当に何も知らなかったようですね。マジで無駄足でした」

そして乾いた声が、一段とその温度を下げる。

「次に、その小娘貴族に聞きましょう。どうして騎士団は、あなたを狙うのですか」

「それは、コイツが――」

「お前には聞いてない」

声は、すぐ後ろから聴こえた。そして首を掴《つか》まれたと感じた瞬間、俺は壁に叩きつけられていた。ずるずると床に落ちながら、信じられない膂力《りょりょく》で投げ飛ばされたと理解する。

少女の体温はすでに手から離れていた。痛みと衝撃で明滅する視界の先で、荷物のようにクロニカを抱えたイヴリーンが、白い頬《ほお》を引っぱたくのが見えた。

「狸《たぬき》寝入りはやめなさい。うっかりそのまま永眠させたくなります」

「……っ、割と、本当に、辛《つら》いのだけれど……私に、何の用かしら、軍人さん」

苦悶《くもん》を浮かべるクロニカに、しかしイヴリーンは頓着しない。

「なぜ、お前は騎士団に狙われているのですか。それと連中との関係、知っている事の全《すべ》て、洗いざらい吐いてもらいます。もし私の捜査に活《い》かせる情報が得られれば、あなたを生かすことも前向きに検討して差し上げましょう」

背骨の軋《きし》みをこらえて、どうにか立ち上がる。体重の預け所を無意識に探した手先が、偶然か、あるいは意図的か、廊下につながる扉のノブを掴んだ。

今なら、逃げられるかもしれない。天啓はすぐさま、俺の耳元で囁《ささや》いた。

もはや、敵はゴードンなどではない、国家権力だ。……なのに、どうしてか、
銃を取り落とした空手のまま、クロニカを捕えるメイド服へ、俺は言ってしまった。

「……そいつから、手を放せ」

イヴリーンはこちらへ振り返らず、殺意を乗せた失笑だけが飛んできた。

「やはり馬鹿ですね、あなた。オマケ風情が、大人しくしていれば見逃してやってもよかったのですが――いいでしょう、死にたいのなら叶《かな》えてやる」

主《あるじ》の意に従って、因子による影の刃《やいば》が立体化する。一体、どんな言い訳でそれに立ち向かおうか、俺は頭をフル回転させて――そこで、唐突にクロニカが叫んだ。

「やめて！」

その声と、かつてないほど弱々しく続く言葉に、一番驚き、動揺したのは俺だった。

「何でも喋《しゃべ》るから、だから……お願い。彼を、殺さないで」

なぜだ。どうして、そんな事を言う。一緒に旅をしたから、助けたから、恩人だからか？

だとしたら買い被《かぶ》りだ。俺はただの屑《くず》人間、全《すべ》ては金のために過ぎない。だから、なあ、

「……泣くなよ、アホが」

そしてピタリと、鋭利な影の切っ先が、俺の喉元に突きつけられた。

「なるほど、こっちを人質にするのが正解でしたか。では喋りなさい小娘、私が嘘《うそ》だと思えば、この男の首から上は冗談を言えない事態になりますので、悪《あ》しからず」

しかし、またしてもその瞬間だった。

視界の端を高速で掠《かす》めた何かが、激音とともにイヴリーンを弾《はじ》き飛《と》ばしたのは。

14

一拍遅れた風切り音が、鼓膜を不気味に震わせた。

呆然《ぼうぜん》と見上げると、書棚と壁を引き裂きながら、血肉でできた巨大な鞭《むち》が旋回していた。

次いで、くぐもった、暗く低い響きが、いよいよ悲惨な様相の部屋に木霊する。

「……十二年前、俺はただの、しがない肉屋だった」

喉元の影は消え去っていた。壁に空いた大穴の先へ、イヴリーンはクロニカもろとも退場させられていた。だが、二人の安否に意識を向ける余裕すら、今の俺にはない。

部屋の片隅に立ち上がるソレを、目撃してしまったから。ボトボトと、血とも髄とも分からぬものを垂れ流す肥満体が、一体どうやって声を出しているのかは想像したくない。

「そして革命期の王都では、常に、貴族どもを処刑する人手が不足していた。肉屋という理由だけで、断頭台を任されるぐらいにはな……」

ぐちゃぐちゃという音。割れた頭蓋から出る湯気は、まさか再生しているのか？

昼の隙間から鉛玉を吐き出して、それはくつくつと不気味に笑う。

「ある日の夕方だった。いつも通りに首の無い死体を片付けながら、ふと聞こえたんだ。ルビーの夕陽《ゆうひ》に輝いた、ワインよりも赤い断面が――食ってくれと、囁《ささや》いていることに」

紡がれる言葉の理解を、理性が拒んだ。なのに、おぞましい独白は続けられ。

「我に返った後で、気が付いたのさ。血の中にソレがあることに。なあ、分かるか。分かるだろう？　貴血因子《レガリア》の継承とは、親から子への遺伝だけではなかったんだ」

ぬるりとした怖気《おじけ》が背筋を這《は》いあがると同時、爆発的な哄笑《こうしょう》が鼓膜を震わせた。

「あれから俺は何度も何度も食ってきた。貴族どもの肉を、血を！　その度に肉体が入れ替わっていくのを感じていたが――まさか、これほどの力があったとは！　……当たり前だが、実際に死んでみなければ、よもや自分が不死身などとは気づかんものだなあ」

瞬間。勢いよく伸びてきた触腕が、俺の胸元に食い込んだ。視界が一瞬の急転を経て、体ごと床に叩《たた》きつけられる。全身が弾《はじ》け飛《と》ぶような衝撃に、血を吐きながら悶絶《もんぜつ》する。

そんな俺を見下ろしながら、ゴードンは指先についた血を舐《な》めて、言った。

「面白いな。お前、貴族ではないだろう。貴血因子《レガリア》を宿していないのは分かる。だがお前の血は、面白い味がするぞ。それにどうして、そのケガで動ける？」

「がっ、うぐ……知、るかよ」

「くく、はは。とことん強情な奴《やつ》だ。構わんさ。お前の正体は舌で確かめるとしよう。切り落とした頭をほじって、脳みそを欠片《かけら》も残さず、味わいながらすすってやるぞ」

その言葉に、爛々《らんらん》とした双眸《そうぼう》に、とても形容しがたい怖気《おじけ》が首筋を伝う。

食われて、死ぬ。それにはなにか、根源的な恐怖への想像力をかきたてられた。

ただ殺されたり、病気で死んでいくのとは違う。己に食らいつく別の生き物に、自分を奪われながら死んでいく様は、絶対に、生物として許容できないように感じられて。

「――おい」

瞬間、部屋を乱舞する血肉の鞭《むち》が突如として切断され、慣性のまま壁を汚した。

立ち上がった影刃に瞠目《どうもく》するゴードンの背後に、いつの間にか、メイドは立っていた。

「私を、無視して……話進めてんじゃねえぞ豚野郎ッ!!」

そして唸《うな》りを上げて旋回した蹴り足が、ゴードンの首から上を粉砕した。だけでなく、連続する影刃が醜く膨らんだ肉体を細切れに引き裂き散らす。が、しかし、

「イヴリーン……安心しろ。お前も付け合わせだが、ちゃんと味わって喰《く》ってやるさ」

散らばった血肉が、巻き戻っていく……死なないのだ、ああまでしても。

あまりの光景に愕然《がくぜん》としていると、すぐ隣の物陰から、少女を抱いたメイドが出現した。

そして目を合わせるや、イヴリーンはクロニカを無造作に放り寄越《よこ》した。

慌てて、ぐったりとした少女を受け止めた直後、忌々し気な舌打ちが響く。

「不覚です。あの不死性……少々、デブさ加減を見誤っていましたか」

「……一体何なんだよ、あいつは。貴族、なのか？」

違います、とイヴリーンは割れた額から流れる血を振り落とした。

「ああなったアレのような手合いを、私たちは屍食継承者《カルニバリスト》と言います。貴族の死体を食すという方法で貴血因子《レガリア》を不完全に継承した、モドキと言うべきですか。遺伝を介さない外道ゆえ異能力までは有しませんが、繰り返しの死体食で進行していく不死性が、あそこまで成長するとかなりの脅威です」

「悪趣味な、先祖返りよ。ある意味で、貴族よりも……ソレらしい」

呟《つぶや》いたクロニカへ、イヴリーンは訝《いぶか》るように視線を向け、しかし直《す》ぐに戻した。

「細かい話は後にしましょう。ここは一旦、さっきまでの事は忘れて、協力しませんか」

それは、願ってもない申し出だった。少女の体を抱え直し、膝に力を込める。

すぐ傍《そば》には、廊下へつながる扉がある。

「ああいいぜ。じゃ、後は任せた」

「は？　オイちょっと待て――!!」

再生を終えたゴードンが、猛然とイヴリーンへ襲い掛かる。のに全力で背を向けて、俺は振り返った扉の先へ、クロニカを抱えたまま一目散に駆け出した。

15

出口を目指して、長い廊下を駆け抜ける。腕の中のクロニカが、掠《かす》れ声で呟《つぶや》いた。

「……ライナス、ごめんなさい」

「うるせえ、謝るな、泣くな。俺がヘマした……それだけの、話だ」

「でも、私があのお店を助けてって、最初に言い出さなかったら」

しかし何と言われようと、俺は彼女の責任を認めるわけにはいかない。何故《なぜ》ならば、

「……いいかよく聞けよ。俺がボコられたのも、お前の足も全部。俺が、あの店の金が欲しくて招いた結果だ。断じて、お前の頼みを聞いたせいじゃない」

俺は、詐欺師だ。だから、少女の頼みを聞いて馬鹿を見ただなんて、あり得ない。

廊下の先に現れた扉を蹴破ると、そこは昨夜のパーティーが催されたホールだった。薄暗い伽藍堂《がらんどう》に足音を響かせながら、出口を探して周囲を見回す。

途端、対角上の壁が轟音《ごうおん》とともに破壊され、吹き飛んできた何かがすぐ横に着弾した。

「っ、イヴリーン！」

血を吐き、よろめきながら立ち上がるメイド服を認めて、俺は思わず呟いた。

「くそ、時間稼ぎにもならねえのかよ」

「……それが人間の感想ですか」

脅してきたくせによくも言う。そう言い返そうとした時だった。

「貴様ら全員お帰りは許さん。言ったはずだ、一毛残さず食ってやると」

ホールに響く重低音。裸の上半身に筋肉を隆起させたゴードンが、別の入口を蹴倒して現れた。巨漢の背後には、手下のやくざ者たちも群れを成している。

「どうすんだ。このままじゃ俺ら、まとめてあいつの昼飯だぞ」

「レストランでランチになるなんて、笑い話にもなりませんね」

立ち上がって拳を握り、足元の影を立体化させるイヴリーン。しかし、そのダメージが深刻なのは明らかだ。一方で、不敵な笑みを浮かべたゴードンに疲労の気配は無い。

「おい、やる気出してるとこ悪いけどよ、どう考えても逃げた方がいいだろ。……お前の因子《ちから》で、建物の外へ出られないか」

「無理です。理由は二つ。一つは、重量問題です。私は影を介して瞬間的に移動できますが、他の生物を抱えたままだと思うように転移距離が伸びません。二人も抱えればなおさらです。もう一つ、生憎《あいにく》と外は昼間です」

前者はともかく、後者の理由はよく分からなかった。日光が、彼女の能力に対して、何か負の要素として関連するのだろうか。

しかしイヴリーンはそれについて説明してくれるでもなく、こう付け加えた。

「それと、あともう一つありました。一体どこの誰が——私が負けると決めつけた」

乱れたヘッドドレスを付け直して、口元の赤を白い袖で荒々しく拭う黒髪のメイド。それはボロボロに欠けた刃《やいば》が、なお返り血を求めているが如《ごと》く。

「私は、軍人です。そしてそれ以前に、一人の黒箒《メイド》です。ゴミを相手に、逃げ出す尻尾など持ち合わせておりません」

衰えぬ殺意が決意を告げる。聞くや否《いな》や、俺は説得の無駄を悟った。

「…………おい、イヴリーン」

「これ以上何ですか」

「お前だけじゃ無理だ。この際しょうがねえ、俺も戦う」

「……前半には同意いたしかねますが、後半は歓迎します。何か、手立てがあるのですね」

「ああ、職業柄、打つ手はいつも隠してる」

クロニカの名を呼ぶ。腕の中から見上げる紫水晶と、俺は真《ま》っ直《す》ぐに視線を交わした。

「アレを頼む。列車ん時のやつだ。あのワケ分からんのを、もう一度俺に移せ」

「……ダメ」

震える声と、微《かす》かに潤んだ右目が、泣きそうに見えたのは気のせいだろうか。

「あの時、上手《うま》くいったのは奇跡よ。それに気付いているでしょう、自分の体の異変に。だからダメ。もう一度やれば今度こそ、あなたの自我は——」

「いいから早くしろ……やらなきゃ、全員ここで終わりだ」

一触即発。見えない緊張の糸が薄暗がりのホールに張り巡らされている。その一本一本が、何かの拍子にぷつりとイくのを、今か今かと待ち侘《わ》びていた。

もはや猶予はなく。だから俺は、吸い込まれそうな左眼《ひだりめ》の輝きへ向けて断言する。

「俺は、大丈夫だ」

当然ながら根拠は一切無い。けれどそれしか道が無いのは明らかだったから。

いつものように、真っ赤な嘘《うそ》を、一つきりの真実だと言い切ってみせた。

「信じろよ。……騙《だま》されたと思って」

その時、紫苑《しおん》の左眼がこぼした涙は、どういう意味だったのか。分からないが、しかし、少女は小さく頷《うなず》いた。交わした視線に異相の深淵《しんえん》が混じり出す。あの時と、同じように。

「〈真理の義眼〉《アイオブザプロヴィデンス》——第三眼《サードアイ》」

ゴードンが、動く。そして俺達を庇《かば》うように、黒影の凶器が立ちはだかる。

だが刹那、それら一切を無視して。


頭上から轟《とどろ》いた大音響が、その場の全《すべ》てを中断させた。

俺もクロニカも。イヴリーンもゴードンたちも。その場の全員が一斉に天井を見上げた。

どういうわけかそこには、真昼の空が覗《のぞ》いていた。三階建てのパレス建築をぶち抜きながら差し込んだ陽光の中、砕け散ったシャンデリアの破片が屑《くず》星の如く煌《きら》めき舞っていた。

そんな一種の幻想じみた光景が、唐突すぎたせいだろう。

「この度は乱暴な訪問にて大変失礼を。玄関が、開いていなかったものですので」

白いエプロンからぱたぱたと埃《ほこり》を払うその老女に、気付くのが遅れたのは。

「お帰りが遅いので心配しておりました。急がねば店主のブランチも冷めてしまいますゆえ——お迎えに上がりましてございます。クルーガー様。クロニカ様」

跳ね起きたように、老女の名を叫ぶクロニカの声は、困惑と驚きに揺れていた。

「アリア！　あなた、まさか……でも、どうして——っ!?」

その左眼《ひだりめ》は一体、柔和な媼面《おうなめん》の奥に何を見てしまったのか。少女は半ばで絶句する。

ふと隣のイヴリーンもまた、何か様子がおかしいことに俺は気付いた。

震えている。怯《おび》えている。殺気は霧散し、見開かれたアイスブルーの瞳は最早《もはや》他の何ものも眼中に入れる余裕が無いようで。青ざめた唇が、ぽつりと呟《つぶや》いた。

「……師匠」

ただならず動揺するイヴリーンへ、アリアは旧知らしく応じた。

「これはまた意外な再会。お久しぶりです、イヴリーン。……相変わらず無鉄砲は治っていないようで。そんな生き方では、弾丸よりも短命だと何度も言いつけたはずですが」

「……おいババア、一体何者だ。貴様は」

動揺が抜けたのか、ゴードンが口を開いた。

すると慇懃《いんぎん》に振り返った老女は、スカートの端をつまみ、片方の爪先を立て、見事なお《カー》辞儀《テシー》で応じて見せる。

　華麗と言っていいその所作に、俺の背筋はどうしてか、冷たく凍り付いていた。

　丸まった老女の背から、どす黒い陽炎が立ち上がるのを錯覚する。まるで、巨大な刃《やいば》の先端が、老骨に積み重なった時間の地層を押し上げ、突き破らんとしているかのように。

　今や鼻につくまで濃密に漂い出した気配には、覚えがあるし知っている。それはあのグラキエルすら遥《はる》か凌駕《りようが》する程の、決して誤魔化《ごまか》せない、人生に染み付いた業の匂い。

　血に錆《さ》びた魂が放つ、殺人者の気配だ。

「貴様どこの手先だ？　老いぼれ。どうやらお前も貴族らしいが――」

　そんなゴードンの声はしかし、そよ風のように切って捨てられた。

「あら？　不思議ですねえ。先ほどからまさかとは思っていましたが……。どうして豚が、人の言葉を喋《しやべ》るのですか？」

　当然のようにこめかみを怒らせたゴードンは、背後の手下たちへ命じる。

「ぶち殺せ。このババアは目障りだ」

　命ぜられるまま、やくざ者たちは兵士のようにクロスボウを構えた。

　しかして、一瞬の後に響いたのは、鈍く連続した落下音だった。

　男たちの首が、まるでイチジクの実のように、ぼとりとその足元に落ちている。

　そして凄惨な衝撃を、つんざくような旋回音が切り裂いた。左右に広げた老いた両手に、刹那の鏖殺《おうさつ》を為《な》さしめた凶器が回転しながら舞い戻る。

「ああ……久々ですが、やはり変わらず、何とも心地よいものですね」

血濡《ぬ》れた二振りの手斧《ハチェット》。無骨な刃から滴り落ちる血はしかし、一滴たりとも地に落ちず、柄へと伝ってしわがれた手を濡らす。

「悪党の首を、ハチェる感触は」

「き、さまァ――――ッ!!」

ゴードンが吠《ほ》えた。よく来てくれたと言わんばかりの歓迎を、拳に込めて叩《たた》きつける。

けれど豪風の鉄槌《てっつい》は空振りに終わった。老女は羽のようにふわりと飛び立ち、回転しながら醜悪な巨漢の背後、そこに出来たばかりの血の海へと、音を立てて着地する。

「老いぼれ！　貴様相当な強さだな！　さぞかし名のある貴族と見た！　いいぞいいぞ！　飛び入りのメインディッシュとは大歓迎だよ！　多少賞味期限を過ぎているようだが安心しろ。俺は腹を壊したことなど一度もない！　その血の一滴まで残さ、ず――」

意気軒昂《いきけんこう》と振り返ったゴードンが、絶句したのも無理はない。

それは、傍《はた》から見ていた俺も同じだったから。

大理石の床に流れ出した血の海が、干潮のように消えていた。命だったものが吸い上げられ、老いたメイドの靴底から足首へ、そして全身の血管へと、供物として送られていく。

同時に、老いた小柄が変貌を始めた。

若く、大きく、しなやかに。まるで死人を養分にする食人樹のように、短かった手足が骨格もろともめきめきと伸びて、枯れた肌が瑞々《みずみず》しい生気を取り戻していく。

物言わぬ骸《むくろ》たちの、ごろり落ちた生首さえも吸い尽くした後。そこには緋色《ひいろ》の長髪を落としたメイドが一輪、彼岸の果ての血染花のごとく、粛然と佇《たたず》んでいた。

「そういえば、申し遅れていましたね」

舌なめずりをしながら、若く艶《あで》やかな声音が告げる。白い細指の隙間から、都合八枚計四対、鈍く光る斧刃《ふじん》がすらりと生えた。

「私は、元王立堕落清掃隊〈黒い箒《ブルームズイーパー》〉一番帚《ぼうき》、アリア・ザ・ハチェット。職業は飲食店勤務。特技は、お茶の支度と――ゴミの掃除でございます」

16

双なる手斧《ハチェット》が空間に斬撃を描く。鮮血を一身に浴びながら、アリアは陶然と微笑《ほほえ》んだ。

「懐かしい、感触です」

切断された肉が、飛び散る血飛沫《ちしぶき》が、しかし一片一滴たりとも地に落ちることは無い。まき散らされる端から次々と、吸い取られていくのだ。赤く、どこまでも紅《あか》い、鮮血で編まれた斧刃が、一粒たりとも逃しはしないと命の断片を貪り尽くす。

酷薄な笑みが告げるのは、その役割に特化した、貴からざる稀血《まれち》の銘。

「〈吸血偏斧《ライヴハチェッツ》〉、装填《そうてん》開始」

ふわりと広がったスカートの裏地、舞い踊る紅髪の隙間に無数の手斧《ハチェット》がずらりと並ぶ。

それを見て、醜悪に膨らんだゴードンの顔が、黄色く濁った両眼《りょうめ》を見開いた。斬られる度、鈍くなっていく再生速度。傷口に残留する痛み。そして何より、血や体力よりも、何かもっと根本的なものを削り取られているような感覚。

それら全《すべ》てが、眼前において無数に生え続ける、赤い刃《やいば》と繋《つな》がった。

「まさ、か……貴様っ！　お、俺の不死身を、す、吸うなあああああっッ!!」

「あら、ダイエットはお嫌いでしたか？　ですが、もう少しの間だけご辛抱をくださいませ。あなた様の一等の無能を支える一番の無駄な首を、ハチェるまで」

瞬間、長い緋色《ひいろ》の髪房から斧刃《ふじん》が生えそろい、蛇腹状に連続する手斧《ハチェット》の鞭《むち》と化した。

「手斧真拳《ハチェット》、奥義——血鎖連斧《アンドロメダス》」

巻き付かれたゴードンの右腕はそのまま、締め付けるに任せて細切れにされた。そして溢《あふ》れ出《だ》した鮮血もろとも、無尽蔵の生命そのものが、刃に飲まれて吸い尽くされていく。

「あ、ぁぁあああアアアアアッッ!!」

膨れ上がった恐怖が、ゴードンの内で引き金を引いた。暴走し、且つ膨張していく生存本能が、忌むべき食欲と結びつき、ここに限界を超えた変異を顕《あらわ》す。

「……あら、ご立派」

アリアの眼前。突如として数十倍に膨れ上がった暴食の化身が、縦一文字に胃袋を開陳する。そして無数の歯列を並べた醜悪な顎《あぎと》が、緋色のメイドを跡形もなく飲み込んだ。

「……ッ!?　ゲエッ、アアアアアアッッ！！？」

だが次の瞬間、内側から突き上げられるように膨張した胃袋が、耐え切れずに破裂した。

散華する血肉を浴びながら咲き誇るのは、無数の手斧《ハチェット》で編まれた巨大な紅薔薇《ばら》。

血濡《ぬ》れの花弁が解ける只中《ただなか》に楚々《そそ》と立ち尽くしたまま、アリアは艶《あで》やかに微笑《ほほえ》んで。

「ですが私を食べるには、品位が到底足りません」

破裂した腹をおさえて命を乞う男の視線を、軽蔑と嘆息がすぱりと斬り捨てた。

「そういうわけで落第です。地獄の底で、一から食事作法《マナー》を覚え直しなさい」

白い袖口から生える手斧《ハチェット》に限りは無い。犠牲者の命で編まれた吸血斧の群れは驟雨《しゅうう》のように撃ち出され、ゴードンの体に次々と突き刺さっていく。

数秒も必要とせず、その巨体は連続する衝撃力によって壁へ磔《はりつけ》された。

そこで投擲《とうてき》は止《や》み、しかし無慈悲に舞い踊るアリアの回転は止まらない。その腕先が徐々に徐々に、巨大な戦斧へと変貌していく。

「手斧真拳《ハチェットケンポー》、究極奥義――血葬嵐斧《フランシスカ・テユポーンズ》」

回転速度の最高潮に達した瞬間、アリアは自ら血錆《さ》びた竜巻と化して突撃した。無数の手斧《ハチェット》もろとも巨体を引き裂き、巻き込み、噛《か》み砕《くだ》く。

そして嵐が過ぎた後、ゴードンは跡形すらも残らず、砂のように散り消えていた。

17

「助かった……のか」

「そう、みたい……」

砕けた天井から差し込む陽光に、俺とクロニカは並んで仰向《あおむ》けになっていた。

体が、痛い。とにかく疲れた。生還を喜ぶ気力さえも湧かないでいると。

「失礼いたします」

ふと、ひんやりとした指先が首筋にあてられた。直後、そこから流れ込んでくる熱い何かが、全身に枯渇したはずの気力体力、根源的ないのちを巡らせる。

たった数秒後、何事も無かったように上体を起こして、顔を見合わせる俺とクロニカ。

その頭上から、若いアリアの声が落ちた。

「あの方から吸い取った生命力をお分けしたのです。疲労や骨折程度ならば、これでもう心配はございませんが……クロニカ様、大変残念ですがその御御足《おみ》だけは――」

「大丈夫よ。これだけ生命力をもらえれば、二、三日もすればまた生えてくるわ」

「なんとまあ」

見れば、クロニカの左足は既に出血を止めていた。だけでなく、巻かれた布の下で断面が小さく蠢《うごめ》いている。それを見たアリアは、驚いたように口元を隠して。

「あなたはもしや……いえ、失礼いたしました。ならば僥倖《ぎょうこう》と言ったところですが、それでも再生を終えるまでは不便でございましょう。どうぞ、私の手をお取りください」

「ありがとう。でもいいわ、こっちを使うから」

「……人を勝手に松葉杖《まつばづえ》にすんじゃねえ」

寄りかかってくる小柄を受け止めると、すっかりいつも通りの微笑《ほほえ》みが、悪戯《いたずら》っぽく見上げてきた。抗議の無意味を早々に悟って、明け渡した右腕がぎゅっと握られる。

「……勝手に、ハッピーエンドで終わらせないでください」

その時、ゆらゆらと立ち上がったのは、もう一つのメイド服。イヴリーンもまたアリアからの生命提供を受けたのか、負傷の気配は消えている。

「師匠……あなたは、その二人を助けるのですね」

「はい。今の私は小さなレストランの従業員ですから。これも大切なお客様へのサービスです。住所は後で渡しますので、あなたも是非いらっしゃいませ、イヴリーン」

「遠慮します。私はその二人を重要参考人として、これからしょっぴかねばなりません」

「そうですか」

そこでようやく、震えを止めた拳を握り、冷蒼の瞳が緋色《ひいろ》のメイドを睨《にら》む。

「もし邪魔をするならば、師匠。私は共和国軍人の責務に従い、あなたを未登録の因子保有者として処罰しなければ――」

「うるさいですね」

健気《けなげ》な気勢を、一言で。アリアは呆《あき》れたように切り捨てた。

「一々、口に出した義務にみっともなくしがみつくのはやめなさい。相変わらず、小便ちびるほど私が恐《こわ》いなら、素直になればいいでしょう。見逃してあげますよ？」

その一言は、果たして彼女のプライドをどれ程刺激したのか。

瞬《まばた》きの後、イヴリーンは視線の温度を下げて、言った。

「失礼しました。では、御言葉《おことば》に甘えまして——元〈黒い箒《ブルームズイーパー》〉七番箒、イヴリーン＝ハベルハバル。これより我が師を、ぶち殺させていただきます」

「好《い》い面構えです。よろしい、馬鹿弟子。では久しぶりに相手をしてさしあげましょう。もしも百億万が一、一撃でも先に入れられれば、今回は私が譲りましょう」

そうして流れるように成立したのは、殺気立つ二人のメイドの果たし合い。

いつの間にか、その勝敗には俺とクロニカの命運までもが懸けられていたが——。


彼女たちの決着は、あっけないほど一瞬だった。


……そして残念ながら、常人極まる俺の目には、その一瞬に凝縮された二人の攻防を知覚する術《すべ》はなく。

つまるところ、眼前に示された結果以外に、語るべき事は何もないのである。

ずるずると、ホールの反対側まで吹き飛んだイヴリーンの体が、激突した壁の破片と一緒に、血の海に沈んでピクリとも動かなくなった。

「ねえ、ライナス。あれってまさか」

「ああ、死んだだろ絶対」

「あら、お二人とも人聞きの悪い。殺してはいませんよ……多分、きっと、恐らく」

弟子の顔面をカノン砲の如《ごと》く殴り飛ばした拳を解いて、ひらひらと弁解するアリア。

なぜか照れたようなその微笑《ほほえ》みに、俺もクロニカも、それ以上は何も言えなかった。

18

そして後日。俺は二人分のトランクを両手に提げて、駅への石畳を歩いている。

色々あった、あり過ぎた首都ともお別れだ。来た時とは反対の夜の大通り、瓦斯《ガス》灯に照らされた石畳には、昼間の往来の靴跡がびっしりと浮かび上がっている。

「おい、夜行便に遅れるぞ。早くしてくれ」

「……分かってるわよ、でも、もう少しだけ」

俺の後ろを遅れて歩くクロニカは、名残惜しいのか、記憶に焼き付けるように通り過ぎて行く街並みを見回していた。

その足は、予告通り中二日ほどで再生を終えていた。そして、あの店の顛末《てんまつ》はと言えば、ゴードンが死んだことで賄賂が途絶え、判決は控訴審にてひっくり返った。

付け加えるなら、若返ったアリアを見て腰を抜かした店主だけは、つい今朝方まで寝込むことになったが。彼女の話では、しばらくはあの姿のままらしい。

ともかく少なくとも、あの店に関しては円満に解決した。しかしながら、

「さっさと来い。もう俺たちの事は管理局にバレてんだ、急がないと……」

そこでふと、俺は失念していた一大事を思い出して足を止めた。

「？　ちょっと、ライナス。さんざん人を急《せ》かしておいて、あなたこそどうして——」

「……忘れてた」

さっと血の気が引いていく。たちまち思い出したその一事に塗り替えられた頭からは、既に他の何もかもはきれいさっぱりすっ飛んでいた。

「金だよ！　あの店主から、報酬を貰《もら》うの忘れてた！」

来た道を全力で引き返そうとする俺の足を、しかし紫苑《しおん》の左眼《ひだりめ》が縫い留《と》めた。

「止めるんじゃねえ！　俺が何のためにあんな目に遭ったと思ってんだ！」

「もちろん私のためでしょ。たとえ嘘《うそ》でも、そういう事にしておいてくれたら——」

俺の前に歩み寄ったクロニカは、そっと伸ばした両手で俺の頭を下げさせて、一方で、自身はぴんと背伸びして。少しだけ、照れたような微笑と見つめ合ったのは一瞬未満。

それから頬《ほお》に柔らかい口づけが触れて、離れた。

「——私からの報酬。これだけじゃ、ご不満かしら？」

俺は何かを反論をしようとして、不覚にも言葉に詰まった、その時だった。

「往来のど真ん中で、何をイチャついてるのですか。あなたたち」

「ッ!!　テメエは——！」

ハッとして振り返った先、煌々《こうこう》とした街灯の下に、一叢《ひとむら》の花のように佇《たたず》むメイドがいた。

イヴリーン。黒髪の額に包帯を巻いた彼女は、相変わらずの無表情だった。

「死んでなかったのかよ」

「生きてたのね。大丈夫？」

「大丈夫ではありません。実際死にかけました」

淡々とした答えが返される。俺は反射的にクロニカの手を握り、逃げ足に力を入れた。

しかし予想に反して、別に襲い掛かってくるという事も無く、代わりに、イヴリーンは心底気が進まないように、用件を切り出してきた。

「……今回の一件を上に報告した結果、とある任務が私に発令されました」

深い、深いため息をついてから、薄い唇がこう告げる。

「あなた方には、これから私が保護と監視を兼ねた護衛として同行します。

そして、本当に残念ですが、拒否権はありません。……あなた方にも、私にも」

第三章　Sur le pont　L'on y danse

0

この世で確かなものは一つ。

それは、ルールだ。

言われたこと、決められたことを守ってさえいれば、社会は幸福を約束してくれる。

そう信じて、ずっとずっと歩いてきたのは、間違いではないはずだ。

教科書通りに問題を解いた。親の言う通りに過ごした。命令通りに任務を果たした。

敷かれたルールから、一度たりとも脱線することなく人生を生きてきた。

おかげで、自分は確かに幸福を得られたのだから。

安定した収入と職業身分は、革命によって没落した実家を支えられただけでなく、最愛の彼女の幸福を養うことさえ出来た。

自分の歩いてきたルールは間違ってなどいない。

間違ってなど、いない。

だから、きっと間違っているのは、この幸福を壊したのは、他の誰でもなく……。

あの男の、仕業なのだ。

1

ふと見上げた空には、雲一つ無い夜が広がっていた。

人が上を向くのは、目の前の現実から目を逸《そ》らすためだ。きっと、今の俺のように。

「おかわりを下さい」

「……悪いがそいつでカンバンだ。足りなきゃその辺の草でも食ってろ」

焚火《たきび》から外した空のキャンプ鍋の底を指して、俺は言った。

黒髪のメイド服は、アイスブルーの瞳で俺と同じものを見て、小さくため息をつく。

目を逸らしたい現実その二号、もとい、こいつの名前はイヴリーン。軍人且つ、本人曰《いわ》く貴族ではない因子保有者。そして、この旅に新たに加わった、厄介者だ。

「何ですか、さっきから人の顔をじろじろと。ハッキリ言って不愉快ですが」

そう言って、飾り気のない薄手の黒白が、枯葉を乗せたそよ風に揺れた。

首都での騒動から三週間余り、街道沿いの秋の夜長は、すっかり冷たくなっている。

「いやその服で寒くないのかよ。腹壊しても知らんぞ」

「問題ありません。私はただの人間とは違いますし、そこの小娘ほど軟弱でもない」

イヴリーンの言葉尻は、焚火の傍らのもう一人に向いていた。

同様の現実その一号、もとい、クロニカは紅雪《あかゆき》の髪を分厚いフードにすっぽりと収めて、暖かそうなクリーム色のウールコートに、さながら子羊のように包《くる》まっている。

「だって寒いものは寒いんだもの。ねえライナス、あったかいコーヒー淹《い》れて」

「ブラックでいいか。もう砂糖とミルクが切れた」

「じゃあいらないわ……へっくち！」

くしゃみをして、鼻先を赤らめるクロニカをよそに、俺は鍋の横で熱していたケトルを取り上げる。これ見よがしに温まってやろうとブリキ缶を開けて、しかし、もう粉《インスタント》もなかった。

その時だった。まるで抗議するかのような鼻息が、俺の背中を荒々しくあてつけた。

振り返ると、そこには馬が二頭。マロン色の雑種が、黒い瞳でじっと俺を見ている。

「その子たちも、お腹《なか》が空《す》いてるみたいよ。あと水が欲しいって」

「はいはい」

俺もだよ、と言ったところで意味はない。クロニカの声に押されるように、俺は空《す》きっ腹《ぱら》を抱えて立ち上がった。飼葉を用意して、近くの淡水湖から水桶《みずおけ》に汲《く》んでくる。

夜の平原は、星明りのおかげで見通しは悪くない。目を凝らせば秋色の草どもの中に、打ち捨てられた無数の鎧《よろい》やら馬具、剣《レガートス》や槍《やり》が朽ちているのが見えた。

特に珍しくもない、国中で見られる王国時代の、貴族間戦争の名残だ。

死ぬのは専ら、気まぐれのように動員された平民たちの仕事だ。スポーツ感覚で行われる代理戦争に大義は無く、ただ朽ち果てた時代遅れの武具だけが、余興として空費されていった人命たちを証立《あかした》てていた。

……数分かけて、汲んできた水桶を置いた。すると草を食《は》んでいた二頭は、今度は桶に顔を突っ込んだ。その背から鞍《くら》を外し、ブラシで毛並みを整えてやる。

獣臭い鼻息をくすぐったそうにしながら、しなやかな筋肉が小さく震えた。その横腹を優しく撫《な》でてやりながら俺は思う。次の街に着いたら、すぐにでも売っぱらおう。

なにせ、金がないのだ。

そして、どうしてこんなことになっているのか、思い返せば少々長くなる。

馬に乗って首都《パリン》を発《た》ったのは、イヴリーンと再会した翌朝だった。

『小娘、あなたは餌です』

事務的な口調は、手綱を握る俺の胸元に、すぽりと収まったクロニカへ向いていた。

『そして、釣るのは私です。餌につられてノコノコとやって来た騎士団の刺客から、有益な情報を得られれば……あなた方を見逃すのも吝《やぶさ》かではありません』

そのためには、孤立しやすい馬旅が最適。襲撃者を誘《おび》き出《だ》すに易《やす》く、他人を巻き込む心配は最小限。それがイヴリーンの弁だった。

『本来ならばまず、あなた方を逮捕した上でしかるべき拷──もとい取り調べをするはずなのですが……まったく、本当に面倒なコネをつくってくれていたものです』

忌々し気に吐き捨てるイヴリーンへ、クロニカは気安い調子で訊《たず》ねてみせた。

『アリアのことよね。そんなに凄《すご》い人なの？　あなたの師匠は』

イヴリーンは短く首肯して、続けた。

『〈黒い箒《ブルームズイーパー》〉。革命以前に私も所属していた、貴族ではない因子保有者たちからなる暗殺部隊です。主な任務は、重罪を犯した貴族、及び禁忌を犯した屍喰継承者《カルニバリスト》の粛清。強者揃《つわものぞろ》いのその中で、あの方はぶっちぎり最強でした』

淡々と紡がれる言葉には、その反面、どこか懐かしむような響きがあった。

『口惜しいですが、私ではまだまだ及びません。もし倒すのならば政府の被害は甚大になるでしょう。……つまり、猫を被《かぶ》っていてもらえるのなら、願ってもないのです』

ふと、風に吹かれた長い髪が鼻先をくすぐった。胸元のクロニカが俺を見上げて言う。

『本当に、あのお店を選んで正解だったわね、ライナス』

『まったくだ……いや、けどよ、あの店主に会わなきゃそもそもこんな面倒事に――』

『はいストップ。それ以上考えちゃダメよ』

ともかく、政府のお偉い方々はクロニカを鎖につなぐより、釣り糸に垂らした方が有益だと判断したらしい。その判断は柔軟というべきか、あるいは。

『あんたたちも、相当切羽詰まってんだな。そこまでヤバいのか、騎士団ってのは』

『……あなた、本当に何も知らないのですね』

俺の問いかけに、イヴリーンは呆《あき》れ、あるいは小馬鹿にしたような吐息を置いてから。

『騎士団とは、革命の最初期、王都が陥落した時から活動している最も強力な残党貴族どもです。各地での破壊行為《テロリズム》や要人の暗殺などの実績はさておき、最も厄介なのは、政府側に情報をほとんど掴《つか》ませていない点』

構成員の規模、そして活動拠点も不明だと、イヴリーンは続けた。

『そして何より、見過ごせない噂《うわさ》もあります。奴《やつ》らは、王都陥落の際に持ち去った〈王〉の遺骸を、今なお保有していると』

〈王〉の遺骸。その単語に反応したように、腕の中のクロニカが微《かす》かに震えた。

かつて少女は言った。騎士団は自身の眼《め》を用いて、〈王〉を復活させようとしている。

『それが本当であるならば、政府としては一刻も早く連中の手からそれを奪い、一片残らずこの世から消さなくてはなりません。何故《なぜ》ならば――革命が〈王〉を殺したのではなく、〈王〉の死が革命を起こしたというのが、十二年前の真相だからです』

『なに？』

初耳だった。間の抜けた声が、開いた口からすっぽ抜ける。

『少々喋《しゃべ》り過ぎましたか、これぐらいにしておきましょう。どのみち、詐欺師、お前は単なる雑用係のオマケです。詳しい事情を知る必要などありません』

そう言って切り上げたイヴリーンの、補足をしたのはクロニカだった。

『……死なないはずの〈王〉があの日突然死んだ。原因は分からない。けれど、〈王〉の死が直系細胞である三柱の大貴族《オリジンノーブル》を弱体化させたのは事実。加えて、形勢不利と見た三柱の一人が王政を裏切ったことで、革命は成功した』

ちらりと見ると、紫水晶の左眼が開いていた。イヴリーンから続きを読んだのか。

それは革命の当事者である政府筋しか知らない秘密事項だろう。

『だから政府は不安なのね。千年間不死身だったはずの〈王〉が、なぜか死んだ。その理由が不明な以上、突然蘇《よみがえ》らない保証はない。少なくとも、遺骸とやらを消滅させるまでは』

時の歯車が巻き戻らない確証はない。現状をそう捉えているのだとしたら、確かに俺とクロニカへの対応にも合点がいく。

『その左眼《ひだりめ》、やはり不愉快な能力ですね。いよいよもって殺したくなります。よく一緒にいられるものだと、その点だけは感心しますよ詐欺師。……ああ、そう言えば』

そこでふと、黒白のメイドは思い出したように、

『まだ聞けていませんでしたね小娘。なぜ、騎士団はあなたの身柄を狙っているのですか』

その質問に、肝を冷やしたのは俺だった。理由は、今までの話の流れだ。

もしこの危険メイドが、クロニカが〈王〉の復活のカギを握っていると知ったのなら。

不意に筋肉が強張《こわば》った。不安が手綱を伝わったのか、馬が鼻を鳴らす。

しかし、クロニカは何のためらいもなくこう言った。

『秘密。イヴリーン、あなたには、まだ教えてあげない』

怖《おそ》れ知らず、あるいは自分は絶対に死なないとでも嘯《うそぶ》くような口調。それはイヴリーンの心を読んだからか、あるいは別の確信があるからなのか。

分からない俺は、背筋に冷汗を滝と流しながら、固唾を飲んで次の瞬間を見守り。

俄《にわか》に漂わせた極寒の気配を、しかし、メイドは握り締めた拳と一緒にしまい込んだ。

『……まあいいでしょう。どちらにせよ、いずれお前を狙ってやって来る手合いに聞けば分かる事です。むしろ、その方が楽かもしれません』

クロニカは余《よ》裕綽々《ゆうしやくしやく》と言った風に、またも気安く声を飛ばした。

『ふふ、じゃあ、わだかまりも解けた事だし、改めてよろしくね。イヴリーン』

『……そこの詐欺師もですが、気安くファーストネームで呼ばないで下さい』

間一髪、弛緩《しかん》した空気の中で俺は一人、取り残されたように先の会話を考えていた。

不死身のはずの死んだ〈王〉。癌細胞《ドローキャンサー》と呼ばれている少女。あの左眼から移された謎の暗黒、等々。ずっと燻《くすぶ》っていた疑念に火が入る。

——クロニカ。こいつは、一体何者だ？

『？　どうしたのライナス……ああ、そういうこと。道連れの女の子が一人増えて嬉《うれ》しいのね。やだ、なに考えてるのよこのスケベ』

『おい待て、勝手に人の本音を捏造《ねつぞう》すんな。後お見通しみたいな雰囲気出すのやめろ』

『一応警告しますが、道中で私に不埒《ふらち》な真似《まね》を働こうとしたら、その場で切除しますよ』

『働いてたまるかっ！』

そこで付け加えるように、イヴリーンは言った、

『……ああ、それと詐欺師。あなたには一つ、言っておくことがありました』

『なんだよ』

『私の同行に際して、この馬も含めた道中の諸経費ですが……管理局へ手紙で任務予算を

申請しても、すぐに下りることはないでしょう。万年予算不足ですから』

『……それで？』

『よって当面は、あなたの財布が頼りになりますから。頑張って、稼いでください』

……いつ思い返しても、忌々しい記憶を脇に捨てる。

しかも、イヴリーンが襲撃者を誘《おび》き出《だ》しやすいようにと選んだ人気《ひとけ》の少ない旧街道沿いのルートは、鉄道全盛期の今、対照的にとても景気が悪かった。おかげで他人の懐に依存する、俺自身の懐具合も追い討ちをかけられているのが現状だ。

ようやく畜生分際のご機嫌を取り終えて焚火《たきび》に戻ると、クロニカは上機嫌でトラベルペーパーを手元に開いていた。そのページには、次の目的地。風光明媚《ふうこうめいび》な中西部の観光運河都市、フィラデリヨンが紹介されている。

「あと二、三日で着くかしら……ねえライナス、私、今度はお洒落《しゃれ》なカフェに行きたいわ！　クリームと果物を沢山使ったデザートが美味《おい》しそうなの。イヴリーンも興味ある？」

水を向けられたメイドは、しかし素っ気なくはねつけた。

「ありません。甘いものは嫌いです。というよりあなた、よくも騎士団に狙われている状況下で、そんな事を考えていられるものですね。逆に感心しますよ」

「こんな状況だからこそよ。怯《おび》えてばかりじゃ、逃げる側が損をするばかりで不公平。折《せっ》角《かく》なら楽しく逃げて、悔いを残さずいきたいもの」

そう言ったクロニカが、どこか儚《はかな》げに見えたのは俺の気のせいか。

ともかく、放置していた空鍋を洗い、熾火《おきび》に薪《まき》を足したところで、ふと俺は手を止めて。

「おい、メイドさんよお……少しぐらい、手伝ってくれてもいいんじゃねえか」

焚火の側でじっと、自らの影に座っていたイヴリーンを睨《にら》む。すると、

「嫌です。というより……できません」

ほんのわずかに目を伏せて、イヴリーンは告白した。家事全般が、一切できないと。

そして俺はようやく、ここ数週間全《すべ》ての雑用を押し付けられていた真相を理解して、

「……今すぐその看板倒れのメイド服を脱げ。そして二度と着るな」

「失礼な男ですね。……まあ、事実なので反論できませんが」

メイド失格の自覚はあるらしい。しかしイヴリーンはすぐに、ですが、と逆接を繋《つな》ぐと。

「あなたのような男に、このまま侮辱されっぱなしというのは思ったよりもムカつきますね……いいでしょう。一つだけ、私にも得意な家事がありますので」

訝《いぶか》しみながら続きを促すと、顔色の読めない無表情が、少しだけ誇らしげな声で言った。

「私は師匠から、殺人技術だけでなく、美味しいお茶の淹《い》れ方《かた》も教わりました。それを今回だけは、特別に、あなた方に披露するのも吝《やぶさ》かではありません」

それを聞いた途端、赤い鼻先をこすりながら、クロニカが言った。

「私にも一杯いいかしら？　首都のお店で飲んだアリアのお茶、とっても美味しかったもの。楽しみにさせてもらうわね」

「ええ。任せなさい」

自信満々、イヴリーンは影の中から愛用らしきティーセットを取り出してみせた。

それから期待しないで待つこと数分、手慣れた丁寧さで、二人分のお茶が淹《い》れられた。

「どうぞ、腰を抜かさないよう注意してください」

見た感じ、目前のティーカップは馥郁《ふくいく》とした湯気を漂わせている。

ふうふうと冷ましながら、最初に口をつけたのはクロニカだった。

しかしその瞬間、笑顔だった少女が、石膏像《せっこうぞう》のように固まった。

俺は嫌な予感を覚えるも、空腹と疲労に逆らえず手に持った一杯に口をつけて。

「っ……!?」

何だコレ。死んでいる。香りが、風味が、茶が茶たる由縁のものが悉《ことごと》く殺し尽くされた、無人の荒野の如《ごと》き殺伐とした液体が、舌の上に絶望だけを残して流れ落ちていく。

控えめに言えば、呪われそうな味だった。

もっとはっきり言えば、クソ不味《まず》かった。

そして黒白のメイドは無表情のまま、しかし明らかに誇らしげに胸を張っている。

「いかがでしょうか？」

いかがも何も、こんな代物を出して自信満々なのは一体全体、如何様《いかさま》なわけだろう？

だが、もしここではっきり不味いと言おうものなら、本当に殺されるかもしれない。

感想を述べあぐねていると、イヴリーンはポットの残りを自分でも口に含み、言った。

「少し心配でしたが、やはり腕は落ちていませんね」

それで、確信するには充分だった。このメイド、もう色々手遅れだ。

俺はせめてもの口直しにケトルに残った白湯《さゆ》を流し込み、外套《がいとう》を掴《つか》んで横になった。こういう時はもう寝てしまうに限る。胃袋の抗議は、眠りの中までは届かない。

しかし瞼《まぶた》を閉じた瞬間、イヴリーンの声が悪びれもせず落とされた。

「何を寝ようとしているのですか。まだ感想を聞いていませんが」

「…………すごかったよ」

「死ぬほど具体性がありませんが、まあ、あなたの語彙力に期待するのも無駄でしょうね。今後も私の気が向けば、また淹れてやってもいいですよ」

勘弁してくれと、続く言葉をぐっと飲み込み、もう一度固く瞼を閉じる。

「私も寝るわ……おやすみなさい、ライナス」

げんなりしたようなクロニカの声に、今夜だけは、妙な連帯感を抱いてしまう。

それからしばらく、腹の虫を黙らせるため、藁敷《わらじき》の上で何度も寝返りを打ちながら、俺の思考は一点に向けて引き絞られていた。即《すなわ》ち、次の目的地である観光都市について。

（一発でいい、デカく稼がねえと……騎士団やイヴリーンより先に、貧乏に殺されかねん）

それがいつだって、何より致命的な事は、たぶん、この中で俺が一番知っている。

2

三日後。

州都フィラデリヨン。王政時代からの歴史ある運河都市であり、鉄道の発展に伴う全国的な物流量増加の恩恵は、河川運輸を主流とするこの街にも好景気をもたらしていた。

都市の中央を流れる運河。その北側には、花崗岩《かこうがん》を積んだ伝統的なアーチ構造の旧大橋《アヴィニヨ》が、南側には近年新設された吊《つ》り構造の工業的《インダストリック》な大鉄橋が、市内の物流を支えながら、観光名所としても一役買っている。

「大陸週報《ウィークリー》……いや、やっぱ地方紙《ローカル》くれ」

早速、通りがかった路上新聞売りから、多少安い都市新聞《タウンペーパー》とタバコを買った。いよいよ手持ちが心許《こころもと》なくなるが気にしない。これから稼げばいいのだ。

景観高い街路を歩きながら記事の見出しに目を滑らせる。『お薦め住宅ローン』『弁護士妻の不倫殺人』『陸軍にて脱走兵による装備盗難』、そこでクロニカが邪魔してきた。

「ちょっと、ライナス。そんなのあとでいいから、早くカフェに行くわよ」

「急《せ》かすな……ったく、新聞くらいゆっくり読ませろ」

「というか意外です。あなた、字が読めるのですね」

クロニカの隣を歩くメイド服が、さっそく平然と失礼を飛ばしてきた。

「こう見えても学校には通ってた。八歳の時、三日で退学したがな。学んだことは一つ。俺は勉強は好きだが、他人から物を教わるのは死ぬほど嫌いだってことだ」

言いながらタバコに火を点《つ》ける。隣二名が露骨に顔をしかめるが無視して続ける。

「そもそも観光なら俺抜きで勝手にやってればいいだろ。こっちは忙しいんだ」

お前らの食い扶持《ぶち》を稼がなくちゃいけないからな、と言外の意味を込めておく。

しかしクロニカは不満げに唇を尖《とが》らせて抗議してきた。

「みんな一緒の方が楽しいもの、イヴリーンもそう思うでしょ」

「いいえ。私はあなたさえ見張れていれば、それで構いません。詐欺師など、正直ぶっちゃけオマケ程度、至極どうでもいいですから」

それから単調に続く不穏な口調にあわせて、ふと錆《さ》びた匂いがじわりと滲《にじ》み出《だ》した。俺の吸う、タバコの煙をかき消すほどに。

「私はただ、殺したいだけです。クソ忌々しい残党貴族どもを残らず殺す。そのためだけに、私はかつて黒箒《メイド》となり、そして今、軍人をやっているのですから」

「それは、私も含めて？」

臆す気配もなく、世間話のように問いかけたクロニカに、メイドは溜息《ためいき》で答えた。

「あなたは、物心ついてすぐに革命に直面した世代でしょう。貴族として生きていたわけではない。私的にはギリギリセーフです。かといって仲良くする義理はありませんが」

ふうんと、クロニカはその場でくるりと身を翻すと、唐突にこう告げた。

「まあいいわ。なら今日の所は別行動ってことで——行きましょう、イヴリーン」

そう言うと、紅雪《あかゆき》の長髪を数歩分躍らせ、少女の気配は俺の隣から距離を置く。

イヴリーンもまた、ちらりとこちらを一瞥《いちべつ》し、クロニカの後ろに付いた。

突拍子もない少女の心変わりに驚いていると、翠《みどり》の右目が遠間から俺を見つめて。

「じゃあライナス。お金のためとはいえ、あんまりひどい事をしちゃダメよ」

「……ガキが保護者ぶるな。腹立つ」

憎まれ口を颯爽《さっそう》と無視し、クロニカは長い髪を羊毛のフードにしまい込んで言った。

「でも、明日は絶対、一緒にカフェでティータイムだからね、約束……へっくち！」

くしゃみだ、最近多い。風邪でも引いたかと訊《き》くと、クロニカは小首をかしげて言った。

「……風邪？　分からないけど違うわよ。ただ、何となく鼻がむずむずするだけ」

赤い鼻先をこするその仕草は、傍目《はため》にはやはり風邪気味に思えるが。

「そうかよ。……言っとくが、熱出しても俺は絶対に面倒見ないからな」

――そして二人と別れてからほどなく、俺は、運河を渡す南側の鉄橋に辿《たど》り着《つ》いた。

錬鉄製のアイアンケーブルに吊《つ》られた橋梁《きょうりょう》の上からは、恐らく設計の内だろう、無数の小船が行き交う運河の活況が一望できた。男たちが船から積み荷を運び出し、あるいは逆に積み込んでいく。伝票片手に検品係が駆け回り、そこに休憩中の人夫相手の軽食売りも混じった盛況ぶりはすさまじく、喧騒《けんそう》が、耳をすませばここまで聞こえてきた。

ふと欄干に頬杖《ほおづえ》をついた拍子、誰に聞かせるでもない本音が口から転がり落ちる。

「嫌だねえ……」

あんなふうに労働者として、あくせく真っ当に働くなんて絶対にごめんだと思えた。

つまるところ俺は、根っからの悪党なのだ。他人を欺き、成果を奪う事でしか生きられない。そしてもう、己の生き方にまつわる後悔など遥《はる》か昔に捨ててしまった。

唯一の肉親すら、金のために手にかけた、あの時に。

「？　そういや……」

その時、ふとしたとらえどころのない思い付きが、突然に脳裏を過《よぎ》った。

通り過ぎた閃《ひらめ》きの正体を確かめるため、新聞をもう一度広げ、見出しを確認する。

そうしてにわかに動き始めた頭の中で、推測が階《きざはし》を組み上げていく。架空の鐘楼に駆け登り、見えないコインを詰め込んだ、ガラス瓶の音を打ち鳴らすために。

だが、しかし……不意に力んだ両手が、広げた紙面をくしゃりと握り込んだ。

足りない。あと一つ、この詐欺に必要なピースが足りない。

どうする。イヴリーンでは論外だ。だがクロニカでは、さらに問題外だ。

考えること暫《しば》し、どうにも諦めかけた。その時だった。

視界の端を掠《かす》めた人影を見逃さなかったのは、一種の奇跡だったのかもしれない。

見覚えのある、フリルで縁取られたその日傘に、一瞬で視線は釘付《くぎづ》けになった。

「よし……！」

そして、俺は舞い降りた最後のピースを捕まえに、新聞を投げ捨て歩き出した。

3

「じゃあ、行きましょうか」

「どこへですか」

「行き先は特に決めてない。まずは、彼に何がピッタリか、探すところから始めましょ」

「……彼？」

決まってるでしょ、と私は少しだけ、我ながら弾んだ声で言った。

「ライナスよ」

旅先での私の楽しみは主に三つ、食事と風景、そして服だ。

服というものは一着一着、基本的にその街の仕立て屋さんでしか出会えない。だから上着一つとっても、土地柄や流行、手がけた職人によって全く違う個性がある。

だから、私は服が好きなのだ。訪れた思い出を、身につけている気分になれるから。

けれど今回は、自分に選ぶのではなく。

「なぜ急に、あの男にプレゼントなど」

キラキラと光るエメラルド色の運河を横手に、真昼の街角をイヴリーンと一緒に歩く。

気恥ずかしさを押し隠しながら、私はなるだけ簡素に言い切った。

「彼のおかげで、私はここまで旅ができた。……今更だけど、その事に感謝しようと思ったの。でも、何が欲しいか聞いてもどうせアレでしょ？　だから――」

口には出さないが、首都での一件のお詫《わ》びも兼ねてだ。あの店を助けたいというわがままで、彼をとても危険な目に遭わせてしまった。素直にごめんなさいなんて、財産を人質にしている自分が言えた義理ではなく。だからこれは、単なる自己満足に過ぎない。

けれど、それでも、いつの間にか胸に在ったこの気持ちに、嘘《うそ》はつきたくなかったから。

「とびっきり、似合う物を選んでやるの。あなたも協力してね」

「……構いませんが、あまり期待しないでください。私は、この手の事に慣れていません」

「いいのよ、こういうのは友達と一緒に選ぶから楽しいんだから」

「勝手に友達にしないでください。仲良くする義理は無いと、言ったはずですが」

「そう？　だとしても私は気にしないわ。あなたは今から私の友達、決定ね」

そう言うと、イヴリーンは表情そのものは動かぬまま、面食らったように目を剥《む》いて。

「……不要です。私の人生に、友人など」

「私は必要。じゃあ決まりね」

自分よりも少しだけ大きな手を、やや強引に取って握手に持ち込む。

「改めて、友達としてよろしくね、イヴリーン」

そう言って、少しだけ強めに握った冷たい手のひらは、素っ気なく振《ふ》り解《ほど》かれてしまったけれど、その反応が気恥ずかしさからなのは見て取れた。

「なんですか……ニヤニヤしないでください」

「ふふ、ごめんね。でも嬉《うれ》しいの、初めての友達だから」

こちらの薄目の左に気付いたのか、イヴリーンはそっぽを向くように視線を逸《そ》らした。

そんな彼女の瞳を追いかけた先にちょうど、まち針を模した看板が目に入った。

「ねえ見て！　あそこのブティック、丁度いいかも……紳士服もあるみたいだし」

「そのようですね。別に、私としてはどこでも構いませんが」

投げやりなメイドの手を引いて、店に入る。狭い店内には、詰め込まれるように衣桁《ハンガー》に掛かった商品が並んでいた。そして中央には小物売り場らしき島が一つ。

カウンターで針子仕事をしている店員が、ドアベルの音に気付き、こちらに物珍し気な視線を送ってきた。目を合わせ、記憶のさわりを少し読んだ。

どうやらこの店は近所で評判の腕のいい女将《おかみ》が経営しており、現在外出中。店員の彼女は弟子のようで、今は正直接客よりも師匠から与えられた課題に集中していたいようだ。

お構いなくと私が身振りで示すと針子の店員は小さく頭を下げて、それきり自らの手元に没頭し始めた。私にとっても都合がいい。折角《せっかく》なら、こちらだけで選びたいから。

「やはり、男物は少ないようですね」

「でも、あるにはあるみたい。このジャケットとかシャツとか、サイズも良さそう」

「……その辺はやめておいた方がいでしょう。先ほど気付きましたが、あの詐欺師、どうやら街歩き用らしき中々上等な上下を一式、既にいくつか持っているようで」

言われてみれば確かに、今までも彼は街に着く度、結構パリッとした服装に着替えていたような気がする。これまであまり気にしてこなかったが、どうやら割と高級品らしい。

ここの商品の価格帯からして、流石《さすが》に品質で優《まさ》るのは難しそうだ。であれば、

「普段、身に着けてないような物の方が、いいかしら」

そう思い、視線を中央の小物売り場に移す。作業手袋やエプロンなど日用品が詰められたワゴンの横で、スカーフやハンカチなどの小物が平棚に整えて陳列されていた。

せっかくなので幾つか、ちょっと隣のイヴリーンに着けてみることにする。

「いえ、一体何がせっかくなのですか。……ちょっとおい、そのやたらピンクめなリボンを着けてこようとしないでください、子どもっぽくて嫌です」

「じゃあこっちは？　あ、これも可愛《かわい》い」

「だからピンクはやめなさい。水玉模様も却下します」

妥協してシンプルな赤いストールを首元に巻くと、彼女は鬱陶しそうに顔をしかめて。

「……当初の目的を忘れていませんか」

「大丈夫、こう見えてもちゃんと探してるんだから、ほら。ねえ、これ、いいと思わない？」

「悪くはないでしょうね。うさん臭さが増します」

「ふふ。確かに。……決めた、これにする」

そうと決まれば、早速残りのお小遣いをはたいて、私はそれを購入した。

それは、帽子。綿《コットン》で仕立てられた黒いミルキーハットだ。

順序が逆になったが、試しに店内の姿見の前で被《かぶ》ってみた。思った通り、私の明るい髪色よりは、ライナスの麦茶色の髪の方が、きっと悪くない組み合わせに違いない。

「喜んでくれるといいですね。知りませんけど」

「別に、期待してないわ」

言いながら、頭に被せた帽子を胸に抱え直す。

彼は、この思い出を気に入ってくれるだろうか。

鏡に映る私は、どことなく期待に浮かれたように、口の端を持ち上げていた。

4

運河の昼下がり。首都で出会った女貴族、パトリツィアと思いがけず再会した俺は、以前の非礼を詫《わ》びつつ、彼女を手近のカフェに誘っていた。

「あの、ウィル。御病気の具合は……」

「ああ、すっかり完治しましたよ。腕のいい医者が見つかってね。最新医学に基づいた死ぬほど不味《まず》い紅茶療法のおかげで今ではピンピンさ」

「まあ！　それは良かったですわ！」

相変わらずチョロくて助かる。しかしながら、今回のターゲットは彼女ではない。

俺はさり気なく、カフェテラスの横手を流れる翠玉《すいぎょく》色の対岸へ視線をやった。そこに鎮座するのは、この世で最も厚化粧の建築物。別名、銀行だ。

今回の狙いは、銀行相手の融資詐欺である。

一般的に、銀行は金の預け先と思われがちだが、同時に金貸しでもある。むしろ、そちらの方が本業か、貸付金の利子が奴《やつ》らの利益の源泉なのだから。あとぼったくりの手数料。

融資詐欺とは、そうした銀行の習性に付け込んだ手口であり、個人を相手にする詐欺と要点は全く変わらない。絶対儲《もう》かるし後で返すから金をくれ、という要求を通すだけだ。

そこに必要なのは、俺自身の立ち振る舞いや架空の会社情報に加えて、もう一つ。

パトリツィアの手を取って、ウィルソンは真剣な表情で告げた。

「あれから、君のことをずっと探していたんだ」

「え、あ……う、嬉《うれ》しいです。わ、私《わたくし》も、あなたのことが忘れられなくて……。この街には野暮用《やぼよう》で寄っただけですのに、まさか再会できるなんて、感激で――」

「だから、結婚してくれないか」

途端、パトリツィアの表情筋は完全に停止した。

もう一つ必要なもの、それは、妻だ。

独身は、社会的な信用力が低い。はっきり言ってゴミ以下だ。マトモな銀行なら、いい年して独り身の男になんて耳も金も貸したりしない。

婚姻証明書の偽造も、できないことはない。――が、それでもやはり、この計画を成功させるためには、絶対に実物を持っていく必要がある事を、俺は知っている。

「君と出会った時に、運命を直感したんだ。僕の生涯のパートナーは君しかいないって。だから、もう一度言います。この運命に同意してくれるなら、僕と夫婦に――」

「なりますっ!!」

食い気味の断言に、俺は内心でほくそ笑んだ。間抜けなピースが、ハマった瞬間だ。

——そうして無事に婚約を交わした二人は、しばし相談をした後、カフェから出たその足でさっそく対岸の銀行へと赴いた。

ウィルソンが銀行に行くのは、自身のビジネスへの融資を請うためだ。

それにパトリツィアが付き添って行く理由は、この婚約を成功させるためである。

彼女が結婚するためにはまず、仲違《なかたが》いしている実家の父と和解し、許しを得なければいけない。結婚には両親の承認が必要だからだ。

彼女の家出は、父親が持って来た縁談が原因だった。であるならば、気に入った結婚相手を見つけたと言えば、あっさりと解決しそうだがそうはいかない。パトリツィアは南部貴族の名家の子女である。その辺の成金と結婚など、真正面から許されるはずがないのだ。

よって、もう一工夫が必要となる。

「あの、ですけど、お金を幾ら積んでも……父はそう容易《たやす》く頷《うなず》いたりはしないかと」

「分かってるさ。だからこれは、少し卑怯《ひきょう》な手段になる。もし君が嫌だと言うならやめよう。僕は堂々とお父様へ挨拶に伺って殴られるよ。君との結婚が許されるまで、何度でも」

「ああ！　かわいそうなウィルっ……！　そんなこと、私《わたくし》は耐えられませんわ……！」

うん、やりましょう。お父様の体面や家の都合なんて知ったことではありませんし」

つまりは発想の転換だ。先に、結婚という既成事実の方をつくってしまえばいい。

法的な結婚には、互いの両親の許可が必要。しかし、すでに結婚していると偽って、夫婦の名義で社会的な契約を交わした場合、どうなるだろうか。

無論、その契約は無効になる。だがしかし、要はこういう事だ。

銀行から夫婦の名義で多額の融資を借り受ける。それが後から無効になった場合、ただ金を返すだけでは到底済まされない。当然、賠償もせねばならないはずだ。

相手はこの州で最大手の地銀だ。もみ消すには少々大きすぎる醜聞《スキャンダル》だろうし、名家というのは体面を何より気にする。

長くなったが、つまりは結婚の事実を認めなかった場合、彼女の実家に凄《すさ》まじいデメリットが発生するような状況をつくり、父親を脅迫するのである。そのために、パトリツィアは夫婦の名義を詐称して、銀行から多額融資を受けることに賛成した。

「ウィル、あなたって天才ですわ！　私《わたくし》、お父様のお顔が屈辱に歪《ゆが》むのが楽しみです！」

「え、ああ……うん。君が幸せなら何よりだよ。パティ」

しかしもちろん、本当に結婚するわけではない。あくまでこれは詐欺なのだ。

よってパトリツィアは、今から行うのが融資詐欺だとは知らないし、自分がこれから結婚詐欺の被害者になるとは思ってもいないだろう。そして、気付く事もできない。

嘘《うそ》をつくときのコツ、その四。

嘘とは、相手の望みを叶《かな》えるものでなければならない。

騙《だま》される側には、騙されたい理由があるのだ。都合のいい儲《もう》け話、あり得ない幸運、そういったモノへの下心を捨て切れない限り、どんな人間だってカモになり得る。

パトリツィアは、家出をした自分は、しかしその選択が間違いではなかったのだと、運命の相手と出会うためのものだったのだと思いたがっている。

ならば銀行は、どうか。答えはすぐにわかる。いつか、銀行は詐欺師の親戚だと言ったか。しかし血を分けた偽り稼業同士とはいえ、詐欺師《おれ》の方が上だと教えてやる。

無駄に立派な建物に入り、受付へ向けて、ウィルソンは柔和な笑顔を浮かべた。

「初めまして、私はウィルソン＝ブロジェットと申します。こちらは、妻のパトリツィア。早速ですが、貴行の融資担当とお話がしたい」

5

「初めまして、ブロジェットさんとご夫人ですね。私が当行を代表して本日の担当をさせていただきます、ニコラス＝ローンと申します」

立派な応接室で、フチなし眼鏡をかけた壮年の男が礼儀正しく頭を下げた。

「どうも、初めましてローンさん。本日はよろしくお願いします」

狙い通りだと、俺は内心でほくそ笑んだ。恐らくは副あるいは支店長クラス。初手で決裁権を持つ上役が釣れた。彼らは、どうせ後で自分たちが決めるのだからと先んじて小切手を書いてくれる。どこの職場でもそうだろうが、上の立場であれば臨機応変という名の灰色の規則違反を、程度の差はあれまかり通せるものだ。

だが無論のこと、そうした融通が利くのは、相応の魅力を備えた客だけである。

魅力。それは受付への第一印象であり、つまり服装、言動、物腰と、加えてもう一つ。

だから、いかにも裕福そうな、実物《ホンモノ》の妻が必要なのだ。

俺は落ち着き払ってソファにかけたまま、隣で緊張した面持ちのパトリツィアの手を撫《な》でてやった。いくらかは、よくやったという意味合いも込めながら。

「あの……ご無礼ながら、指輪をされていないように見受けられますが？」

「ああ。まだ入籍前でして、それに職人に無理を言ったせいか納品が遅れていましてね」

左様でしたかと、ローンは軽く謝罪した。そして世間話は終わり、会話は本題に移った。

ウィルソンは自身の経営する東部の輸出向け農場について、架空の説明を開始した。

「……というわけで、融資をしていただきたいのは、来年度の経営税の支払い分、いわゆるつなぎ資金です。今年は自由貿易の解禁もあってか売り上げが絶好調で……その分税額負担もハネ上がってしまいましてね。収益は売り掛け含めて大部分を投資に回しているので、取り合えず納付期日を無事にやり過ごす必要がありまして」

儲《もう》かった分、増えた税金の支払いに融資を受けたい。ありきたりな理由だが、俺の経験上、この話が最も効く。稼ぎの良い事業主だと思わせられるのだ。

「なるほど、では東部の銀行からは既に融資を？」

「ええ。ですがご存じの通り、今の金利はこちらの方が安いもので、今後はこの州の銀行とお付き合いさせていただければと」

たとえ事業地からは遠くとも、低金利の銀行から融資を受ける。これもありふれた話だ。

俺の提出した架空の決済証書と土地権利書をチェックしながら、ローンは頷《うなず》いた。

「……ありがとうございます。お話は承りました、書類内容も申し分ございません。お急ぎのようなので、早速この場で小切手をお渡しいたしますよ」

その言葉に、俺は冷ややかな達成感と、仄暗《ほのぐら》い優越感をたたえて感謝を返した。

もう一度言おう。騙《だま》される側には、いつだって騙されたい理由がある。

しかしながら、銀行だって見境なく金を貸したいわけではない。傘を、既に持っている相手に貸す意味はないが、屋根もない相手に貸しても返ってこないのは目に見えている。

つまり、貸した金を元手に、より多くの金を稼いで、さらに借りて、また稼いで、また借りてくれる……そんな理想の恋人を、こいつらは常に待ち望んでいる。

だから、俺は望まれるままに存在しない真実を演じてやればいい。

「しかし奥様もやり手ですね。こんな素敵な旦那様をどこで捕まえたのです？」

小切手を書きつけながら、ローンはパトリツィアにつまらない世辞を向けた。

問題ない。こっちはちゃんとした天然モノのお嬢様だ。取り繕わせる必要もない。そう思いながら、俺は一息つくような心地で冷めた紅茶に口をつけた。が、その瞬間。

「ぴ、ぴぇぇぇぇぇえっ……ずず、ぴ、ぴぃ～!!」

「ぶっ!?!!」

突然、謎の鳴き声を上げて鼻をすすり始めた隣の女に、俺は思わず噴き出した。

パトリツィアが、泣いている。なぜか、それはもうぐしゃぐしゃに大号泣していた。

「ご、ごべんなさい。けど……わ、私《わたくし》、嬉《うれ》しくて、嬉し、過ぎてっ……これで、ようやく、あなたと結婚できるんだと、思うと……」

急に何言い出してんだこいつ――喉元まで出かけたのを飲み下して、俺は懸命に隣で泣きじゃくる背中をさすった。

「はは……す、すみません、彼女、すごく涙脆《なみだもろ》くて、あと訂正するけど僕らはとっくに結婚してるんだよ！　……ゆっくり吸って、吐いて、ほら、落ち着けそうかい、パティ」

「すー、はー、すー、はー……ぴ、ぴぃ～～っ!!」

ダメそうだった。まさかのアクシデントに、泣きたいのはむしろ俺の方。

慌ててハンカチを渡してくるローンの顔が引きつっていた。確実に引いてる。

このままでは、この場がお流れになってしまうかもしれない。架空の事業に実態などない以上、後に回されたついでに突っ込んだ信用調査などされれば終わりだ。だから絶対に、この場で小切手を受け取れなければダメなのだ。だというのに、

「す、すみません……だって、だって……好きな人と結婚できるなんて、そんなこと、ありっこないって、心のどこかで、ずっと思ってたから……!!」

その時、ふと落とされたローンの声には毛色の違う戸惑いがあった。

「奥様……」

しかし考える余裕はなく、俺はとにかく妻役の背中をさすり続ける。

「御父様《おとうさま》に、用意された結婚相手が嫌で、嫌で……家を飛び出して、ようやく運命の人と巡り会って、恋に落ちて……だから、わ、私《わたくし》、嬉し過ぎて、耐え切れなくてぇ……」

細い肩を抱く俺の腕に、ぱたぱたと熱い涙が落とされた。止めどなく溢《あふ》れ出《だ》す彼女の想《おも》いの丈は、理屈ではない何かに迫っていたが、

（アホが……）

俺の心境は、驚くほどに寒々としていた。彼女は騙《だま》されているのだ。この涙も、明日の夜にはきっと別の色に変わっている。しかし俺には、罪悪感の欠片《かけら》も湧いてこない。何故《なぜ》ならそんな感情は、詐欺師が持つ筈《はず》がないのだから。

けれど、その時湿った沈黙を破ったローンの眼鏡の奥には、そんな情緒が覗《のぞ》いていた。

「奥様……実は私にも、娘がいます」

「へ？」

一転、戸惑ったように顔を上げたパトリツィアへ、ローンは気恥ずかしそうに続けた。

「もう数年前になります。恥ずかしながら、ずっと仕事一筋でしたからロクにかまってやれず、せめて縁談だけはいいものをと苦労して相手を見つけてきたんですが、そんな相手とは結婚したくないと、別の男と駆け落ちをされました」

深いため息を挟んで、ローンは続けた。

「今では年に一回、短い手紙が来るだけです。当時から娘の気持ちが理解できませんでしたが……失礼ながら、今の奥様の様子を見て、少しだけ分かったような気がいたします」

「そ、そうですの……で、でも、ええ、貴方《あなた》のお嬢さんは、きっと幸せだと思いますわ」

だってと、パトリツィアは涙とともに言葉を切ってから、はっきりと微笑《ほほえ》んだ。

「運命と出会えて、それを自分で選んだんですもの」

その言葉に、ローンはそうかもしれませんと吹っ切れたように頷《うなず》いて。

この部屋で一人、俺は冷え切った胸を抱えながら、人知れず嘆息した。

どうしてこいつらは、愛だの情だの、そんなあやふやなものに価値を見出《みいだ》せるのだろう。

愛の言葉はいくらでもある。君が大切だと示す行為は世の中にありふれている。けれど、それらの源泉、その心は、果たしてどこにどれだけ存在する？

どこにも在りはしない。決して触れないし、見えもしない。そんな真実とはただのあやふやな思い込みだ。昨日の今日で、天気のように簡単に移り変わる。

それとも、もしかすればこの世でただ一人、あの左眼《ひだりめ》だけには。

——その実在が、見えるのか？

不意に沸き上がったのは、得体のしれない感覚だった。苛立《いらだ》ち、焦り、嫌悪。そのどれでもあり、どれでもないような、あまりにも核心的な不安感。

それを、俺は咄嗟《とっさ》に奥歯で潰して飲み下した。

6

結果として、無事に融資を取り付けた俺は、パトリツィアとともに銀行を後にした。

色褪《いろあ》せた午後の陽射《ひざ》しに、手に入れた小切手《せんりひん》を掲げてほくそ笑む。

見えないコインの音が聞こえる。それは、俺にだけ鳴り響く祝福の鐘だ。

「チョロいもんだ」

「ウィル？　何か言いまして？」

「いや、何でもないよ。ところで、今日はありがとう。助かったよ」

「……い、いえ。本当にごめんなさい、私ったら、あんな恥ずかしい真似《まね》を……」

「でも、そのおかげで相手が気を許してくれたんだ。怪我《けが》の功名さ」

小切手を懐にしまって、二人並んで歩く。冷えた秋風が吹いて、隣の金髪をなびかせた。

俺はそっとさりげなく、パトリツィアの指に触れ、そのまま絡み取るように手を繋《つな》いだ。

「今日は本当にお疲れ様。君のホテルまで送るよ」

あれだけ盛大に泣いたのだ。すっかり化粧が落ちてしまった彼女を、これからデートに誘うような無神経さは、ウィルソンの性格ではない。

「……あ、ありがとう」

彼の気遣いを察したのか、パトリツィアは赤らめた顔で小さく頷いた。

ホテル前に到着した。神殿調の柱を配した、大理石のエントランスで別れを交わす。

「今日は、長々と興味のない話に付き合わせてしまったね。埋め合わせは明日するよ」

「わ、私《わたくし》こそ、みっともない姿をお見せして……幻滅、しましたか？」

「とんでもない、何度も言うけど、もう気にしなくていいさ」

笑いかけ、明日、ここに迎えに来るよと約束する。それから熱っぽく潤んだ瞳へ、ウィルソンは頰《ほお》にキスだけをして別れを告げた。

彼は、紳士だ。そして俺は、もう少し焦《じ》らしたほうがいいと判断した。

ホテルから出る。顔から仮面を剝《は》がして、仄《ほの》かに夕暮れを匂わせ始めた空気に捨てた。

それから街に着いた時、チェックインしていた安宿へ向けて歩き出す。

「さて、どうしてやろうかな」

明日のことを考えると、笑いが止まらなかった。やはりあの女は、俺にとことん利用される運命だったらしい。そう思い、鼻歌混じりに歩いていると。

「あら」

見知った声。そして、行く先に立っていた紫水晶《アメジスト》が、俺を射竦《いすく》めた。

「奇遇ね、ライナス……いいえ、ウィルと呼んだ方がいいかしら」

妖精のように、街路樹の下に佇《たたず》んでいたのは、予想通りの少女が一人。

なぜかその頭には、見知らぬ黒い帽子がちょこんと乗っているが。

「……何の用だよ。あの暴力メイドと一緒じゃないのか？」

「さっきまではね。けど、少し長くかかるかもしれないから先に帰ってもらったの。――これから、あなたを躾《しつ》けるのに」

冷めた声音が、ぴしゃりと俺の頬を打った。そして咎《とが》めるような半眼が俺を睨《にら》む。

「ひどい事をするなって言ったわよね。あの首都で口説いていた女の人、どうするつもり」

「大方想像つくだろ。それよりお前……なんだそのダサい帽子」

「へえ」

冷えた汗が頬を伝う。しまった。今の一言が、逆鱗《げきりん》に触れたと悟った瞬間。

「ちょっと、そこに跪《ひざまず》きなさい。――跪け」

後悔よりも早く、視線を介して入力された命令が、強制的に俺の膝を折った。

そして、触れあう距離に近づいてきたクロニカは覗《のぞ》き込《こ》むように俺の頬を掴《つか》んだ。

紅雪《あかゆき》の髪が帳を下ろし、紫苑《しおん》の左眼《ひだりめ》が俺の心を、記憶を……魂を読み取っていく。

「ふうん。そう、また結婚するの。それに随分楽しそうだったみたいね、馬鹿」

「うるせえ、よ。大体、誰がお前の食い扶持《ぶち》を稼いでるんだと」

「それは唯《ただ》の口実でしょう。そもそも、そんな必要ないじゃない。

……だって旅費ぐらいなら、今は私が記憶してるあなたの口座から――」

「黙れ」

反射的に喉が動いた。義務感にも似た否定の感情が、強い口調で転がり出る。

その金は、「俺」が詐欺師であるために、他人を騙《だま》し欺き、積み上げてきたものだ。

これまでの道中、路銀として否応《いやおう》なく稼いできた金とは、まったく意味が違う。誰にも、ビタ一たりとも譲れない己の存在の立脚点。それが、もしも使われてしまったら。「俺」が俺ではなくなってしまう……いや、待て。

使うつもりのない金を、ただ積み上げる。そのために、俺は詐欺師になったのか？

いや、そうだ。そのはず。それで間違いはない。なのに、どうして冷汗が止まらない。

うっかり転んだ拍子に、大切な宝物にひびを入れてしまったかのような、取り返しのつかない喪失への恐怖感が、胸の奥に亀裂を入れる寸前——。

俺はどうにか、あらゆる思考を停止した。

そのまま呆然《ぼうぜん》と、空なる心境でクロニカの瞳を見つめ続ける。そうして俺たちは、紅雪《あかゆき》の髪が下ろした御簾《みす》の中で、吐息とともに張り詰めた沈黙をぶつけあう。

幸いにも、自滅しかけた思考の先までは、少女に悟られなかったようだ、が。

それは許しに足るものではなく。だからこそ紫紺の魔眼で、少女は俺に判決を下した。

「とりあえず、この街にいる間は」

詐欺師《おれ》にとって、死刑に等しい宣告を。

「真面目に働いて稼ぎなさい——特に、女性を誑《たぶら》かさないこと。いいわね」

7

因果応報とは、こういうことを言うのだろうか。

「オイ、そこの新入り！　なにノロノロしてんだ。ノルマ運ばなきゃ給料出さねーぞ！」

「す、すいま……せん」

だとすれば、こんなものがまかり通る世の中はクソったれだ。

運河のほとりの船着き場。流れを下ってきた貨物船からの荷下ろしは、この街に住む労働者の仕事の一つだ。停泊する船から荷物を運び出し、または積み込んでいく。季節は秋とはいえ、良く晴れた日中の重労働は想像していた百倍以上にキツい。というか死ぬ。

足がふらつく。肩に背負った樽《たる》を首で支えると、中身の波打ちが重く頭に響いてきた。荷物の大半は酒樽、もっと言えばビール樽だった。水が澄んだ上流の醸造所で作られた麦酒は、運河によって下流の街へ行き渡る。

ビールは、樽の中でも発酵している。

ガス圧でパンパンになった樽を運ぶたび、腕と肩が削り取られていくのを錯覚する。

「おい！　何へばってんだ若造！　お前だってビール好きだろ⁉　好きなもん運んでるくせに、その程度で疲れるなんておかしーだろうがよぉっ！　ええ⁉」

俺が一樽担いで一往復する間に、両肩に一樽ずつ乗せて二往復する監督役の怒鳴り声が、最早《もはや》暴論なのか正論なのかも分からない。汗とともに思考力さえ流れ落ちたのか。

「お願い……します。せめて水を――ガ、っ、ごぼっ⁉」

弱音を吐いた途端、後頭部をぐいっと掴《つか》まれてばしゃん、川面《かわも》に顔面を沈められた。

「おら！　好きなだけ飲め、このヒョロヒョロ野郎が！」

再び日の光を見られたのは、窒息死しかける寸前だった。

「おっと、危ねえ。まだ死ぬんじゃねえぞ。明日もあるんだ、今日はこれで勘弁してやるが……あんまり使えないようなら、どうなるか分かるな。……オラ！　返事ィッ!!」

返答しようにも、気道に入った水を吐き出すのがやっとの有様。どうしてこんな目に。本来なら今頃、あのバカ女から更なる大金を巻き上げているはずだったのに。そんなささやかな現実逃避すらも、腹を蹴られて中断させられる。

「おい、聞いてんのか！　このヒョロ造！　返事もまともに――」

「そのぐらいに、しておいたらどうです」

唐突に、怒声と暴力がピタリと止《や》んだ。そして短い舌打ちと、足音が遠ざかっていく。

「大丈夫か」

「……ああ、おかげで、助かったよ。あんたは」

差し出された分厚い手のひらを、遠慮なく握って立ち上がる。

見上げる先に立っていたのは、いかにも労働者の麻シャツに、張り裂けそうな筋肉を詰め込んだ、灰色の髪の大男だった。不器用そうな無骨な顔が俺を見下ろしている。

道理で、あの監督役が逃げ出すわけだ。

こちらが立ち上がったのを確認して、ゆっくりと手を離し、彼は名乗った。

「ヨハン。君と同じ、新入りだ」

──それからしばらく。俺たちは、どちらともなく身の上話を始めていた。

話を聞けば、ヨハン、彼は元々陸軍にいたらしい。その筋肉に見合わず後方支援にあたる補給部隊の中尉だったと言うので、ついついそれを口に出すと。

「帳簿の計算が得意だったたから、配属された。軍隊は、筋肉だけを評価するわけじゃない」

言いながら樽《たる》をまとめて四個担ぐ姿は、大した説得力だと評する他ない。

「……じゃ、どういう事情で筋肉の方を活《い》かす気になったんだ？　横領でもバレたのか」

太い首を振って、彼は一身上の都合だと不愛想に答えた。

「軍は辞めた。今は、訳があって旅をしてる。日雇い《これ》は路銀を稼ぐためだ」

「なら、お互い似た者同士ってことか」

「そうなのか？」

訊《たず》ね返す低い声に、俺は力なく頷《うなず》き返した。

8

「一体いつまでそうやって、無意義にむくれているつもりですか」

午後の運河を見下ろす喫茶店のテラス。黒髪を肩で払い、イヴリーンはぬるくなったコーヒーを口に運びながら、私に訊ねてきた。

半ば強引に街中のカフェテラスに付き合わせ、昨日の、あのロクデナシについての愚痴を聞かせること一時間。彼女が大分うんざりしているのは、目を見なくても分かる。

菩提樹《ぼだいじゅ》の木漏れ日の下、そよ風が私の髪をなだめるようにすかす。でも、それでも、胸の内の感情の嵐は、一向に収まる気配がない。

私はやるせなく、テーブルの上、半ばまで食べたデザートパフェを見つめた。どっしりとしたサンデーグラスにはたっぷりの生クリームと、桃とリンゴのカットが見事に聳《そび》えていた。けれど今は、溶けたクリームの沼に、数切れの果物が沈んでしまっている。

とても美味《おい》しかったのだけれど、一人で食べるには、やっぱり少しだけ多過ぎたから。

イヴリーンは甘いものが嫌いだ。だから、やっぱり、

「本当に馬鹿……一緒に、食べたかったのに」

白い沼にスプーンを入れ、水っぽくなった甘さを口に含むと、イヴリーンが言った。

「しかし、私にはよく分かりません。どうせ金目当ての結婚詐欺。あなたの立場で、そこまであの男に対して怒りを覚える必要があるのでしょうか」

「そうだけど……それだけじゃ、ない」

椅子の背にかけた、渡せなかった帽子に意識を向ける。私だって分かっている。一方的に期待して、無碍《むげ》にされたと感じて、ほとんど衝動的な怒りをぶつけてしまった。

もう少し、冷静になれていたなら。そんな後悔を誤魔化《ごまか》すように、私は言った。

「でもあの子は、たまには汗水を垂らして真面目に働いてみるべきなのよ。少し、世の中に対して斜に構えすぎだもの」

「まるで保護者。姉か何かのような言い草ですね」

イヴリーンに言われて、私は今口走った内容に気が付いた。

「そうね。……もしかしたら、私はその代わりになりたいのかも」

ライナスへ、私が必要以上に抱くこの感情は、確かにそういう種類のものなのかもしれなかった。放っておけない、おきたくない。ともすると私という精神は、存在しない肉親というものを求めているのだろうか。

「……もしやあの男、姉がいるのですか」

「？　そうだけど」

瞳の中の魂に見た、ライナスの記憶。けれど彼の姉が今どうしているのかまでは読み取れていない。それだけは知られたくないように、いつもすぐ目を逸《そ》らされてしまうから。きっと、何かしらの傷なのだろう。無遠慮に踏み込むつもりはない。けど、気にはなる。

対面で、コトリと、飲みかけのコーヒーカップがソーサーに置かれた。そのどこか寒々しい陶器の響きに乗せて、イヴリーンは呟《つぶや》いた。それは奇遇ですね、と。

「私にも、弟がいました。――殺しましたけど」

沈黙が下りる。調子はずれなそよ風が、テーブルの上を遠慮がちに通り抜けた。

私は何も言わなかった。何故《なぜ》なら、知っていたから。最初に会った時、イヴリーンの凍った瞳の中に、煮《に》え滾《たぎ》る黒い炎の正体を見てしまった。

私は左眼《ひだりめ》を閉じたまま、そう、とだけ頷《うなず》いて、それで会話は終わった。

暫《しば》し、私は残っていたパフェの片付けに没頭し、イヴリーンは黙って運河を眺めていた。

「というか小娘、あなた支払いの事を考えていますか」

「……あ」

そんな事だろうと思っていましたと、呆《あき》れたような嘆息が続く。

「仕方ありません。管理局にツけておきます。これぐらいの出費なら問題ないでしょう」

袖口の影から取り出した白紙の小切手に書きつけて、イヴリーンは渡してくれた。

「これで支払えるかどうか聞いてきなさい。ダメなら、皿洗いを一人雇えるか聞きなさい」

——小切手を持った少女が、席を立ってから暫し。

一人残ったイヴリーンは、空のカップの前で腕を組み、ぼうっと景色を眺めやった。

もう一杯、コーヒーのお代わりでも頼もうかと、彼女が考えたその時、

「全部です」

「はい？」

背後の席から、明らかに戸惑った店員の声が響いた。

「このお店のケーキもパイもお菓子も材料の限り全部です。はやく持ってきなさい」

「で、ですがお客様。失礼ですけど、それほど召し上がられるようには……」

「見えませんか」

黒白のメイドがちらりと振り向くと、困惑する店員に、席に座った金髪の女性が、悲壮

なまでの気迫を立ち上らせていた。

「婚約者にすっぽかされた――この胸の傷心が、見えないのかと聞いたのですわ。よって今、私《わたくし》の乙女心は天地を喰《く》らいつくすほどに自棄《やけ》っぱちなのです。理解、できまして？」

怯《おび》えるウエイトレスを店内へ叩《たた》き返したのは、理解ではなく迫力だった。

振り返り、その一部始終を目撃していたイヴリーンは、思わず声をかけた。見事な変装だが、見るのは二度目だ。だからその金髪の女貴族は、詐欺師の変装だと知っている。

「一体何をしてるんですか、貴方《あなた》」

「はっ！　か、勘違いしないでくださいまし！　これはただ傷ついた乙女心を修復するためのやむを得ないやけ食いであって、決してダイエットの誓いを破ったわけでは――。

……って、一体どちら様ですのあなた？」

「いや私ですが」

「……あなたのような目つきと、ついでに口も悪そうなメイドの知り合いは、生憎《あいにく》おりませんが」

「は？　そんなこと思ってたんですか殺しますよ。……というか、必要もないのにまた女装してる男に言われたくありません。妙な癖はせめて私の視界外で発散してくれますか」

「じょ、じょそ……っ!?　失敬な！　私はれっきとした生まれ落ちての淑女ですわ！」

「うわ（ドン引き）。役作りもここまでくると恐怖です。というかあなた如《ごと》きがレディ名乗るとか冷静になってヤベーと思いませんか。この際言っておきます。ここ数日で気付きましたけどあなたイビキがうるさいし地味に足が臭いんですよ」

「――(絶句)」

そこにぱたぱたと、戻ってきたクロニカが声を発した。

「お待たせ、イヴリーン。ありがとう、支払いは大丈夫だったから――待って、その人」

「……あなたは」

金髪の碧眼《へきがん》と、紅雪《あかゆき》の紫水晶が、視線を交わして――クロニカはついに見た。ずっとライナスが関わっていた金髪の淑女が、誰で、何者であったのかを。

そして咄嗟《とっさ》の目配せは、黒白のメイドにも即座に真相を伝えて。

「……ああ、なるほど。まったく、便利な眼《め》ですね」

状況の理解と、イヴリーンの行動は全くの同時だった。

「どうやら誤解していたのは私だったようで、先ほどの非礼を謹んでお詫《わ》び申し上げます。

――というわけで、死ね」

瞬時、腰かけていた椅子を倒すと同時、抜き放たれたイヴリーンの足刀は、しかしむなしく空を切る。いつの間にか立ち上がって攻撃を回避していた金の淑女は、低い声で言った。

「……何の真似《まね》です」

「やりますね。バカそうなくせに反射神経はマトモらしい」

「だ、誰が馬鹿ですのっ!! い、いえ、というかそれよりも! 先ほどのその左眼《ひだりめ》。

その少女はもしや――癌細胞《ドローキャンサー》!?」

「……パトリツィア＝ウシュケーン。まさか、ホントに騎士団だったなんて」

「？　私《わたくし》、名乗りましたっけ？　……ああ、そういえばそういう能力だったかしら」

いいでしょう、とパトリツィアは優雅にロングスカートの端を持ち上げてみせた。

「とはいえ、まったく面倒な偶然ですわ。ここで出遭ってしまったのも何かの縁、やる気はありませんでしたが任務は任務。大人しく、捕まってもらいますわよ」

粛然とお辞儀された宣戦布告。対して、クロニカの答えはあっさりとしていた。

「ごめんなさい。生憎《あいにく》だけど、それは無理なの」

「――グッドルアーでした小娘。では危ないので入っていなさい」

そして少女の姿はいつかのように残響一つなく、井戸底へ落ちるように立ち消えた。

影の領域への物質収納。用済みの釣り餌を退避させたイヴリーンは、肉食獣のような笑みを浮かべたまま、ゆらりと立ち上がる。

対して、パトリツィアは少女の消えた影を睨《にら》みながら、冷めた声音で言った。

「あなた、一体何者ですの？　情報では、癌細胞《がんさいぼう》は、詐欺師の男と一緒のはずですが」

「はっ。……私に質問しないでください。今から這《は》いつくばる分際で、頭が高えんだよ」

もはや一般人では、遠巻きに眺めるだけで誰も立ち入れない。凄《すさ》まじい緊迫感が、物理的な圧迫となって昼下がりのカフェテラスを平穏から隔離した。

そして間もなく、二つの戦意は声もなく、互いに一つの合意を取り付ける。

即《すなわ》ち、この場で殺すということを。

先に動いたのはイヴリーンだった。が、彼女自身は一歩たりとも動いていない。

四方八方、午後の日差しが大きく伸ばした木立の、そしてテーブルと椅子の影が鋭く立体化して立ち上がるとともに、槍衾《やりぶすま》のようにパトリツィアへ向け発射されたのだ。

匂いもなく音もない。察知不能の影による奇襲攻撃。しかしながら。

「まあ……ある意味では、丁度いいとも言えますか」

対象を貫こうとした影の群れは瞬時、その先端から燃え落ちた。

「予定変更です。自棄食《やけぐ》いではなく、八つ当たりといきましょう」

水色のコートドレスの背後に揺らめく陽炎は、彼女から溢《あふ》れる光熱の片鱗《へんりん》に他ならない。

舞い落ちた木の葉が炭と化し、テーブルクロスの裾が焦げていく。

そして金髪を結わえていた、青いリボンが合図のように焼け落ちた。

淑女たることを己に課したパトリツィアは、平素、身体能力はもとより、血の内に滾《たぎ》る熱量の全《すべ》てを自《おの》ずから戒めており、しかしてたった今、彼女はそれを十全に解放した。

「そういえば……名乗り遅れていましたわね。私の名はパトリツィア。騎士団〝仮〟加盟員、南部四大公が一、パトリツィア＝ウシュケーンと申します」

……頬《ほお》を叩《たた》く熱波を受け流しながら、イヴリーンは無言のまま考える。

思考の矛先は無論、敵の貴血因子《レガリア》について。恐らくは熱を操る類《たぐい》であり、本人を覆う不可視の熱流が、接近物を察知と同時に焼き切っているのだろう。

その操作性、および感じられる出力を鑑みて、少なくとも一親等級の強力な貴血因子《レガリア》であることは間違いなかった。

無言のまま次なる攻め手を模索するイヴリーンに、金の淑女は余裕気に言った。

「名乗られたら、きちんと名乗り返すのがマナーですわよ。というわけで、お名前をどうぞ。別に恥じ入らずとも結構ですわ。たとえどれだけ賎《いや》しい田舎メイドの分際でも、自分の名前を口にする権利ぐらいはありますもの」

腕を組んで不敵に笑う金髪碧眼《へきがん》。対して、濡《ぬ》れ羽色《ばいろ》の冷眼は短く吐き捨てた。

「ありませんよ」

「……はい？」

「テメエ如《ごと》きに、私の名前を聞く権利はねえって言ったんだ」

パトリツィアは一瞬真顔になり、それから小さく、肩を震わせて。

「ふ、ふふ、面白いですわ、貴女《あなた》。――ぶち殺して差し上げます」

「それは、こっちのセリフです」

そして巻き起こった爆発が、昼下がりのテラスを粉砕した。

「で、負けちゃったわね」

「……負けてません。一時撤退です」

数分後。街のどこかの屋上で、イヴリーンは焦げた前髪を忌々し気に引きちぎった。

「あのクソアマ……大体、私と相性が悪すぎます。忌々しい、あんな面倒な貴血因子《レガリア》を持ちやがって」

影を媒体とする彼女の貴血因子《レガリア》は、光や高熱に弱い。ほとんど一方的に敗走させられたイヴリーンは、怒り心頭といった様子で石積みの出隅《コーナー》を蹴り砕いた。

陽射《ひざ》しを背にして屋上の縁に腰かけたクロニカが、言った。

「それで、リベンジは今晩？」

返答はせず、イヴリーンは半ば独白のように今後を呟《つぶや》いた。

「あなたは宿へ送ります。それから、この街の市警と州軍へ話を通しておかなければ」

「そう。出来れば晩ご飯までには、帰ってきてね」

「保証はできませんが、一つだけ約束しましょう」

断言したイヴリーンは西へ傾く太陽へ、勢いよく中指を突き立てた。

「あの女、絶対にぶち殺す」

「……生け捕りにしなきゃ、話は聞けないと思うけど」

9

丁度太陽が西に沈んだ頃、鳴り響いた終業の喇叭《らっぱ》に労働者たちの歓声が重なった。

俺はと言えば、残された力を振り絞っても、蚊の鳴く声すら出てこない。

しかしそれでも歩く。ヨハンの肩を借りながら、歩く。歩かなければならない。

給料を、受け取るために。

「よーし、野郎ども今日も一日お疲れさん。いつも通り、最初の一杯は店主のご厚意で無料サービスだ。後は、今受け取った労働の対価で好きにしな」

労働者たちの日当は、運河近くの酒場で配られた。

十中八九、監督役と酒場の主人が共謀しているのだろう。なけなしの日当とともに渡された泡の滴るジョッキを一口飲んでしまえば、後は坂を滑り落ちていくだけだ。

だが俺はといえば、晩飯代わりに最初の一杯を片付けてすぐ、騒がしい店内に背を向けた。限度を超えた疲労のせいで、最早《もはや》胃がこれ以上何も受け付けられないのだ。

しかし、薄々分かってはいたが。

「おいおい。なに、一人だけシケ込もうとしてんの、新入り」

出口に立つと同時、背後から肩に手を置かれた。振り返ると、口ひげを白い泡で汚した男が、ウザいほど気安い調子でそう言ってきた。昼間、同じ現場で働いていた同僚だ。

一昨日の朝飯がまだ挟まってそうな汚い歯並びが、にやりと笑って店の奥を指した。

「先輩とのゲームに付き合わずに帰るなんて、ちょ～っとツれなすぎるんじゃねえ？」

「ギャンブルのお誘いですか？」

「何だよ分かってんじゃん。そうそう、せっかく皆持ってんだからさ、そいつをタネに少し遊ぼうって話よ。それに、運が良けりゃ一儲《ひともう》けできるぜ～」

「はあ……いえ、ですけど、その、俺はちょっと……家内に禁止されてまして」

何でも、真っ当に稼げとか。そう言うと、汗臭い太い腕が首に回される。

「オイ。ダメだろ～。ここで家のことなんか持ち出しちゃよぉ。みんなカミさんとガキのトコへなんて帰りたくもねえし、思い出したくもねえんだからさ」

「すいません」

「へへ、そうそう。分かりゃいいんだよ。じゃ、やるよな？」

「そうですね。少しだけなら、仕方ないですよね」

心の中で、俺はほくそ笑んだ。しょうがないよな。向こうから誘われたんだから。

そうして案内されたテーブルには、意外な先客がいた。

「……ライナスか」

「ヨハン。お前……」

逞《たくま》し過ぎる上半身の筋肉が、裸のまま呆然《ぼうぜん》と立っていた。どうやら、新人を標的にした恒例行事なのだろう。彼は先に標的となり、給料もろとも身包《みぐる》みを剥《は》ぎ取《と》られたようだ。

丁度いい。昼間の借りを返してやることにする。

「……気をつけろ。イカサマだ」

「見りゃわかるよ」

小声で耳打ちされるまでもない。テーブルには俺を除いて三人。そして立ち見が二人。

全員もれなく、侮るように俺を見下ろしていた。だが、悟られるようでは所詮三流だ。

ルールが軽く説明され、カードが配られた。特に語るべきこともない、手札の交換を挟みつつ、数字の大小や役の強さを競うありきたりなゲームだ。

そして、相手方のサマの手口もありきたりだった。目くばせや鼻をすするしぐさなどで、仲間内で手札を教え合い、テーブルの下で不正に交換するだけ。きっと何度も繰り返してきたのだろう。それなりに手慣れてはいるが、それだけだ。

創意が、工夫が、進歩への意欲がまるで見て取れない。その程度の腕と意識で、俺が命を削って働いた賃金を、こいつらは毟《むし》ろうというのか。

気が付くと、こめかみが熱く脈打っていた。一杯しか飲んでいないビールのせいなどではない。正真正銘の腹立たしさが、疲れ切った体を駆け巡る。

「上乗せ《レイズ》」

とどのつまり、これから行うのは、ただの八つ当たりだ。

「…………んな、バカな」

あんぐりと口を開けたマヌケな顔ぶれを眺めると、多少ではあるが溜飲《りゅういん》が下がる。

数ゲームの後、俺の前には巻き上げたしわくちゃの紙幣が、山と折り重なっていた。

別段、特別な事をしたわけじゃない。奴《やつ》らがテーブルの下でやっていることを、気付かれないような速度とタイミングで、テーブルの上でやり返しただけだ。

「こ、こいつ、い、イカサマだ！」

一人の男がそう叫ぶ。だが、それで証明できるのは自分の馬鹿さ加減ぐらいのものだ。

「言うのが遅え。そりゃゲーム中に証拠を掴《つか》んで言うセリフだ。そもそも、あんたらだってテーブルの下でこっそりシコシコやってたろうが。何自分らだけ棚上げしてんだよ」

負け惜しみを無視して、稼いだ金をさっさと懐にしまう。しかし、

「新入り～っ！　お、おま、お前ぇっ！　無事に帰れると思うなよ！」

店中の荒くれたちが俺を取り囲んでいた。ギャンブルにおける一番のタブー。それは大損よりも大勝ちだ。相手の縄張りなら猶更《なおさら》、無かったことにされるのは目に見えている。

だから、俺は普段賭けをしない。金や技術はともかく、暴力の持ち合わせがないからだ。

しかし、今日この場限りにおいては、それも問題ないだろう。

「というわけで、取られた分は利子付きで取り返したよ。だから助けてくれるか、中尉殿」

「了解した」

瞬間、周囲が騒然とどよめいた。今まで背景か、置物のように静かに佇《たたず》んでいた屈強な筋肉が、シャツを着直して、バキボキと拳を鳴らしたのだから。

――ビール一杯しか入っていない胃袋の中身を、勢いよく路地裏にぶちまけた。

まだ走れるだけの体力があったことに驚きつつ、口元を拭って心臓を落ち着ける。

「ハァ、ハァ……っ、もう、あそこじゃ働けないな」

「だが、もう十分稼いだだろう」

そうだなと、切れ切れの同意を返す。あの後、酒場での事態は避けるべくもなく暴力へ

もつれ込んだ。全員酒が入っていたし、話し合いで解決する方が冗談だ。

だが真に驚くべきは、ヨハンの暴れっぷりだった。蹴りの一発でまとめて二、三人を吹き飛ばし、テーブルをパン切れのように軽々と引き裂いていたのを思い出す。昼の現場から知ってはいたが、頼もしさを通り越して、もはや背筋の寒くなる筋肉だ。

「ともかく……助かったよ。あんたのおかげだ」

柄にもなく礼を言った直後、俺は連中に毟《むし》られた、ヨハンの給料に思い至った。

懐から、幾分か色を付けて差し出してやる。しかし、彼はゆっくりと首を横に振った。

「いや、もういいんだ。感謝も、金も……もう、お前から受け取る謂《いわ》れはない」

「？　……どういう、意味だ？」

生ぬるい夜風が頬《ほお》を撫《な》でる。差し込むか細い月明りが、互いの顔を照らしていた。

ポトリと、差し出した紙幣の上に、小さくて軽い、破片のような何かが落とされた。

一体何なのか？　反射的に目を凝らした瞬間。

言い知れぬ戦慄が、背筋をゾクリと駆け抜けた。

「見覚えが、あるか」

凍った肺が呼吸を止めた。念押しのような低い声に、同意を返す余裕もない。

鈍く光る小さな金属。それは、まるで凄《すさ》まじい握力に潰されたようにひしゃげた、かつて結婚指輪だったものだ。

歪《ゆが》んだ刻印には、見覚えがあるし知っている。それは数か月前まで俺が身に着けていた、

いや、正確には違う。あれを嵌《は》めた薬指に、偽りのない愛を誓っていたのは俺ではなく、アーサー＝ティクボーンという、この世のどこにも存在しない男。

そして今、赤く沸騰した両眼《りょうめ》で、俺を見下ろす、この男は。

「その髪と目の色、外見的特徴は、妹からの手紙にあった通りだな。加えてさっきの酒場での振る舞い。そして今ので、確信した。ようやく、見つけたぞ。本当の名前も、やっと分かった。……ライナス＝クルーガー」

空っぽの胃の奥から、慄きと吐き気が混濁したまませり上がる。

「俺の名は、ヨハン。ヨハネス＝ローレライ」

一匹の悪党として、詐欺師として、悟らざるを得ない。ヨハン。こいつは。

「お前が誑《たぶら》かした花嫁の、エルザの兄だ」

俺がずっと背を向けてきた、過去からの報いそのものだ。

10

『拝啓、親愛なるお兄様へ　私は今、いっそ死んでしまいたいです』

ほんの一月前に、故郷の妹から届いた手紙には、愛する男と結婚する旨が、この世の喜びを端から書き連ねたように記されていた。

そして今、新しく届いた手紙には、花婿に騙《だま》されて財産と純潔を奪われたことが、この世の絶望を手当たり次第に書きなぐったように記されていた。

ぐしゃりと、駐屯地の宿舎で、ヨハンは気付けば便箋を握りつぶしていた。

親に、教師に、上官に。ずっと、自分はルールに従って生きてきた。

何故《なぜ》ならば、信じていたからだ。真面目に、勤勉に、決まりを守って努力する。そうやって人一倍頑張れば、社会は必ずそれに見合う報酬をくれるはずだと。

そうすれば、いや、それだけが。不器用な自分が、家族と妹の、幸せを養うに足るだけの見返りを得る、唯一の手段なのだと。そう、信じていたからだ。この瞬間までは。

『詐欺師、だと……』

本当の名前も分からない。手紙には行方知れずと書かれていた。

罰を、下さねばならない。この手で、首をへし折ってやらなければ気が済まない。

かつて抱いたことのない怒りに、重んじていた理性と信じていた常識が音を立てて燃え落ちていく。そうして、彼を縛るルールは最早《もはや》何もなくなり。

果たしてその日、一人の模範的な青年士官が脱走した。

……しかし、それで上手《うま》くいくはずもない。

軍を脱走して一月余り、件《くだん》の詐欺師の手掛かりは、何も得られなかった。ヨハンは一人、あてもなく歩く。普通の人間なら冷静になって、己の行いを悔やむところだが、しかし後悔できるだけの理性すら、彼はとうに焼き捨ててしまっていた。

『エルザ……エル、ザ』

縋《すが》りつくように最愛の妹の名を呟《つぶや》きながら、彷徨《さまよ》い歩《ある》く。悲劇的な、しかし徒労に過ぎないその努力は決して報われない。はずだった。

一つの奇跡が、舞い降りるまでは。

『珍しいね、あんた何、行き倒れとかやってる人？』

行き着いたのは奇《く》しくも、件の詐欺師が最後に訪れた、人里離れた闇銀行だった。

そこで彼は見つける。詐欺師と妹が暮らしていた屋敷の権利書と、愛を失《な》くした指輪を。

すぐさま、散弾銃を手に抵抗する店主を半殺しにして、全《すべ》てを聞き出した。

外見、言動、どこへ行ったか……大した情報は得られなかったが、別に構わない。

この足は、確かに目的へ向かっていると信じられた。だから、たとえどれほどの時間がかかるとしても、残りの生涯全てを賭けて、必ず見つけ出して殺してやる。

それまで、この愚かな兄には、妹《かのじょ》に会《あわ》す顔などないのだから。

改めてそう誓ってから、およそ一ヶ月と少々の後《のち》、運河都市フィラデリヨンにて。

人生のレールを踏み外した男の前に、ついに二度目の奇跡が舞い降りた。

11

走る。走る。

頼りない月明りが差し込む路地裏を、脇目なんかふるわけもなくひた走る。とっくに尽き果てた体力を振り絞る理由は一つ。迫り来る脅威から、少しでも命を遠ざけるためだ。

「はぁ、くそ、チクショウ……がっ！」

もしかしたら、気付けたのかもしれない。アーサーとエルザが交わした会話内容は今でも覚えている。年の離れた兄が軍隊にいると言っていたのも含めて。

だが、どうして追跡された。金品の後処理含めて夜逃げの手際は完璧だったはず。だからあり得ないと、そう思い込んでいたからこそか。可能性を現実に結び付けられなかったから。俺は今何の手立てもなく、殺意全開の筋肉に追われているのか。

「っ!!」

唐突に、視界が左右に大きく開けた。夜空の小望を映す鏡は、緩やかに流れる大量の水、即《すなわ》ち、運河沿いの道路に出たのだ。

飛び出した角に背中を付けて、背後の路地を覗《のぞ》き込《こ》む。しかしヨハンの姿は無く、足音もいつの間にか止《や》んでいた。もしや、振り切れたのか？

いったん、息を整え周囲を見回した。その瞬間。

すさまじい轟音《ごうおん》が、鼓膜と水面を一緒くたに震わせた。

すぐ横の倉庫。閂《かんぬき》のかかった木製の大扉が、内側から木っ端みじんに吹き飛んだのだ。

そして、角材と鉄鋲《てつびょう》の破片を踏みしめながら、死神がゆっくりと、月下に現れた。

「……すまない、エルザ」

絶句、せざるを得なかった。嚇怒のように立ち昇る白い蒸気。つんざくようなタービンの回転音。その背が負っているのは、鋼鉄の蒸気機関《スチームエンジン》。生み出された動力はクランクシャフトを通じて、太い両腕にそれぞれ支えられた、ガラガラと惰性で回転する二門の機関砲《ガトリング》に接続されている。

不意に、昨日読んだ地方紙《ローカル》の、共同通信欄が頭を過《よぎ》った。

『陸軍にて、脱走兵による装備盗難事件発生。……目下全力で捜査中。行方不明の軍物資には、政府が蒸気帝国《エルビオーン》から購入した、蒸気機関《バフモトウール》（※原語）搭載の新型兵器も含まれており、反革命勢力への供与などが危惧される』

「嘘《うそ》、だろ……」

それは普通、馬で引っ張って、数人で陣地に据えて、敵の大軍相手に使うものだろう。まかり間違っても、単身で装備して、たかが犯罪者一人に向けていいものじゃない。

蒸気帝国製、汽動式機関砲《スチームガトリングキャノン》。

完全武装の一個大隊すらを皆殺しにできる、進化しすぎた暴力の矛先が、この時この瞬間、誤解しようもなく明確に、俺の眉間を確《しか》と狙っていた。

「守らなくちゃ、いけなかったのに。妹は……俺が、守らなきゃ、いけなかったのに」

滝のように湧き出した冷汗が、震える膝の上からどくどくと流れ落ちていく。

懺悔《ざんげ》か慟哭《どうこく》か。ヨハンの呟《つぶや》きは、まるで壊れた歯車が上げる断末魔のようで。

「すまない、エルザ。兄さんは……何も、何一つ、してやれなかった」

その両腕の先で、巨大な機関砲がゆっくりと、力強い回転を始めた。

掃射のための準備回転。悟った瞬間、ようやく生存本能が足を動かす。

「だからせめて、殺してやる。必ず、コイツを殺すから」

そして連続してはじけ飛ぶ火薬と鉛の咆哮《ほうこう》で、奴《やつ》の復讐《ふくしゅう》劇と、俺の決死行が幕開けた。

12

同時刻の夜。運河を渡す人気《ひとけ》のない大鉄橋の上で、二人の女が対峙《たいじ》していた。

「何か御用ですの？　負け犬さん」

「は？　別に負けていません、逃げただけです」

「あの、それ大体同じ意味ですわ」

パトリツィアは愚かにも再戦を挑んで来たメイドを、呆《あき》れたようにせせら笑った。

「癌細胞《がんさいぼう》はどこに？　白状すれば、もう一度逃がしてあげてもよろしくてよ」

「はっ、笑えない冗談です。一体、誰が逃げると」

「……さっきあなた、自分で言ってませんでしたっけ」

「忘れました。過去は振り返らない主義なので」

「だからと言って、死に急ぐ必要は無いでしょう。……言っておきますが、命を懸けた程度で勝ちの目はつくれませんわ。だってその因子、私《わたくし》と相性最悪すぎですもの」

やれやれと、淑女は金髪の肩をすくめて。

「影を操る貴血因子。しかし所詮は日陰の産物。それらしく、光や熱に弱いようですわね。つまり私《わたくし》の〈白日炎天《ホワイトフレア》〉は、あなたにとっての天敵なのです」

得意げに断言するパトリツィアを丸ごと無視して、イヴリーンはぽつりと訊《たず》ねた。

「殺す前に、一つ聞いておきましょう」

「何でしょう？　返り討ちにする前に、答えて差し上げてもよろしくてよ」

「あなたは、どうして騎士団の鉄砲玉などしているのですか。どうせ革命後ものうのうと、何不自由なく過ごしてきたくせに、なぜ今更、政府に歯向かおうと思ったのです」

パトリツィアは思案するでもなく、まるで、至極どうでもいい事を訊ねられたように。

「別に、私《わたくし》にとっては騎士団の任務など、義理でやっている以上の理由はありませんわ。私は私自身の、何より大事な恋路のために、彼らを利用しているだけです」

再度、胸を張ってそう断言する淑女へ、黒白のメイドは呆《あき》れを滲《にじ》ませた。

「なるほどバカなのはよく分かりました。だから教えてあげますが。どんな理由があろうと反政府組織の活動に参加するのは重罪です。並びに、因子の許可無き私的行使もまた同様……あなたはこの国の法下において、処刑台の一歩手前にいるのですよ」

「知りません」

即答は、鈴の音のように互いの間を突き抜けた。

「どうでもいい事です。どんな罪も罰も、私《わたくし》の、この胸の炎とは比べるまでもありませんもの。私《わたくし》はさっさと仕事を果たして、もう一度、あの人を探して会いに行くのです。

邪魔をするならお前如《ごと》き、炉端の灰にしますわよ、箒下女《メイド》」

にべもなく、降伏勧告は蹴りつけられた。返されたのは脅迫じみた宣戦布告。

けれどイヴリーンは薄く笑う。さながら、狩場に解き放たれた捕食動物のように。

「……気に入りませんわ、その顔。ますますボコりたくなってきました」

「奇遇ですね、私もです」

かくして雲間から月が差すと同時、両者の間に、音の無い戦鐘《ゴング》が鳴り響いた。

初手はイヴリーンから。黒白のメイド服は瞬《まばた》きよりも早く、月下の夜闇へ消え失《う》せる。

しかし即座に張り巡らせた熱流の探知網《サーモレーダー》で、パトリツィアは背後に瞬間移動した気配を見破った。そして振り向きざまに放った裏拳が――完全に空を切る。

直後、別方向から飛来した蹴り足が、彼女の横顔を直撃した。

弾丸さながらに吹き飛び、橋道を挟んだ向かいの鉄骨に叩《たた》きつけられるパトリツィア。

一撃離脱《ヒットアンドアウェイ》。再びイヴリーンは夜の裏側に姿を隠す。

『探知《わか》っていても追い切れないでしょう。私の〈夜行影牙《シャドウティカー》〉は影が濃いほど速く、重く、強くなる。昼間逃げたのは、夜を待っていたからです』

猛然と立ち上がったパトリツィアが目にしたのは、闇から闇へ、飛翔《ひしょう》する残影だった。

『まだ聞きたい事は色々ありますが……残りは、殺しながら聞くことにします』

どこからともなく響く声は言葉尻だけを残して、疾走する影はどこまでも苛烈に加速を重ねる。そして遂《つい》に、パトリツィアの熱源探知《はだ》でさえ届かぬ領域へと――。

「侮らないでくださいまし。〈白日炎天《ホワイトフレア》〉、熱域拡大」

解き放たれる爆熱爆光。パトリツィアの頭上に、太陽を模した光熱源が爆誕した。

真昼の如《ごと》き白光が、鉄橋上の闇を根こそぎ吹き飛ばす。運悪く目覚めてしまった両岸の住人の眼球を焼き尽くすほどの光熱量が、力任せに月夜を引き剝がしていく。

「潜っているなり出てくるなり、お好きにどうぞ。どちらにせよ、ミミズのように焼き尽くして差し上げますわ。……私《わたくし》の顔を足蹴にした、その罪は重くってよ！」

みるみる内に、夜という夜が日上がっていく。その最中、光熱の外縁部から逃れるように飛び出した黒い影が、碧眼《へきがん》の視界をさっと掠《かす》めた。

「そこですわ――熱域、収束」

途端、急速すぎる熱量の超圧縮が、轟音《ごうおん》とともに大爆発を引き起こした。爆風が路面を砕き、鉄の橋桁を吊《つ》るケーブルが数本千切れ飛んで、下方の運河に水しぶきを立てる。

そして、渦巻く爆炎を飛び出した浴びせ蹴りが、パトリツィアの側頭部を直撃した。

「がッ!!!!?!?!?」

常人ならば首から上を数百回爆砕してなお余りある衝撃は、鉄橋の上から直射砲の如くパトリツィアをふっ飛ばし、運河を遡って一マイルの上流に叩《たた》き落《お》とす。

其処《そこ》はちょうど、時代から取り残された石造りの旧橋《アヴィニヨ》が架かる場所。

ひやりとした月光を背後に、苔《こけ》むした橋脚が支えるアーチ構造に降り立ったイヴリーンは、眼下の波飛沫《なみしぶき》を冷たく見下ろした。

彼女の姿は、普段と一線を画していた。黒く真黒く、どこまでも黒い夜闇をそのまま着重ねたような全身。それは足元の夜から、薄紙どころではなく、厚みの一切が存在しない二次元の闇を吸い上げて、自身に付加《エンチヤント》していく事で維持されている。

「成程……そういう、事ですのね」

爆裂する水面。石畳の橋上に復帰したパトリツィアの全身から、滴る水が瞬く間に蒸発する。濛々《もうもう》と立ちのぼる白煙の下、熱い一筋の血が、端正な顔を伝い落ちた。

「影を幾重にも重ね私の光熱を防御した上で、身体能力を大幅に強化……さらに、消費した分は周囲の夜から即・補充可能、というわけですか」

互いに数歩を隔てた遠間から、パトリツィアは敵手へ微笑《ほほえ》みを送った。

「メイド風情にしては中々の舞装《ドレス》をお持ちのようで。褒めて差し上げますわ」

「お褒めに預かっても、別に光栄ではありません。あなたも、さっさと着替えなさい」

誘うように、夜を纏《まと》ったイヴリーンは手をこまねいた。

「遠距離戦など小手調べ。己が血を着る、私たちにとっての勝負とは、それからでしょう」

「ええ全く。貴血因子《レガリア》の出力は、本体――心臓の鼓動から離れるほどに減衰していく。ならば、どうするのが最も効率的な戦闘方法か、答えは明白」

心からの同意を、パトリツィアは頷《うなず》いた。その間合いにこそ、今夜の決着は存在すると。

「「故に、私たちの本領は――」」

声を重ねて、二人は同時に断言する。

「「近接打撃戦《フルコンタクト》をおいて他にないっ!!」」

宣したと同時、破滅的な熱量がパトリツィアの体内で駆動した。沸騰した血潮が血管を破り、外気に触れて発火しながら、黄金の炎弧を描いて主を絢爛《けんらん》に装っていく。

かつて互いに憎み合う貴族たちは、その鬱憤を、民衆を使った代理戦争《スポーツ》で解消した。そこで死ぬのは平民の仕事、戦場に貴き血は流れないし、その理由もない。

では、もし仮に、己の命を賭けてでも敵の死を求めるならば、彼らは一体どうしたのか。

「では、踊りましょうか《シャルウィーダンス》」

「是非もなし《イエス、オフコース》」

影と光。互いの構えに力みは皆無。まるで森閑の湖畔の白鳥のように、優美に脚を開き、伸ばす腕は柔らかく。そして示し合わせたように、彼我の間合いが調整される。

一際冷たい夜風が、運河の水面にさざ波を立てた。

それを合図として一歩、二歩、三歩と。紡ぎ合うステップは速くもなく遅くもなく。ただ互いの意識の間隙、呼吸の隙間を縫うための靴音は、必然として完全に調和していた。

二つの靴音、最後の一歩が共鳴し、抱き合うようにすれ違う。紛《まぎ》れもなくその刹那、重なり合った間合いと時の狭間《はざま》にて、二人は激突した。

「「ッ!!」」

左右対称に放たれた右拳のフックを、互いに左手でさばき、ぶつけ合った回し蹴りの反動を、共に活《い》かして次撃へ繋《つな》げ——すれ違いざまに交わされた攻防は十数連撃。後追いで

破裂した大気の残響だけをその場に、二人は再び、位置の左右を入れ替えて対峙《たいじ》した。

宮廷舞闘《ノーブルクロス》。

それは、かつて貴族階級が社交のために催した、舞踏会を起源とする。

日頃の対立が口論へ、舌戦が死戦へと発展するように、その場において舞踏もまた、舞闘へと発展したのは必然だったのだろう。

遠間から、互いにステップを踏んで接近し、すれ違いの一瞬に絶命を狙った徒手空拳を交わし合う、超刹那的至近決闘作法《ハイヴェロシティクロスレンジエチケット》。

その特徴として、対決する二者の実力が、高レベルで拮抗《きっこう》すればするほど——

「くっ!」

「がッ!」

拳と肘、更に影刃を合わせた十六連撃が、防御を掻《か》い潜《くぐ》りパトリツィアの脇腹を抉《えぐ》る。

爆熱する肉切骨断の手刀《カウンター》が、イヴリーンの右顔面を深々と焼き切った。

両者は血の飛沫《しぶき》を振り切って、すれ違っては相対し、また引き合うように接近する。

そして重なり合う一瞬に、二つの命が鎬《しのぎ》を削る。

その最中、石橋を砕く足音が、拳が散らす衝撃波が、図らずも一つの旋律を奏でていた。

——舞闘の律動《リズム》は、美しく調和する。

技と血の全《すべ》てをさらけ出し、刹那の間際に全てを賭ける、古い時代の決闘作法。

しかして弾《はじ》け飛《と》ぶ血と命の輝きが、月明りよりも凄絶に、夜の運河を輝かせた。

13

シルクの寝巻に着替えたまま、私は眠るでもなく、臭いのきつい獣脂ロウソクの代わりに、おぼろげな月光を頼りにして手元の日記をめくっていた。

これまでの思い出を反芻《はんすう》しながら、しかし内心は現在へ留《とど》まったまま、どうしてもここにはいない二人についての思いを巡らし続けてしまう。

ライナスはまだ帰らない。そして、イヴリーンも。

テーブルの上に置かれた夕飯は、とっくに待つことを諦めたように冷え切っていた。

「まあ、こうなるだろうとは思ってたけど……」

イヴリーンは今頃どこかで、あの女貴族、騎士団のパトリツィアと決着を付けているのだろう。正直、心配はあまりしていない。夜となればイヴリーンの因子は全力を発揮できるし、相手もかなり強いけれど、多分、あのメイドが負けることはあり得ない。

私は彼女たちの目に、その根拠を見つけていた。イヴリーンの冷めた瞳の奥底には、自身すら壊しかねないどす黒い破滅が、煮《に》え滾《たぎ》るように燃えているのだ。その熱量は、相対するパトリツィアの恋情よりも深く、暗く、そして激しいもので。

よって、私にとって一番気がかりなのは、もう一人の、詐欺師の方だった。

「……ほんとに、どこをほっつき歩いているのだか」

彼も男だ。きつい肉体労働の後はきっと浴びるようにお酒を飲んで、どこかの路地裏で寝ているのかもしれない。それとも、単に、私に会いたくないだけか。

日記の頁《ページ》から、思いがけずに指が離れた。胸元に寄せた手に自然と力がこもったのは、じくりと痛む胸の疼《うず》きを、握り消そうとしたためか。

やりすぎたと、今では結構反省している。この怒りも筋違いなのは、理解している。けれどなぜかどうしても、彼の事になると冷静でいられない。自分でも子どもじみたと思うような、稚拙な衝動に駆られてしまう。

心に感じる痛痒《つうよう》が、苦しいような切ないような。初めての感情に戸惑いを覚えるけれど、不思議とそれが不快ではないのはどうしてだろう。

そして、分からない事はもう一つ。私はまだ、彼の心の底を見通せていないのだ。

どうして、あの男は詐欺師になんてなったのだろう。

目が合う度、今まで幾度も覗《のぞ》き込《こ》んでみたけれど、いつも核心《そこ》だけは、彼ではない無数の仮面《じんせい》が厳重に封をしていて見通せない。

そう。だからこそ興味が湧いて、一緒に旅をしたいと思ったのが、はじまりだった。

あの日の頁を指でなぞりながら、彼と出会った時間を、心の中によみがえらせる。

……けれど、もう、あまり思い出せない。

砂糖菓子よりもたやすく崩れていく私の記憶。それでも、せめて綴《つづ》った言葉の中に留《とど》めておいたはずの彼の声さえ顔さえ、今ではもう遠いものになっていて。

私は反射的に、隣のベッドに散らばった荷物、地図上に書き加えられた、海までの残り進路《コース》を視線で測ってみた。残された距離は、あと少し。

間に合うだろうか。そして何より、やり残した悔いはないだろうか。一つずつ数え上げようとして——真っ先に、自分のベッドに置いた、渡せなかった帽子に目が留《と》まった。

「……馬鹿」

果たして、それは一体どちらだろうか。だがひとまず、それは脇に置いて。

彼が帰ってきたら謝ろう。そして、やり残しの一つを解消しようと決めた瞬間、

——唐突に視界が揺らぐ。脳が浮かされたような感覚に、気付けば私はベッドから転落していた。咄嗟《とっさ》に日記を拾い上げて起き上がろうとした時、それすらままならないほど、呼吸が酷《ひど》く苦しいのを自覚する。

頬《ほお》にはり付く床板が、とても冷たい。それとも、私の体が熱くなっているのか。

これは、なに？　得体のしれない感覚に戸惑ったその時、昨日の記憶から声が響いた。

風邪でも引いたか、そうだ、あの時、彼はそう私《わたし》に訊《き》いたのだ。

でも、今の今まで知らなかった。癌細胞には、関係のない事だったから。

しかし今はもう違うらしい、だから、これは吉兆なのは間違いないけれど……体の内側から熱く軋《きし》むような感覚は全くの初体験で、どうしたらいいのか分からない。

ただ、咳《せ》き込《こ》む度にひどく切なく、心細くなるのは確かな事実で、

「ライ、ナス……」

右目から伝う熱い雫《しずく》の感触に、私は気付けばその名を寄せていた。

14

因果応報とは、こういうことを言うのだろうか。

だとしたらやはり、こんなものがまかり通る世の中は、どう考えても行き過ぎだ。

「う、ぉぉおおおおっッ!!!?」

凶獣の唸《うな》りにも似た多連装銃身《バレル》の回転音に続き、叩《たた》きつけるような鉛の雨音は、身を隠した倉庫のレンガ壁が削り取られていく証拠だ。

迫り来る死を前に、俺は辛うじて、手近な河岸倉庫の一つへと転がり込んでいた。

逃げ込んだ先の暗闇には、昼間、嫌というほど嗅いだ、ほのかに酒精を含んだ木の香りが充満していた。ここはビール樽《たる》の倉庫だと、気づいたその瞬間。

硬い何かが決壊したような崩壊音とともに、銃声が倉庫内になだれ込んだ。

本能が命じるままに、俺は手近な酒樽の陰へ、ネズミのように身を隠して。

「姿を見せろ。どうせまだ、生きているだろう」

立ち込め出した火薬の匂い。ぶち破られた膠泥《モルタル》とレンガの残骸《ざんがい》を踏みしめ響くヨハンの声は、決して比喩ではなく、死神の判決に違いなかった。

「出てこい！　出《い》でよ！　殺してやるぞ！　ライナス……クルーガーァアアッッ!!」

絶叫を始める機関砲に、俺は積み上げられた樽の陰で縮こまる。

背中に伝わる着弾の衝撃。重い酒樽を貫通してきた弾丸が、顔のすぐ横を掠《かす》め去った。

ふと火薬とは別に、ツンと漂う苦い香りが鼻を衝《つ》いた。噴出するビールの音がそこら中から聞こえてくる。それは即《すなわ》ち、刻一刻と周囲の遮蔽物は空洞化していくという事で。

ヤバい。とにかく今は、どうすれば、どうすればいい。鼓動がうるさい冷静になれ。考えろ。生き残るためには何をどうすればいい。

奥歯がかち鳴る恐怖の中、俺はゆっくりと深呼吸して、頭に冷静さを巡らせる。

一体どれぐらい続いたのだろう、永遠にも思えるような銃声が一時の中断をみたとき、恐怖と冷や汗が、手足を接着剤のように固めていた。

恐る恐る顔をあげる。にわかに、白い蒸気が倉庫内に漂い出していた。聞こえるのはヨハンの怒りを代弁するかのようなタービンの唸り声。それが吐き出す動力はクランクを経て、二門のガトリングに恐るべき連射力を与えている。その発射速度は毎分……とにかく、数秒あれば人間を挽肉《ひきにく》にして肉屋に卸せる程度だろう。

とりあえずは時間を稼ぐしかない。そう決めて、俺は樽山の裏から声を張り上げた。

「ヨハン！　頼むから落ち着けっ！　あんたの妹を騙《だま》したのは悪かったよ。謝るし、金だって返す！　処女は返してやれないが――」

「殺す」

再び回転する鉄火が金切声をあげながら、倉庫内をめちゃくちゃに蹂躙《じゅうりん》していく。頑丈なはずのオークのビール樽《だる》が、次々とスイカのように爆散していった。

両手で頭を押さえ、足を重ねて伸ばし、ビールの水たまりに突っ伏して、カーペットのように床との同化を試みる。被弾面積を少しでも減らすためだ。もう遮蔽性は期待できない。

跳弾が腿《もも》を掠《かす》めた、と思った瞬間、崩れ落ちてきた酒樽の残骸《ざんがい》に背骨を打たれてカエルのような呻《うめ》きが口から出た。だが耐えるしかない。もっと撃たせてやらねば。

再度の永遠の錯覚を経て、唐突に死の合唱が中断された。そして短い舌打ちの音。

目論《もくろ》見通り、馬鹿めと内心で舌を出す。熱くなって撃ちすぎたせいだ。

俺はゆっくりと身を起こして、今や庫内を濛々《もうもう》と埋め尽くす白煙を認めた。エンジンが再利用しきれなかった廃蒸気が十分に充満したのだ。露点の低い夜、更に屋内であることも相まって、今のヨハンは五里霧中、どころか自分の指さえも見えないに違いない。

とは言っても、この副作用的な煙幕効果はそう長くは保《も》たないだろう。先にぶち破られた倉庫の壁穴から、蒸気は外気へと解消していくのだから。精々、保って十数秒。

だからこの隙に、俺がやるべきことは一つ。逃げる——のではなく。

先刻の酒場での乱闘の最中、ほとんど無意識の内に荒くれの一人からスっておいたのが幸いした。取り出した拳銃の先を、唸《うな》り続けるタービン音へ向けて発砲した。

咄嗟《とっさ》に放った四発は、きっと縁起が良かったのだろう。推測だが、高熱蒸気が動力に変換される前に通る、圧縮機構《ハウジングローター》に着弾したのではないだろうか。

そうでなければ、破裂音が鼓膜を震わし、熱い爆風が顔を叩《たた》いた説明がつかない。

予想外の蒸気爆発は倉庫の内壁さえも破壊したらしい。大きく差し込んだ寒々しい月光が、ビールの海に沈んだ、焼け焦げた機関砲の残骸を照らしていた。

驚くべきことに、その中心に五体満足のままヨハンは立っていた、が。

焼け焦げたボロボロの筋肉に、後一発、弾の残る銃口を突きつけて、俺は言った。

「どうやら、形勢逆転だな。……てか冷静に考えればよ。いくら何でも銃弾程度で大爆発ってのは問題ありすぎだろ。とんだ欠陥兵器を持ち出しちまったな」

返事が来るとは期待していなかったが、どういう奇跡か、奴《やつ》の鼓膜はまだ健在らしく。

「訂正する。これは固定式の装甲砲座から取り外して持ってきたせいだ。動力部の脆弱性《ぜいじゃくせい》は本来、問題にはならない。そしてもう一つ……形勢は、変わってなどいない」

「は……、っ!? 嘘《うそ》だろ――ッ!!」

焦げた唇で断言するや否《いな》や、猛然と俺へ向かって突進するヨハン。咄嗟に足を狙って発砲する。嫌に鮮明な赤色が暗がりに飛び散った。命中したのだ。なのに止まらない。

弾切れの撃鉄がカチリと空《むな》しい音を立てた、その瞬間、腹部に凄《すさ》まじい衝撃が叩《たた》き込《こ》まれた。背中が樽の山にぶつかる。それでも銃は離さなかったが、もう意味は無い。

「ぐっ、ぁ……かっ、お前、本当に、にんげ――」

「そんなもの、いくらでも辞めてやる。お前を殺せるのなら」

太い指が首を絞める。しかし最悪な事に、それは俺を窒息させるためではなく――固定された顔面に叩《たた》き込《こ》まれた鉄拳が、一瞬、意識をあの世までふっ飛ばした。

「言い訳は聞かない。俺はこのまま動かなくなるまでお前を殴る。それから樽《たる》に入れて、表の運河に捨てる。それで、全《すべ》てを水に流してやる」

殴打、殴打、膝蹴り、そして殴打殴打殴打殴打。一片までも慈悲を捨て去った暴力の嵐が、しかしそれ故に、切実な怒りと悔しさを俺の芯にこれでもかと叩きつけてくる。

「が、ぁ……、は」

目の前が霞《かす》む。折れた歯とあふれる血に呼吸を阻まれ、酸欠で歪《ゆが》んだ視界にどうしてか、歯を食いしばったヨハンだけが鮮明に映る。紛《まぎ》れもなく、彼は激怒していた。妹を傷つけられたのが許せなくて、たったそれだけの理由で、理性も常識もかなぐり捨てたのだろう。

俺には、分かる。それが、手に取るように理解できてしまう。

なぜなら、「俺」もそうだったから。

どこか遠くの記憶から、けたたましくコインの音が鳴り響く。姉さん、俺はあなた[redacted]ことに[redacted]なくて、だから詐欺師[redacted]ったのだ。

自己の内側に勢いよくひびが入った。それは肉体的な傷よりも、もっと致命的な、詐欺《お》師《れ》の根本に関わる亀裂だった。

……ああ、そもそもどうして俺はこんな目に遭っているのだろう。自業自得だ。それは、分かる。けれどもう一つ、俺をここに至る運命に誘ったのはあの左眼《ひだりめ》と、あの少女。

彼女へ対して何か、因果の沙汰を受け入れる前に、言い残したことがある気がして。

ひび割れた心から、それはポトリと転がった。

遥《はる》か昔のようにも思えるつい昨日。思い出した。あの時、見つめ合った少女の瞳には、なぜか涙が浮かんでいて——。

俺はまだ、クロニカに、一言だって謝っていなかった。

と同時、何かが吹っ切れた。電流のような衝動が酸素に代わって全身を巡り、一度だけ筋肉を動かす。俺は顔の真横の樽に、裏拳気味に弾切れた銃把を叩きつけた。

鈍く響いた破砕音、次いで、望んだ結果はすぐ現れた。

ビールは、樽の中でも発酵している。

解き放たれるガス圧力。勢いよく噴出した液体が、ヨハンの顔にぶつかった。不意打ちに加えて、噴出液にはホップや清澄剤などの沈殿物も混じっている。ぬめるようなその異物感から、必ず反射的に、人間誰しも逃れようと隙を作るはずだ。

目論《もくろみ》見通り、こちらの首を絞める手が僅かに緩んだ。その機を逃さず、ヨハンの胸を思い切りどついて引き剥《は》がし、床の上を滑るように距離を取る。

「ぐ、おのれ……っ！」

膝をついた巨躯《きょく》が苦悶《くもん》に呻《うめ》く。先に銃弾が貫いた腿《もも》から、血がとめどなく流れていた。短時間ならば怒りで誤魔化《ごまか》せたのだろうが、流石《さすが》にもう限界だろう。しかし、

「諦める、ものか」

「止《や》めときな。忠告はしたぞ」

ヨハンは積まれた樽《たる》を支えに立ち上がろうとして、ハッと顔色を変えた。気付いたのだ。うずたかく積まれた樽山の均衡が崩れかけている。真ん中から下にかけてガトリングの乱射が集中したのが主要因。そこに先の爆発と、俺を殴りつけていた衝撃が加わると……。

俺は一度だけ肩をすくめて、それから思いっ切り、隣の樽へタックルをかました。

「ぐ、ぉぉおおおおっッ！！？」

堰《せき》を切ったように雪崩《なだ》れ始める酒樽の山、巻き込まれるヨハンに背を向けて、俺は全力で倉庫から逃げ出した。

倒壊の波は瞬く間に連鎖して、すぐさま泡と木片の大洪水が外へと流れ出した。

間一髪、圧死を免れた俺は、濡《ぬ》れた破片が散乱した路上から、よろよろと立ち上がった。

そこでふと、思い出して懐を探る。ひしゃげた結婚指輪を月下に取り出してみる。

溜息《ためいき》一つ、とうに意味を失《な》くしたそれを運河に投げ捨て、その場を後に歩き出した。

ふと無性に、見上げたくなった夜空へむけて、俺は愚痴るように呟《つぶや》いた。

「やっぱり、真面目に働いたって……ロクなことねえな」

15

そして同刻。また、もう一つの勝負が終わろうとしていた。

初撃の交錯から十数分、いまだ合わせて十歩の距離を挟んで向かい合う二人は、しかしその戦場を石造の旧大橋《アヴィニヨ》から、倉庫の立ち並ぶ右岸のほとりへ移していた。

すれ違っては激突し、残心を経て再び向き合う度に、互いに最適な位置調整《ポジショニング》を重ねた結果の移動距離である。

「中々、やりますね……」

「あなた、こそ……」

ともに満身創痍《まんしんそうい》。右顔面を深く抉《えぐ》られたイヴリーンは、幾度もの熱波の至近被爆に夜闇の大半を剥《は》ぎ取られ、全身に重度の火傷《やけど》を負っている。

に対するパトリツィアの両腕両脚も正視に堪えない有様だった。骨すら晒《さら》した血まみれの脛《すね》は小刻みに震え、舞闘の要たるステップも覚束《おぼつか》ない。

だがしかし、両者が吐き出すのは苦悶《くもん》の喘《あえ》ぎではなく、熱い闘気だった。次の一合がすなわち決着なのだという了解が、血と汗とともに二人の頬《ほお》を流れ落ちる、その瞬間。

「「え」」

ふらふらと、引きずるような足取りで路地から現れたのは一人の男だった。

……這《は》い出《だ》すように路地を抜けた時、俺は左右を挟む異様な気配に気が付いた。

まず右を向く。すると、そこに立っていたのは焦げた血臭にまみれたメイド服。

「イヴリーン……か？　お前、一体……そのケガは――」

「っ!!　危ない！　ライナスッ！」

咄嗟《とっさ》に目を剥《む》いたイヴリーンが、矢のような警告を飛ばした直後。

「ウィルっ!!」

「うごっ!? な、あ……あんたは!」

背後から加えられた人間一人分の衝撃に思わずたたらを踏む。反射的に振り返って、俺は目を丸くした。抱き着いてきた金髪碧眼《へきがん》の女に、見覚えがあったからだ。

「まさか! こんなタイミングで来てくださるなんて! 決闘者《デュエリスト》的には些《いささ》か以上に弁《わきま》えていない感マシマシですが、乙女的には何も問題ありませんわ! やっぱり、やっぱり! あなたは私《わたくし》の運命の方でしたのね!」

「ちょ、ちょっと待……っつか熱い! 何でか知らんけどメチャ熱いんだよ、アンタ!」

「あ、ごめんなさい……」

どうしてか、燃えるように自《おの》ずから発光していた女――パトリツィアは、その一言で輝きを止めた。それからしげしげと上目遣いに俺の顔を眺めて、しかし眉根を寄せる。

「うーん? あれ? でもよく見たら、貴方《あなた》もしかして別人では? 似てはいるんですけれど、私《わたくし》のウィルはもっと何というか、こう、甘くてハンサムで……とにかく、あなたのような性格悪そうな二枚目ではないですわ。というかすっごくお酒臭いんですけどちょっと離れてくださる? 酔っ払いの痴漢とか焼き潰しますわよ」

「アンタから抱き着いてきたんだろ!?」

異様な体温が離れていく。と同時、背後から冷ややかな咳払《せきばら》いが聞こえた。

「……一体、どういう事でしょうか。あなたたち」

「――じゃあ、わたくし、騙《だま》されていましたの」

「そういう事になりますね。馬鹿そうな女だと思っていましたが、見た目以上とは」

傍《はた》から見れば、さぞ奇妙な光景だろう。数分前まで殺し合っていたらしき二人が、石積みで組まれた運河の川べりに――俺を挟んで――並んで腰を落としていた。

項垂《うなだ》れるパトリツィアは、どこから取り出したのかシルクのハンカチを噛《か》みながら、恨みがましくこちらを見つめて、いつかの時よりも一層激しくすすり泣いていた。

「〰〰あんまりですわぁ……!! 運命の人だと思いましたのにぃ……。よりにもよってぇ、癌細胞《ドローキャンサー》のオトモ詐欺師だなんてぇぇぇぇ……!」

「俺だって、あんたが騎士団だとは思ってもなかったよ。親が決めた縁談が嫌で家出してきたってのは嘘《うそ》だったのか」

「別に、嘘をついたわけでは、ありません」

しゃくりあげながら、パトリツィアは呟《つぶや》くようにこれまでの経緯を語り始めた。

「家出と、その理由は本当ですわ。でも、父が私《わたくし》の口座を止めたのです。大方、それで帰ってくると思ったのでしょうけど、どうしても、負けたくありませんでしたから」

だから騎士団に入り、任務を引き受けたのだとパトリツィアは白状した。その見返りとして金を受け取り、家出を続けるために。

「なんて……下らない。そんな動機で……」

怒りを通り越して、もはや呆《あき》れたようなイヴリーン。一方でパトリツィアは鼻水だらけのハンカチを投げ捨てると、今度は俺の左袖を掴《つか》み、ずびずびと鼻をすり始めた。

「おい。ちょっと、汚なっ！　頼むからやめろ！」

「うるさいですわぁ！　私《わたくし》の乙女心をっ、返してくださいぃ！」

そのまま、一向に泣《な》き止《や》まないパトリツィアをしばらく宥《なだ》めながら、俺は多分疲れていたのだろう、柄にもなく、諭すように語り聞かせたのは、紛《まぎ》れもない本音だった。

「……運命なんて、どこにもねえよ。あるのは、勝手に高望みする自分だけだ」

どうして、人は自分の手を動かしもせずに、期待だけはしてしまうのか。

「金でも男でも名誉でも……欲しいものを、運命だとか偶然に託すのをやめてみろ。理想の相手を見つけたいなら、まずは親のコネでも何でも利用すんだ。舞い降りるかもしれない奇跡を願ってフラフラしてても、質《たち》の悪い男に引っかかるだけだぞ」

お前がそれを言うのかという顔のイヴリーンは無視しておく。自覚はある。

「……ですが、それでも、私《わたくし》は」

呟《つぶや》きながら、パトリツィアはふらふらと虚《うつ》ろに立ち上がり、こちらと数歩の距離を取る。

そして金色の髪が燃え盛り、熱が大気を震わせた。

「いいですわ。もう、吹っ切れました。……続きを、しましょう」

「ええ。やりましょうか。ただし、あなたの相手はこっちです」

「なんで俺だ！　殺す気かテメエ！」

「いえ私もう、このアホの相手をするのが馬鹿馬鹿しく——もとい、疲れてしまったので。流れ的にも、あなたを殴った方が彼女もスッキリするでしょう。というわけで、死にたくないなら死ぬ気で避《よ》けなさい。来ますよ」

やる気のない警告と同時、迅雷の如《ごと》き踏み込みが路面を砕いて瞬発した。反射的に体をこわばらせた俺の額を、白熱した踵落《かかとお》としが叩《たた》き割《わ》る。かに思えた、その寸前。

ほとんど鋭角に軌道を変えた踵は、俺のすぐ横を擦過して、道路の川べりにめり込んだ。

溶け落ちた石畳が水面に落ちて、弾《はじ》けるような蒸発音を立てる。

俺は、今日だけで何度凍り付いたか分からない背筋を、動かせないまま。

「……無理、です」

そう言ったパトリツィアが、力なく、抱き着くように俺へ寄りかかった。

「殺せません。私《わたくし》の負けです……だって、詐欺師でも、それでも、好きなんです。だから、私《わたくし》はこの運命を、手放したくなんか、ない……」

その涙に、俺は思わずたじろいでしまう。絆《ほだ》されたのではない。惚《ほ》れた男は最初からどこにも存在しないと知った上で、それでもと言ってのける。その愚かさを通り越した何かに、俺が思いがけずに抱いたのは——恐怖だった。

「だから、もう一回、私《わたくし》とデートしてください。今度は、本当のあなたを知りたいんです」

本当の自分、その単語が不意打ちのように、俺の芯をぶん殴る。

「……っ！　俺は、詐欺師だ」

「知ってます。……でも勘ですが、あなたは悪人ではないと思います。……もちろん、私《わたくし》の乙女心を弄んだのは大罪ですが、えーと、こ、更生の余地ありと認めますわ！」

違う。彼女は知らない。知る由もない。俺は金のためなら何でもする詐欺師で、そのためなら、最愛の肉親さえも葬る外道だと。

「だ、だから、その……もう一度、チャンスをあげますわ」

顔を寄せるパトリツィア。ゆっくりと近づく唇が、結果として触れ合うその寸前。

「はい隙ありです」

「がふっ」

背後からの鋭い手刀が、白い首筋へ叩《たた》き込《こ》まれた。そしてそのまま気絶したパトリツィアの身体《からだ》はいつかのクロニカのように、黒い影の中へと飲み込まれていく。

「失礼。見るに堪えない三流芝居だったので、つい手が出てしまいました」

無表情のまま言ってのけるイヴリーンは、白んできた東の空を指さして。

「一応、礼を言っておきましょう。予想以上に役に立ちました、詐欺師。……ではそろそろ帰りなさい。小娘が、きっとあなたを待っていますよ」

16

捕らえたパトリツィアの尋問がある。そう言ったイヴリーンと別れてから十数分後。宿の階段を上がり切った瞬間、ついに全身が断末魔を叫んだ。そのまま、半ば倒れ込むようにドアを開き、手探りでロウソクを灯《とも》す。

そうして、俺は床の上に投げ出されたように広がる紅雪《あかゆき》の髪を発見した。

「──っ!?　おい！　くそ、しっかりしろ！　クロニカッ！」

少女は、ベッドのすぐ横で倒れていた。慌てて駆け寄り、体に触って容体を確かめる。脈はある。だが高熱もあった。とにかく医者を、叩き起こしてでも呼ばなければ。

そう思ってドアに引き返し、ノブに手をかける寸前──向こう側から蹴破られた木の板が、俺の身体を真っ向から直撃した。

仰向《あおむ》けに倒れ込んだ拍子に後頭部を強《したた》かに打ち付けた。痛みに呻《うめ》きながら、さっきまでドアだった木板をどかして、部屋の出口を見上げると。

「──冗談、だろ」

ぼんやりとしたロウソクの灯に浮かぶ、傷だらけの筋肉と目が合った。

ぴん、と太い指が、何かを俺の胸元へ弾《はじ》き飛《と》ばす。

「忘れ物だ。今度は、地獄まで落とさないよう、しっかり持っていろ」

捨てたはずのひしゃげた結婚指輪が、ボロボロのシャツを滑って、床へ転がった。

運命なんて、どこにもない。だからこれは、必然なのだろう。

死。それは冷たい確信となって、空っぽの胃の中にすとんと落ちてきた。

それが嫌なら、もう一度逃げるしかない。背後に倒れる少女を置いて。

「………最悪だ」

なのに、気付けば俺は、立ちはだかるヨハンへ殴りかかっていた。

そして当然、奇跡が起きると言う事もなく……。


——気絶した詐欺師を見下ろす男の目に、一切の躊躇《ちゆうちよ》は無かった。

「そこまでよ」

だが寸前で、凛《りん》と響いた声とともに紫苑《しおん》の視線が、ヨハンの体を縛り付ける。

「っ⁉　これ、は！　君は、一体……⁉」

「そう……。あなたの妹は、彼に騙《だま》されたのね」

ヨハンの視線の先で、よろよろと立ち上がった紅雪《あかゆき》の少女は苦し気に喘《あえ》ぎながら、気絶したライナスの傍《そば》まで歩を進めた。そして、自身の数倍はある巨漢を睨《にら》む。

「辛《つら》かったし、悔しかったでしょう。だから、あなたはいくらでも彼を殴っていいし、怒りをぶつける権利がある。でも……それ以上は許さない」

恐らくは貴血因子《レガリア》を宿した貴族、詐欺師の連れ合いか。きっとこの少女も騙されているに違いない。そう思い、ヨハンは唯一自由な喉を動かし、真剣に問うた。

「こいつは、詐欺師だ。他人を弄んで私腹を肥やす、人間の屑《くず》だ。君は、それを知って」

「ええ。よく、知ってるわ」

少女は予想に反して、確《しか》と頷《うなず》いた。そして一言一言、咳《せ》き込《こ》みながら言葉を紡ぐ。

「その上ひねくれてて、女たらしだし、全然優しくないし、人のプレゼントに気付きもしない、ロクでなしの守銭奴だけど……それでも、大切な、私の恩人だか、ら」

そこで、少女は限界に達したのか、つんのめるように詐欺師の上に倒れ込んだ。その小さな背中へ、恐らく無意識だろうライナスの腕が、抱き留《と》めるように動く。

同時、ヨハンの体は、見えぬ視線の縛鎖から解放される。

しかし、彼は動かず、その代わりに、重なり合って倒れた二人をじっと見下ろして。

どれぐらいの間、彼はそうしていただろう。

固く握り締められていた拳が、静かに解けた。

17

俺はまた、夢を見ていた。後戻りなどできないし、する気も無い。あの頃の夢を。

ある日の朝。俺が起きると、姉は血を吐きながら、同時にひどくせき込んでいた。

俺の生活は、またしても一変した。その日を境に病人となった姉のため、少しでもまともな食事や、可能ならば薬が欲しかった。そのためには無論、金が要る。

『…………』

街に出たのは、いつものような安い駄賃の汚れ仕事を探すためではない。

焦りと緊張で、喉がひどく渇いていた。しかし不思議と迷いは無かった。ただ、やるしかないという決意がちりちりと、腹に据わって燃えている。

通りを歩く、二日酔いの革命兵士たちの財布に目を付ける。路地の裏通りを頭の中で思い描く。それから息を吸って、吐いて。

俺は、小悪党としての第一歩を踏み出したのだ。

……盗みに手を染めてから、次第に収入は安定した。

徐々にではあるが、姉の病状も快復していった。もともと、無理が祟《たた》っていたところを病に付け込まれたのだ。休息と栄養、そして薬があれば自然と治る。しかし、

『ライナス……正直に、言いなさい』

『何をだよ』

粗末なベッドから身を乗り出して、彼女は掠《かす》れた声で俺を呼び止めた。その瞬間、遂《つい》に来たかという確信が、俺の胸をチクリと刺した。

『誤魔化《ごまか》さないで。私だって、いい加減気付いてるわよ。あなたが引き受けられるような仕事じゃ、あんな食べ物や薬なんて買えるわけないもの』

『……姉さんも、知ってるだろ。俺、手先が器用なんだ、だから――』

『ライナス。こっちを見て……見なさい』

振り返ると、厳しい母のような眼差《まなざ》しが真《ま》っ直《す》ぐに俺を射抜いた。昔から、この姉には何度も嘘《うそ》を見抜かれてきた。けれど、ここまで居心地が悪くなったのは初めてだ。

同時に、こみ上げた熱が胸を一杯にした。それはきっと、本来はこの世にいない母に向けられるはずの、未熟な反抗心だったのだろう。

『卑劣な事をしているなら今すぐ止《や》めて、足を洗いなさい』

姉は静かに、はっきりりと告げた。

『他人から盗むのが悪いのは、それは誰かを傷つける行為だからというだけじゃない。よく聞きなさい、ライナス。他人から奪うことは、何よりあなた自身から、他人を信じる心を奪っていくのよ。……そして最後には、誰からも愛されず、誰も愛せなくなってしまう』

諭すような声音は、確かに俺を慮《おもんぱか》っての言葉だったのだろう。だが、その中には確かに、軽蔑の感情があった。

瞬間、胸の裡《うち》で燻《くすぶ》っていた反発心が、耐えきれないほどに燃え上がった。脳天を揺らす激情に立ち眩《くら》みを覚えながら、目前の姉をにらみつける。

理解して、ほしかった。姉さん、それでも俺はあんたのためにやったんだと。感謝されなくてもいい、そんな事は期待していない。怒鳴られても叩《たた》かれてもいい。けれど、それだけは分かって欲しくて。そうじゃないことが俺には、どうしても耐え切れなくて。

『お願い。あなたの才能を、そんな事に使わないで。いつか舞台に立つのなら――』

『――――ッ、黙れっ!!』

気付けば、自制心は遥《はる》か彼方《かなた》へと吹き飛んでいた。

『姉さんはっ……いつもそうだ！　上から目線で、夢だの希望だのっ、叶《かな》いもしない理想

『俺に説教する前に、一人前に稼いでみろよ！　病人が、出来もしないくせにっ……偉そうに口を出すんじゃねぇッ！』

一瞬、驚いたような姉の表情が喉元を締め付けて、しかしもう、止まらなかった。

言った。言ってしまった。その勢いのまま、俺は部屋を飛び出して――。

顔に差し込む朝日の眩《まぶ》しさで、俺は目を覚ました。

全身の痛みと違和感に目を向けると、これまた巻いた覚えのない包帯がきつく締められていた。

入った記憶の無いベッドから身を起こす。

「目が覚めたか」

「うおっ!!」

反射的に身構える。そんな俺の反応を、ヨハンは無表情のまま見下ろしていた。

襲いかかって来ないのを怪しんでいると、隣のベッドに眠るクロニカが視界に入った。

「テメエ、そいつから離れ……あ、痛ってぇ!?」

「無理をするな。三箇所の銃創、頭部を含む五箇所の骨折、切り傷と打撲は全身くまなく。それと内臓も痛めている。意識があるのが不思議なぐらいだ。ゆっくり、安静に動け」

「全部……お前がやったんだろ」

俺からすれば当然の批難を、しかし無視して彼は続けた。

「彼女の容態だが……熱は高いが、ただの風邪だ。しっかり看病してやれ」

言い渡すとともに、濡《ぬ》れた布巾と水の入った桶《おけ》を渡された。

「……なんでだ」

「断じて、許したわけじゃない」

こちらに背を向けながら、ヨハンは断固とした口調で答えた。

「俺は、お前を生涯許さない。だが、その少女に免じて命だけは見逃してやる。だから、さっさと汚い人生から足を洗って、その娘を幸せにしてやれ。……あと、この金は慰謝料代わりに貰《もら》っていく。こっちは、銀行に返すがな」

いつの間にか、融資詐欺の稼ぎと、酒場での儲《もう》けは、残らずヨハンの手が握っていた。

「え、あ、ちょっと待て。せめて半分置いて――」

しかし止める術《すべ》はなく、呆然《ぼうぜん》とした俺を尻目にドアが閉まり、足音が遠ざかっていく。

全身から、力が抜けていく。そのまま魂まで抜けるようなため息が口から出た。

仕方ない。命があるだけで儲けものだと思おう。それから、俺は油の切れたような緩慢さでベッドから下りた。桶の上で濡れ布巾を絞った時、クロニカの瞼《まぶた》が薄く開いて。

「……あの人は？」

「帰った」

汗ばんだ額を触る。多少は下がったようだが、まだ熱があった。そのまま顔と首筋の汗を拭ってやる。後は自分でやれと言って、横のキャビネットの上に桶を置いた。

「俺は少し、出かけてくる。なんか、欲しいものあるか」

「今は別に。でも、ちょっと待って。……これ」

そう言ってクロニカがベッドの上で掲げたのは、綿で仕立てられた黒いミルキーハット
だった。思い出す、これは確かあの時、少女が被《かぶ》っていたもので。

「これ、お前のじゃなかったのか？」

「そんなわけないでしょ……こんなダサい帽子」

その尖《とが》った唇に、俺はようやく察しがついた。どうして、あんなにこいつが怒ったのか。

「……すまん」

長い遠回りを経て、ようやく、その一言が口から落ちた。

すると、クロニカはいつものように微笑《ほほえ》んで、ベッドの傍《そば》へ手招きした。

「こっち来て、被らせてあげる」

俺の足は、ひどく素直に応じてくれた。ぽすりと、かがんだ頭に軽い感触が乗せられる。

「いいじゃない。似合ってるわよ」

「そりゃどうも」

——ぱたんとドアが閉じる音を見送って、私は再びベッドに沈み込んだ。

頬《ほお》が熱いのは、まだ熱があるせいで。自然と口角が上がってしまうのは、多分上手《うま》く渡
せた達成感のせいだろう。きっとそうに、違いない。

ふと、いつの間にか寝巻のポケットに紛《まぎ》れ込んでいた硬い感触を取り出す。
それは奇妙にひしゃげた、銀色の指輪だった。
さっき、彼が去り際、ドアの開閉音に隠した言葉を思い出す。
『ありがとな』
窓辺からの朝日に歪《ゆが》んだ指輪を透かし見ながら、私は気付けば呟《つぶや》いていた。
「……本当に、ひねくれてるんだから」

第四章　Nowhere in the sea

1

あの騒動から、一週間が経《た》っていた。

帰ったぞと声を転がすと、お帰りなさい、とベッドの上から返された。

白い寝巻姿のクロニカの熱を診て、買ってきた薬用ワインと晩飯を渡してやる。

「ありがとう。でも、いい加減、病人扱いは飽きたのだけれど……。

もう咳《せき》もしないし寒気も消えたし。ライナス、あなたちょっと心配性よ」

そう言って毛布をどかし、ベッドの上でじたばたと動いてみせるクロニカ。

「その言葉より、俺は体温計を信じるね。どうせまだ出発できないんだ。ゆっくりしてろ」

それから俺も、一ペニー屋台飯の蟹肉団子《クラブケーキ》に口をつける。

「それで……いつになったら、出発できそうなの」

「だから、もうしばらくだよ。……多分な」

急《せ》かすようなクロニカに生返事で応じながら、俺は机の上の地図を目でなぞった。

千年続いた鎖国下の海禁令の反動か、革命後に作られた港湾都市へは多くの街道が整備され、鉄道路線も国内で最も密なダイヤを走っている。

だがしかし、いくら交通の便が良《い》いとはいえど距離はまだある。まとまった旅費は必要だ。現状の俺の『真っ当な』稼ぎだけで工面するのは到底現実的ではない。

「イヴリーン」

「呼びましたか」

不機嫌そうな声音が、ベッド下の物陰からずるりと現れた。首都に送付する報告書でもしたためていたのか、メイドの手にはペンと書きかけの便箋があった。

彼女の分の夕食、口をつけていなかったもう一串を渡してから、本題を訊《たず》ねる。

「そっちの手応えは？　軍から金、もらえそうか」

礼も言わずにもそもそと頬《ほお》を動かしながら、イヴリーンはにべもなく即答した。

「なしのつぶてです。捕虜を一人捕ったと報告しましたが、有益な情報源とは言い難い結果に終わりましたので、追加資金は小遣い程度かと」

捕虜とは、先日イヴリーンと戦ったパトリツィアのことだ。あの家出娘は騎士団に加入したばかりの新参で、手紙で指令と駄賃を貰《もら》っていただけだったらしい。クロニカの左眼《ひだりめ》でも読んだが、残念ながら、嘘《うそ》はついていないようだった。

「請求は続けますが、やはりしばらくは貴方《あなた》の稼ぎが頼みになりそうです。分かったらもう少し甲斐性《かいしょう》を出してください。薄給男」

そう言う彼女はつい三日前、ウエイトレスのバイトをクビにされていた。本人は皿を割ってもいないのにと憤慨していたが、愛想が絶望的にないせいだとは黙っておく。

……さらに後日、街中のいたる所のカフェの立て看板に、彼女の名前と似顔絵、雇い入れお断りの旨、そして殺人紅茶に注意の警告を発見したことは、もっと黙っておく。

丁度その時、イヴリーンの影から、件《くだん》の金髪の生首がにゅっと現れた。

「どうやらお困りのようですわね！」

「呼んでません」

瞬間的に放たれた背面飛び踵《かかと》落としを間一髪、慌てて影に潜って回避するパトリツィア。

そして再びメイド服の背後から、生首だけが顔を出す。

「ちょっ、た、タンマですわ！　反応が塩を通り過ぎて最早《もはや》殺しにきてるんですけど⁉」

「無論そのつもりですが」

黒いスカートが翻り、一閃《いっせん》する白皙《はくせき》の足刀。影に沈んで逃れる金髪。そして再出現。

そんなモグラ叩《たた》きをしばらく演じた後、ついにパトリツィアは全身を脱出させた。

「チ、大分血を抜いたはずですが、まだ動けるとは」

「いえ……貧血で、もう……これが精一杯の、限界ですわ。し、失礼」

そう言って、パトリツィアはふらふらとよろめきながら、クロニカの座るベッドに倒れ込んだ。そのまま少女の膝に顎をつけて、打ち上げられたトドのようにダウンする。

「あんまりイジメると可哀想《かわいそう》よ、イヴリーン。ほら、こんなにぐったりしてる」

まるで飼い猫を撫《な》でるようなクロニカを前に、イヴリーンはいくらか気勢を削《そ》がれたのか、剣のように振り上げた足を下ろした。

「まあいいでしょう。殺すのは何時《いつ》でもできますし、遺言ぐらい聞いてやります」

そう促されたパトリツィアは、疲れ切ったように口を開いた。

曰《いわ》く、もう騎士団に従うつもりは無いし、ちゃんと建設的な提案があると。

「でも、タダではお教えいたしませんわ」

「では、私の前で呼吸をする権利と引き換えにしてあげましょう。早く言え」

「……もうやめろイヴリーン。話が進まねえ」

ついつい口を挟む。するとパトリツィアは、微妙に潤んだ熱っぽい視線を俺に向けて、

「で、ではライナス、代わりに私ともう一度デートを――って痛！　いたいいたーいっ!!」

「あ……ごめんね、つい。急に変なこと言い出すから」

つねっていた尻から手を放し、クロニカは悪びれた様子のない謝罪を口にした。

そうしてようやく、パトリツィアは観念したように本題を切り出した。

「海まで、馬車を借りればいいのです」

「話を聞いていましたか。そのための先立つものが、そこの甲斐性《かいしょう》なしの薄給では――」

すると、パトリツィアは黒地に金の装丁のパスポートを取り出して、言った。

「お金なら、必要ありませんわ」

2

明くる朝。木漏れ日が、真新しいテーブルクロスに反射していた。しかし対照的に、気のせいか足元のタイルは焦げたように煤《すす》けている気がする。

ここは運河に面した、流行の喫茶のオープンテラス。有閑層のマダムがたむろする時間帯、俺の対面に相席しているのは、クロニカでもパトリツィアでもなかった。

「注文は以上です。あなたも何か頼みますか、ライナス」

「コーヒーでいい。……で、話ってなんだよ」

外見だけは見目麗しい黒髪のメイド。イヴリーンは、これも気のせいか、怯《おび》えたような様子の店員にメニューを返して下がらせた。

話がある。彼女がそう言ったのは今朝方のこと。そして現状、洒落《しゃれ》たカフェテラスに二人きり。だが、そういう雰囲気では間違ってもないのは明らかだ。

暫《しば》しの無言が続き、俺の前に届いたコーヒーカップが契機となった。

「次の目的地。あの小娘は、海だと言っていました」

それが？　と続きを促すと、アイスブルーの瞳は僅かに細まった。

「海へ、何をしに行くのですか」

「さあな。それも本人に聞けばいいだろ」

「あの眼《め》と話すやりにくさは、あなたもよく知るところでしょう」

反論できない苦々しさを、コーヒーを一口含んで誤魔化《ごまか》す。

「私が思うに、あなた方の目的は、海の向こうなのではありませんか」

正確には、俺ではなくクロニカにとって、だが、その言葉は図星だった。

「肯定と見なして続けます。私は立場上、それを許すつもりはありません。ですが、今すぐ小娘を牢にぶち込むつもりもありません。……実際に騎士団の構成員を捕らえることができた以上、あの娘の有用性は明白ですから」

よって、もうしばらく利用したいのだと、メイド服の軍人は言った。

「あなたが説得しなさい。彼女が国内に留《とど》まるよう。そうすれば、悪いようにはしません」

「……俺が？」

実に腹立たしいが、出会ってから今まで、クロニカには振り回されっぱなしだ。とても説得できるとは思えない。そう伝えると、イヴリーンはなぜか呆《あき》れたように言った。

「はあ……まあいいでしょう。どちらにせよ、海の先へ逃げるつもりなら、私は強硬手段に出るだけです。忠告しておきますが、邪魔をするなら詐欺師如《ごと》き、容赦はしませんよ」

そんな警告をされるまでもない。海に着く、そして約束通り記憶を取り戻す。それだけが俺の目的で、アイツのその後の運命など、最初から知った事ではないのだから。

コーヒーが、半分ほど減った。ところで、とイヴリーンが言った。

「ライナス。あなた、姉がいるのですか」

「……どこで知った」

言ってから愚問だと気付く。俺の過去を暴き得るモノなど、心当たりは一つしかない。

「そうですか」

けれど、イヴリーンは短く呟《つぶや》いたきり、そこでぱたりと言及をとめた。

興味がないなら、どうしてわざわざ口にした。そんな抗議を飛ばそうとした矢先、再び現れた店員が、お待たせしましたとテーブルに乗せたのは。

「……おい、ちょっと待てなんだこれ」

「あの小娘が食べていたのを思い出したので、頼んでみました。私の奢《おご》りです。どうぞ」

そう言いつつ、大きなサンデーグラスに山と盛られた生白いクリームとフルーツの山巓《さんてん》を、イヴリーンは大きくスプーンですくって口に運んだ。しかしすぐに顔をしかめて、半分ほど残っていた俺のコーヒーで流し込んだ後、一言。

「やはり、甘いものは嫌いです。……残りは本当にあげますから、遠慮なく」

そう言ってイヴリーンは口元を拭い、金だけ置いて影の中に消えた。

……一人残された俺の胃がもたれたのは、言うまでもない。

3

行儀のよい蹄鉄《ていてつ》の音が、街の門前で停止した。

ハンチングを外して席を降り、丁重にお辞儀した中年の御者に、パトリツィアは黒いパスポートを手慣れた優雅さで示し見せた。

パトリツィア＝ウシュケーン。かつて三柱の大貴族から寵愛《ちょうあい》を受けてきた南部四大公家の一角、ウシュケーン家の一人娘。

王国時代に比べればかなり削減されたとはいえ、いまだ広大な領地を所有する実家は、革命後も国内トップクラスの富裕層に属する、とは本人談。

「ですから、当然持ってますわ。共和国馬車協会のＶＩＰフリーパス……家出するとき、きちんと御父様《おとうさま》の財布からチョロまかしておきましたの」

得意げに微笑《ほほえ》んだ不遜な口元に、俺は少しだけ感心したように言った。

「案外たくましいんだな、あんた。そうだ、実家の口座とか分かるか？」

「さり気なく何を聞いているのよ、馬鹿」

言った途端、小さなブーツの爪先に、臑《すね》を強《したた》かに蹴られた。

先日までの宿暮らしから一転、俺たちは今、超が何個ついても足りない高級客車に乗り込んでいる。近年、蒸気鉄道に押されつつある旅客馬車業協会。彼らは生き残りをかけて、富裕層向けの新サービスに舵《かじ》を切った。年会費二千ポンドと引き換えに、大陸中のほぼすべての都市で高級馬車のフリーレンタルができる定額利用制度《サブスクリプション》だ。

「なんだこの座席、全部本革だ。つかどんなサスペンションしてんだ全然揺れねえぞ」

「成金趣味ですね。気に入りません」

「広くて景色も素敵！　あ、ドリンクサービスもあるわ！　ねえライナス、ココア取って」

「あのー、皆さま。一言ぐらいお礼があってもいいんじゃありません？」

イヴリーンは鮮やかに無視し、クロニカは豪華な内装に夢中。俺は少しだけ同情して、小さく礼を言った。そうしたら抱き着かれたので引き剥《は》がす。うっとうしい。

ほどなく、短い鞭《むち》の音がして、二頭立ての箱はゆっくりと動き始めた。

俺の隣に座ってそわそわしているパトリツィア。足を組んで黙り込んでいるイヴリーン。

そして紅雪《あかゆき》の少女は、俺に背を向けたまま車窓の景色にかぶりついていた。

もうすぐ、この旅は終わる。

クロニカは、普通の貴族とは何かが違う。どうして癌細胞《がんさいぼう》などと呼ばれ、狙われ、〈王〉の復活に関わるのか。そして俺に流し込まれたあの意味不明な暗黒は一体、何なのか。

旅は終わる。けれど、俺はまだ何一つ、この少女の事を分かっていなかった。

ふと、膝の上に置いていた、少女から貰《もら》った帽子が視界に入った。

……やはり俺には似合わない。何故《なぜ》ならばこの感情は、詐欺師に相応《ふさわ》しくないのだから。

その時、そういえば隣に座っていたパトリツィアが、おずおずと話しかけてきた。

「あ、あのウィ……ライナス。の、喉は渇いていらっしゃいませんか」

「ん、ああそうだな。じゃ、なんか取ってくれ」

車内前方に取り付けられた、飲料棚《ドリンクバー》を指して言う。パトリツィアはぱあっと顔を明るくして、密栓されたレモネードの瓶を持って来た。

そんな俺たちに気付いたように、対面のイヴリーンが微《かす》かに目線を上げた、直後。

「はい、イヴリーン。コーヒー、飲みたいでしょ？」

「どうも小娘……タイミングが完璧すぎて逆にむかつきます」

黒白のメイドはやや辟易《へきえき》したような無表情で、受け取ったコーヒーに口をつけた。

そんな彼女の態度に、パトリツィアは思わずという風に苦言を呈した。

「まったく、他人に給仕させるなんてとんでもないメイドもいたものですわね。まあ、それも栓無き事ですか。あなた見るからに家事とか下手そうですし」

「は？　別に下手じゃありません、得手不得手が些《いささ》かはっきりしているだけです」

「あらそうですの？　じゃあ得意な事は？」

「殺しと、お茶を淹《い》れることとです」

「その二つを並列させている時点で明らかにお察しですわ……でも、ふーん、お茶の腕がご自慢なら、賞味してあげてもよろしくてよ。私《わたくし》も、ちょうど喉が渇いてきましたし」

「待って。あのね、本当に善意からの忠告だけど、やめておいた方が……」

冷汗を浮かべたクロニカが口を挟む間もなく、イヴリーンは席を立って、心なしか揚々と、影の中からティーセットを取り出し始めた。

「構いません。まだあなたがこの世にいるうちに、特別に、御馳走《ごちそう》してあげます」

「何か一々引っ掛かりますが……いいでしょう。お手並み拝見ですわ」

数分後、上品にソーサーを構えたまま、たったの一口で廃人のように固まったパトリツィアの手から、イヴリーンはそっとティーカップを取り上げて、自ら飲みほした。

「ふむ。やはりあなた如《ごと》きには美味《おい》しすぎたようですね」

などと意味不明にのたまうメイドを見て、俺は先日の会話を思い出した。

海外へ、クロニカは逃げようとしている。それを思いとどまらせなければ、予告通り、イヴリーンは強硬手段も辞さないだろう。

……だからどうした。やはり俺には関係ないのだ。金の切れ目が縁の切れ目。約束が果たされた後でクロニカがどうなろうとも、痛む心など持ち合わせていない。むしろ清々するぐらいだ。ようやく、処理できないまま抱え続けてきた、この胸のわだかまりと、おさらばできるのだから。

「……」

自分でもよく分からないため息とともに、窓枠に肘をついて、外の景色を眺めやる。いつの間にか、空には灰色が広がっていた、そして、冷たい雫《しずく》が窓を叩《たた》きだす。

雨が、降り始めていた。

車輪がぬかるみを跳ねる。窓を流れる水の粒。湿った灰色が、あの日を想起させる。故郷の家を思い出すように、そこに自分の居場所を確かめるように。俺は思い出す。

──あの日も、雨が降っていた。

降りしきる冷たいつぶてが、責めるように窓を叩いている。長い息を吐いて、血にまみれたナイフを机に置く。真っ赤に染まったシーツから垂れた、まだ温かい水音が床を汚す。深く切り裂いた彼女の喉元は、もう一つの口のように開いていて、そこからあふれる声なき言葉はきっと、裏切りへの憎悪以外に有り得ない。

奇妙な熱と虚脱感。そして決定的な何かが自分の魂に焼き付いたのだと確信する。

殺した。俺はこの手で、たった一人の家族を。姉さんを。

世話をしなければいけない半病人。彼女は、邪魔だった。

そのくせ、いつまでもキレイ事の道徳を押し付けてくる保護者気取りは、気に障った。

肉親だった。そして肉親だからこそ、深い部分で許せなかった。

血濡《ぬ》れた手で無造作に、机の上のガラス瓶の貯金に手を伸ばす。べっとりと赤く汚れた瓶の中で、コインが鳴った。

鼓膜にこびりついたその音が、許されざる福音が人生を呪ったこの日から、俺は取り返しのつかない道を歩き始めたのだ。

金のためなら何でもする。良心の欠片《かけら》もない外道。最愛の姉を、最低の形で裏切ったことにさえ、一片の罪すらも感じない悪党。

詐欺師、ライナス＝クルーガーとして。

4

馬車での旅は、丸二日ほど。目的地に着く頃には、雨はとっくに止《や》んでいた。

拡大し続ける外洋交易と文化交流の最前線に位置する西部海岸の港湾都市たちは、今や首都《エルビオーン》を要する国内中央よりも政治経済的に重要かもしれない。もちろんクロニカの目指す、蒸気帝国行きの船便も、そうした港街から出ている。

しかし俺たちは、その手前で馬車を降り、整備された街道も外れていた。

砂混じりの草地を踏み、潮風の存在を感じながら、丘を幾つか越えた先にあるはずの光景へと歩いていく。先頭を歩く小さな背中へ、俺は問いかけた。

「おい、港はあっちだぞ」

「いいの。まずは砂浜が見たいから」

少女の気まぐれには、もう慣れた。隣を歩くイヴリーンが、ふと呟《つぶや》くように言った。

「海には、何があるのですか」

「そりゃ海水だろ。俺も初めて来るけどよ、お前もか」

この国の人間の大半は、海を見たことがない。繰り返すが、王国時代《レガートス》の鎖国政策のせいだ。海岸から内陸四マイルを禁足地とされていたせいか、革命後も相変わらず、海は多くの人間にとって縁遠いままだ。

「ふふーん。ご存じないのですねお二方。海はとっても広くて、カモメが鳴いているのです。そして恋人同士が砂浜で追いかけっこするのが最新の作法だそうですの」

「……さてはあんたも初めてか」

そんな、情緒の欠片《かけら》もない俺たちの会話に、振り返った少女の笑顔が告げた。

「私ね、夕陽《ゆうひ》が見たいの」

レースのリボンで胸元を留《と》めた、白いブラウスと黒いスカート。こげ茶をした編み上げブーツが軽やかに砂を蹴りながら、謡うように言った。

「水平線の先で、ルビーの色した火の玉が、銀色の海に溶けて一つになるのを見届けて、それから波の音を聞いて、砂の熱さを裸足《はだし》で感じながら、思いっきり、飛び込んでみたい。それがもうすぐ叶《かな》う、私の夢。素敵でしょう?」

「……かもな」

ようやく海が見えたのは、昼を割った太陽が、丁度、西へ大きく傾いた時だった。

白い丘のてっぺんから見えたのは、オレンジ色の空と、濃藍の海原。

木霊する波の音が、吹き付ける潮風が、実感となって肌に染みる。

視界の両端をぶち抜いてどこまでも続く水平線に、この世とは、こんなにも広かったのだと否応《いやおう》なしに自覚させられる。

「いい景色ですわね!　さあライナス、私と一緒に砂浜ラブラブ追いかけっこを――」

「少しは空気読みなさい」

イヴリーンがすぱんと金髪の頭をひっぱたき、抗議の声が上がる。

二人を無視して、俺はクロニカの方を見た。すると、

「?　……クロニカ、おい!」

少女はもう俺達には目もくれず、小高い丘を勢いよく駆け下りていた。砂浜へ、打ち寄せる波へ、その先へ広がる海と夕陽の境界線へ。

ひもを外したブーツを靴下ごと脱ぎ捨てて、ざぶざぶと、膝までたくし上げたスカートが躊躇《ためら》いなく波をかき分け、刺すほどに鮮やかな夕べの水面に吸い込まれていく。

人の目では、どうせそこまで遠くも深くも見えないのに。少女にとっては違うのか。じっと波間に立ち尽くし、遥《はる》か水平線の先へ、永遠に続く物語を見つめて詠嘆した。

「……きれい」

俺もまた砂浜に下りて、嘆息のように呟《つぶや》く小さな背中へ声をかけた。きらめく波飛沫《なみしぶき》をはじいて、銀の髪先が振り返る。予告通りに赤く燃え尽きる水平線を背にして、かつてなく晴れやかな微笑が、鏡のように俺を見つめ返す。

「ありがとう、ここまで連れてきてくれて。あなたのおかげで、私の旅はようやく終わる」

思わず息を呑《の》んだのは、クロニカの声が、いつになく震えていたからだ。

見間違いではなく、見開かれた紫水晶《アメジスト》が切なく潤んでいた。

「だから、これで最後。ライナス、あと一つだけ、わがままを聞いてくれる？」

お願い、と少女は透明な前置きをして、告げた。

「私を、殺して」

5

「えーと、聞き間違いですの？」

「場違いですから黙ってなさい」

嘆息とともに開いた影に、パトリツィアは短い悲鳴とともに飲み込まれた。

しかしそんな外野など、もう見えないし聞こえない。ひどい耳鳴りを感じながら、俺はじっと立ち尽くしている。海に濡《ぬ》れた紫水晶の左眼《ひだりめ》から、目を逸《そ》らせないままに。

「……何を、言ってる」

聞き間違いでは、あり得なかった。クロニカは確かに、俺へ言ったのだ。

「言葉の通り。ここで、あなたの手で、私を殺して。ライナス」

静かに打ち寄せた波際が、靴先をじわりと濡らす。

「どうしてって、顔に書いてある。無理もないわね……いいわ。知りたいのなら構わない。最後だもの。これまでの、私の全《すべ》てを教えてあげる」

その途端、周囲を満たす海の音が、遠ざかっていくような錯覚を覚えた。

「私は、平民《にんげん》じゃない。けれど、貴族でもない。

——不死身の〈王〉を殺した癌細胞《ドローキャンサー》、それが私の正体よ」

俺の絶句と同時、紫苑《しおん》の輝きが揺らめいて。

「〈真理の義眼《アイオブザプロヴィデンス》〉」

そして視線を介して流し込まれたのは、いつかと同じ、闇の濁流だった。

理解は及ばず、共感の余地もない。虚《うつ》ろにして意味不明な暗黒が、再び俺の視界を閉ざす——だが、今回のこれは列車時《あの》とは何かが違っていると感じられて。

上下左右天地も知れぬ虚空に、どこからともなく、クロニカの声が響く。

『ここが、私が生まれ落ちた故郷、そして……ここが、此処《ここ》こそが。

　不死身の〈王〉そのものなの』

　──暗黒の中で、形を失った無数の何かが、苦痛にあえぐように蠢《うごめ》いている。

　それらは、かつて人間だったものだ。まさに消化されつつある、記憶や感情の成れの果て。黒ずんだ溶けかけの精神たちが、声なき声で鳴いていた。

　そして共有された少女の記憶を介して、理解は即座に連続していく。

　ここは現実じゃない。物理的な場として空間を占めていない。

〈王〉とは、最初から、この世の何処《どこ》にもいない存在なのだ。

『ええ、その通り。そしてこれが、不死身の〈王〉のカラクリよ。奴《やつ》は最初からどこにもいない。だから誰にも殺せない、千年を経ても死ぬことはない。

　貴族たちの貴血因子《レガリア》に偏在しながら、その血を介して、彼らの犠牲となった平民《にんげん》たちの魂を喰《く》らい続けてきた非実在の生物……この大陸の人間、その遺伝子に住まう寄生君主《パラサイトモナク》』

　ゆえに、貴族とは細胞なのだ。彼らの役割は、〈王〉を構成する一部であると同時に、形なき主へ、その空虚な存在の維持に必要な、食糧を捧《ささ》げる役目。

　その食糧とは。俺は今まさに消化途上のそれらを目撃していた。

『死者の記憶、感情、精神の全て……つまりは私の左眼が見ているものと同じ。人の魂《こころ》よ。

　──だから、貴族の役割とはそういう事なの。継続的に平民《にんげん》たちを苦しめ殺し、肉体から分離させた魂を、その血を介して主の下へ送り続ける給仕係であり、無自覚の奴隷たち』

　愕然《がくぜん》と、俺はかつての王国《レガートス》の真相を、ついに悟らざるを得なかった。

貴族とは、貴血因子《レガリア》に、〈王〉に寄生された人間たち。植え付けられた暴力衝動と残忍性は、先天的な主への食糧提供者としての役割を全《まっと》うするため。

『――そして、私が生まれたの』

声とともに、俺の視点はクロニカと、より深く同調《つながり》しはじめた。

曖昧になっていく彼我の境の中で、俺は、「私」の誕生を目撃する。形を失い、虚無に埋没していく人間の輪郭たち。それでも微《かす》かに残った欠片《かけら》とかけらが結びついていく。未練が、無念が、互いを補い合うように、一つの人格を形作っていく。

どれぐらい経《た》ったのだろう。自我を獲得した瞬間、「私」を支配したのは、当然ながら恐怖でしか有り得なかった。

怖い、震えるほどにおぞましい。己を食らうバケモノの胃を子宮として生まれてしまったことが、消えたくなるほど恐ろしくて、しかし、未熟すぎる生存本能を抑えきれない。死にたくない、それは名前すら無い自分の叫びなのか、それとも食われていった犠牲者たちの代弁なのかさえ分からぬまま、形のない手足でもがき叫ぶ。

そうして足掻《あが》いた果てに、「私」は奇跡を掴《つか》むことに成功した。

〈王〉の食糧は、死した平民《にんげん》たちの魂である。よって、それらを確保するための捕食器官が、唯一存在する外界との接点となる。

それが〈王〉の眼細胞。貴族たちの貴血因子《レガリア》から、目撃した犠牲者の魂を捕らえ、暗黒の胃袋へと導く食道にして捕食器官。

その機能を奪い自らの産道として現世へ逆流したのが、クロニカのはじまりだった。

ゆえに「私」はドローキャンサー。癌細胞《がんさいぼう》にして眼細胞、主を滅ぼす突然変異。

「……ぐっ!!　ぉ、おお！」

現実に復帰した途端、穏やかな夕焼けの海との、とてつもない落差に膝をついた。

見れば、隣のイヴリーンも同じものを伝えられたのか、冷汗を流して呻《うめ》くように言った。

「……そうか、小娘。だから、あなたがっ」

再び、彼岸のように隔たった波打ち際から、少女は此方へむけて言葉を紡ぐ。

「私の分離で捕食器官を失った〈王〉は、新たな食糧を取り込めなくなり、休眠状態に陥ったの。加えて、本体へのダメージはまた、直系細胞たる大貴族《オリジンノーブル》を弱体化させた……その結果、あの革命は成功した」

俺を含む多くの人間の運命を変えた、革命の日の真実。その全貌をいま、たった一人の当事者の口が語り終えて。

「ここまで言えば、もう分かるかしら。革命の日、騎士団が王都から持ち出したと言われている〈王〉の遺骸。それはつまり、クロニカ《わたし》の事。けれど、私は騎士団から逃げ出した。彼らが、私に何をする気なのか見えたから……。

だから騎士団は私を追っているの。かつて私が〈王〉から奪ったこの左眼《ひだりめ》だけが、今となっては〈王〉を蘇《よみがえ》らせる唯一の希望だから」

その途端、イヴリーンは鬼気迫る表情で、即座に少女へ声を飛ばした。

「なら、今すぐ死になさい」

「……そう単純なら、楽だったのだけど」

するとどこで手に入れていたのか、クロニカはたくし上げたスカートの中、内腿《もも》のベルトから拳銃を取り出して、自らのこめかみにあてがった。

待て、という暇もなく銃声が小さな頭部を貫いて、華奢《きゃしゃ》な身体《からだ》が海に倒れる。

しかしゆっくりと、赤く濁った水面から、少女は起き上がった。血濡《ぬ》れた髪を張り付けた壮絶な微笑は、まるで呪われたように歪《ゆが》んでいて。

「死ねないの、私」

思い出す。列車で貫かれた時、首都のホテルで脚を丸ごと失った時……あれらの怪我《けが》は、たとえ貴族だろうと、死んでいてもおかしくはない傷なのだ。

「私はしょせん癌細胞《がんさいぼう》、本体が消滅しない限り、私もまた死ぬことはできない。つまり、首輪を着けられてるようなものよ。……本当に、迷惑」

一度は死にたくないとしがみついた生は、いつしか苦痛へと変わっていた。

相手は不滅なのだから、どこまでもいつまでも追ってくる。

自分は不死なのだから、どれだけ逃げても終わりはない。

訥々《とつとつ》と語りながら、歩き疲れた旅人のような瞳が、縋《すが》るように俺を見た。

「だから……ごめんね、ライナス。私はあなたを騙《だま》していた。海の向こうへ行きたいだなんて、嘘《うそ》。もう、これ以上歩くのは、疲れちゃったから」

最初から、死ぬことが目的だったのだと、少女は枯れ果てたような涙を流した。

そして、だらりと下げた細い右手は、いつの間にか、あの日記を吊《つ》り下《さ》げていて。

「わたし、もうほとんど思い出せない。あなたと、出会った時のことが」

軋《きし》むようなクロニカの声に、なぜか急に胸を掻《か》きむしられる心地がした。

思い当たる節は、幾つもあった。その場その場で書きつける日記、何度も同じページを読み返す指、そして、今までの自分を語らない態度。

記憶が、徐々に消えていくのだと、紅雪《あかゆき》の少女は告白した。

「私が産まれ、眼《め》を奪われたことで〈王〉は新たな食糧を得られなくなった。けれど、まだ不滅のままなのはどうしてだと思う？　……奴《やつ》は眠りながら、唯一繋《つな》がる私の精神を消化してるのよ。記憶を齧《かじ》り、思い出をかみ砕いて、自らの存在維持に必要な最低限の栄養に換えている」

今までも歩いてきたはずの旅路は、積み重ねてきた思い出は、もう数えきれないほど消化されてしまったと、少女は語る。

けれど歩き続けるしかない。立ち止まってしまえば、旅の思い出をつくるのをやめてしまえば、その時こそ本当に、自分の人生は跡形もなく食い尽くされてしまうから。

「クロニカ……お前、ずっと」

そんな旅路を、一人きりで、歩いていたのか。

「あなたに、出会うまではね」

少女の左眼《ひだりめ》が一度強く閉じられて。そして、まるで傷口のように再度開かれた、ひび割れた紫水晶《アメジスト》の瞳から血の涙が流れ出す。

そんな有様にも拘《かか》わらず、微笑《ほほえ》みさえ浮かべながら、クロニカは感謝を告げてきた。

「もう、記憶として覚えてはいないけれど……。あなたのおかげで〈王《ほんたい》〉との接続が損傷し、私に与えられる不滅性も、大分弱まったの」

どくどくと、小さな頭部と眼球から流れ出る赤色は止まらない。細い指先で、まるで祝福か何かのように掌で己の血をすくいながら、少女は微笑み続ける。

「もちろん、まだまだ死ぬには、ほど遠いけれど……風邪を引いちゃうぐらい、今の私は打たれ弱くなっている」

だから、もう、あと一押しなのだと。

「あなたの手でなら、きっと私は死ぬことができる。……とっくに気付いているでしょう、ライナス。今の自分の体が、ただの人間とは違うことに」

あの時、あの列車で俺に移された〈王〉。以降、思い当たる節はいくらでもあった。これまで死にそうな大怪我《おおけが》を何度しても、どうしてか、まだ生きているのは俺も同じ。

「……私の視線を介して、あなたは〈王〉と接続した。けれど、あなたはそれを拒絶し、引き剥《は》がしてしまった。私と同じく〈王《ほんたい》〉の要素を宿しながら、けれど私とは違う、完全に独立した奇跡みたいな存在。だから、きっと……」

言葉の続きは視線が告げた。そんな俺の手は、他の誰より深くクロニカに干渉できる。

俺の手なら、最後の鎖を断ち切れるかもしれない。

「ありがとう。あなたが嘘《うそ》つきだったから。あの日あの時あの瞬間、あなたの仮面が、顔の無い〈王〉を欺いてくれたから……私の旅は、ようやく終われる」

夕焼けの海を背に、晴れやかに両手を広げる、紅雪《あかゆき》の少女。それはまるで、この世ではないどこかを映した絵画を思わせた。

……いびつな耳鳴りが、いっこうに止《や》まない。どころか、増々ひどくなっていく。

「癌細胞《わたし》は、本体が死なない限り死なない。逆に言えば、私が死ねば、〈王〉そのものも消滅する。……だから、あなたがためらう必要なんてない」

仮に〈王〉が復活すれば、この国は、再び暗黒の王国《レガートス》に逆戻りする。それを防ぐ唯一の手段が、クロニカの死であり。

「私は、私であることすら奪われていくのが、すごく怖い。……それと同じくらい、そんな目に合う人がもうこれ以上、誰一人として生まれてはいけないとも、思ってるから」

それが、今まで虚無の胃底で溶かされてきた無数の未練と無念が構成する、誰でもない年月記《クロニカ》の偽らざる本心なのだと、少女は切々と告げた。

「やりなさい」

固まっていた俺の背中を、イヴリーンの声が冷たく押しやった。それに追い立てられるまま、俺は一歩、濡《ぬ》れた砂浜を踏み出した。

二歩、三歩と。やけに遠いその距離を歩きながら、しかし未《いま》だに分からない。

詐欺師ライナス＝クルーガーは、金のためなら何でもする。必要ならば欺き、騙《だま》し、奪う。実の姉だって殺した屑《くず》人間が、何を今更ためらうのか。

俺はどうしても分からないまま、気付けば少女の前に立っていた。

「……俺の金は、どうなる」

「心配しなくても、私が死ねば、あなたの記憶も自然と戻るわ」

赤く輝く夕陽《ゆうひ》を背負い、クロニカは俺を迎えるように両手を開いた。ばしゃばしゃと、冷たい波しぶきが胸に降りかかる。鼓動が痛い。体を引き裂きそうなほど切実に、甲高く。

「楽しかった。あなたと一緒に、旅ができて……」

向かい合った白い首筋へ。ゆっくりと、俺は両手を伸ばしていく。

「助けてくれて、感謝してる。……あなたと一緒に食べたご飯が、美味《おい》しかった。綺麗《きれい》な服を着せてもらえて、照れ臭かったけど、ホントはすごく嬉《うれ》しかったの」

指先が、花を手折るように細い喉首を掴《つか》んだ。

「この間は、ごめんなさい。でもその帽子、やっぱり良く似合ってる……受け取ってくれて、ありがとう」

少女は上目遣いに俺を見上げ、それから綻ぶように、はにかんでみせた。

紫苑《しおん》の左眼《ひだりめ》が伝えてくるのは、共に過ごした時間の面影。かけがえのない、これらを形あるまま抱きしめて死にたいのだと、潤む瞳が切々と訴えていて。

俺は、なにかを断ち切るように、指に力を込めていく。

押し込んだ親指が気道を塞ぎ、クロニカの声と息が、詰まるように止まった。

「――か、ぁっ……」

小さな手のひらから、重い水音を立てて、日記が海に落とされた。

いびつな耳鳴りが、歪《ゆが》んだコインの絶叫が、頭の中でずっと鳴りやまない。

脳裏に響く、言語ならぬ警告に脅されるように、俺はいたいけな細首を窒息させていく。

――もう何も聞くな。もう何も見るな。早く殺せ。

ひび割れた左眼はいつも通り、俺の記憶と心のすべてを写し出していた。

――さもないと、お前は気付いてしまう、見抜いてしまう。

そこにいるのはやはり詐欺師。金のためなら恥も悔いも感じはしない、人のカタチをした放逸無慚《ほういつむざん》。だというのに、なぜ、
少女の右目に写った俺は、泣いているのだ。

「――あ、あ」

その瞬間。俺自身の内側に、致命的な亀裂が音を立てて崩壊した。

よって、俺はついに見てしまう、見つけてしまう。

紫水晶が映す自身の記憶の中に、いままで被《かぶ》り続けてきた詐欺師の仮面の裏側に。

ずっと目を逸《そ》らしてきた、ライナス＝クルーガーという男の事実《しんじつ》を。

6

あの日は、雨ではなかった。

階段を上る。胸に抱えた焦りとは裏腹に、ためらうような重い足取りで、俺は三日ぶりにボロ部屋へ帰宅しようとしていた。

自分が間違っているとは、思わない。けれど言い過ぎたとは感じていた。もう一度、姉さんと話しをしよう。そうしなければいけない。

そう思いながらドアノブを回した。建付けの悪い扉が咎《とが》めるようにギィと鳴る。

部屋には、誰もいなかった。そして、俺は思い知った。

『……？　姉さん、俺だ。……――っ！　姉さんっ!!』

傍《そば》で支えられなければ、生きていけないのは、俺の方だったと。

空のベッド。物の少ない部屋の中はしかし荒らされたような気配はなく。テーブルの上には、姉が貯金を溜《た》めていたガラス瓶と、一枚の手紙があった。

『ライナスへ。

あなたがこれを読んでいる時には、私はもう二度と、あなたと会うことはない場所にいるでしょう。その方が、いいと思います。

ごめんなさい。色々書きたいことは有るけれど、未練が湧いてきそうなので、一番大事な事だけを伝えます。私は、最低な姉だったね。あなたが悪い事をしてしまったのも、元はと言えば全部私のせいなのに。頭ごなしに叱ったりして、本当にごめんなさい。

でも、あなたが間違ったことをしているのは変わりません。一日でも早く、その過ちに気付いてくれるよう願います。

そのために、私はあなたの前から消えることにしました。でも、悲しまないで。もういいんです。今まで黙っていたけど、私の喉はもう治らないらしいの。いつか、あなたと一緒に舞台に立ちたかったけど、それは夢のままにしておきます。

では、お元気で。これからは、どうか自由に生きてくださいね。

あなたの姉より。

追伸　いままでありがとう。愛してる。大好きだよ』

くしゃりと、握りしめた拳の中で、震えた筆跡の手紙がつぶれた。

『ふざ、けるな……ふざける、なよ。姉、さんっ……！』

それから数週間。俺は方々を全力で駆けずり姉を探した、幸い、手がかりはあった。ガラス瓶に溜まっていた、金だ。それ以前の最後に見た記憶では、大した額など入っていなかった。それがほとんど一晩で倍以上になっていた、つまりあれは、契約金だ。

俺が、姉が自ら身売りした娼館《しょうかん》を突き止めたのは、ちょうど一月が経《た》った時だった。

『おい。何だよ、ここ。姉さんはどこだ』

姉を知っているという女に、俺は金を払って案内をさせていた。しかし連れていかれた

のは、だだっ広い街中の空き地。革命時の暴動で舗装がはがれたまま、剥《む》き出しの黒土が
そこかしこで掘り返されているのが見えた。

ふと立ち止まった女は、無造作に地面を指さした。

『多分、その辺』

『……何を、言ってる』

背筋を突き刺した予感を無視して問いを重ねると、女は面倒《めんどう》そうに言った。

『埋めたのよ。先週、その辺に』

『────』

『みんなそう。病気とか客に殴られたケガとか、飲みすぎとかで死んだら埋めるの。ここはちょうどいい広さだし、土もあるし。あなたの姉さん。先週、血を吐いて倒れたまんま、起きてこなかったの。だから、私が埋めたげた』

冷えきった土の上に、糸の切れた体が崩れ落ちた。生きてきた意味が、手足を衝《つ》いた地面もろとも消失する。涙よりも先に、俺は叫んでいた。

『ぁ、ぁ……ぁぁ、お、ぅ、おおおっあああアアアアッッ!!』

心が軋《きし》んで砕け散る。俺のせいだ。俺があんな事を言ったから、言ってしまったから。

元気に、自由に生きろだと。出来るわけがない。それが姉さんの最後の望みだとしても。

俺には、無理だ。姉さんのいない人生を生きていくなんて。伝えきれなかった言葉と思いを抱えたまま生きていくなんて、「俺」には、とても──。

だから、一番最初に欺いたのは、自分自身。

創り上げた偽りの記憶を、仮面として身につけた。

俺は金のためなら何でもする外道なのだから、最愛の肉親をこの手で殺そうが、何も思わないし感じない。だから悲しくなんてない。そう、信じ込むために。

それが、詐欺師。ライナス＝クルーガーの、正体《はじまり》だった。

7

「ぁ、あ、ぁぁあああアア！」

大きくこじ開けられた喉から迸《ほとばし》ったのは、あの日の叫びと地続きだった。

突き飛ばすように、締め上げていた細首から手を離す。そして反射的に、自分の顔へ。

そこにある存在しない仮面を必死で押さえつける。しかしもう、止められない。砂粒のように指の隙間から流れ出していく見えない質量を、押し止《とど》めるなど無理な相談だった。

思い出してしまったからだ。今までの俺が、一体誰を騙《だま》していたのかを。

そうだ。俺はずっと嘘《うそ》をついてきた。欺いてきた。誰よりも何よりも、自分自身を。

俺は金のためなら姉さんだって殺せる、最低最悪の外道なのだから悲しみなど感じないのだと、存在しない記憶で痛みを覆い隠し、見えないコインの音で耳を塞いできた。

「俺は……俺、はっ……ぁ、ぁぁぁ、あああっ！」

「ライナス……あなた、は」

呆然《ぼうぜん》と見開かれた紫水晶《アメジスト》に映るのは、ついに素顔を晒《さら》した哀れな男。誰よりも俺自身が忘れ去り、消し去りたくて仕方なかった、弱く情けない「俺」そのもの。

「……できない、殺せない、俺には……もう、金なんて、どうだっていい」

打算も恥も外聞もなく、嗚咽《おえつ》とともに喉が動く。何かに触れれば、容易《たやす》く破けてしまう。剥《む》き出しの心を守る仮面はもう存在しない。ここに実在する、ひどく愚かで弱弱しい、何者でもない男の口から本音がこぼれ落ちていく。

今まで闇雲に積み上げてきた金は、ただ己の過去から目を晦《くら》ますための口実に過ぎず。そんな建前がなくなった以上、もう俺の手に、彼女を殺せる理由なんて、何もない。

「それでもっ！　……お願い、何でもするから……私は、もう、生きたくないの」

どこか責めるような懇願に、俺が絞り出した返答は、みっともなく言い訳じみていた。

「……できない」

「なんでっ！」

だって。

「お前と、旅したのが──楽しかった、から」

一切の思考を挟まず、気付けば口にしていたその言葉に、クロニカは今度こそ絶句して。

「俺を……もう、一人にしないでくれ」

掠《かす》れた本心を、今こそ何もかも見通した少女の表情が、呆《あき》れたような怒ったような、混《こん》沌《とん》とした色彩にくしゃりと歪《ゆが》んだ。

「馬鹿ぁっ！　馬鹿……馬鹿馬鹿、大馬鹿っ……！　あなた、詐欺師でしょう！　なんで。どうして、これで最後なのに、これで！　これで……何もかも終わりなのにっ！」

掴《つか》みかかるように、波を蹴立てて猛然と歩み寄った拳が、俺の胸元を何度も叩《たた》く。

「嘘《うそ》の一つも、つき通してくれないのっ！」

軽い、小さな拳だ。しかしそこに込められた痛切が、その下の心にひどく沁《し》みた。

「すまん。悪い……でも、頼む。お願いだから」

死にたいなんて、言わないでくれ。

そのためなら何だってする。どんなわがままだって聞いてやるから、なあ――

「――っ!?　伏せて!!」

瞬間、上目遣いにこちらを見上げたクロニカは、咄嗟《とっさ》のように俺の胸襟を引っ張った。

不意を突かれた上半身が容易く折れて、顔面から塩辛い水面に突入する、その寸前。

背後から風を切り裂き迫った何かが、後頭部を熱く擦った感触がした。

「っ……！」

すぐさま海水から顔をあげ、振り返った先に俺は見た。

砂浜に立ち、抜き身の殺意を露《あら》わに、こちらを見下ろす一輪の黒白。

イヴリーン＝ハベルハバルを。

8

思えば、こいつはずっと、こういう場合に備えていたのかもしれない。

「私の言いたい事は、お分かりですね」

短い旅の間、このメイドは俺たちに対して、どこか一線を引いていた。

「ライナス、お前が殺せないのなら、私が殺します。さっきの話を聞くに、お前の意思でなくとも、動けなくした肉体を使えば、間接的には私でも小娘を殺傷可能かと思いますが、どうでしょう？　ちなみに返答は不要です。これから確かめますので」

俺は考えるより先に、濡《ぬ》れたクロニカのスカートに手を突っ込んだ。内腿《もも》のベルトから素早く拳銃を抜き取る。幸いにもパーカッション式だ、多少濡れていても発砲できる。

しかし向けられた銃口を、イヴリーンは無表情のまま鼻で笑った。

「お思いですか。そんな玩具《おもちゃ》で、私を相手に、抵抗らしきものが出来ると」

呆《あき》れたような哀れみとともに、白いエプロンドレスの足元から、黒い刃《やいば》が立体化する。

「やめて、イヴリーン！　二人とも、お願いだから——」

「……無駄だ、クロニカ。こいつが、言葉程度で止まるかよ」

「それはあなた次第です」

意外にも、イヴリーンは交渉の余地を滲《にじ》ませた。

「小娘、お前は生かしておけない。それが、行政の暴力代行者たる私の責務です。ですが、詐欺師。前にも言いましたが、お前の方の生き死になどは、別にどうでもいいのです」

よって、と底冷えのする声が、俺に命の天秤《てんびん》を突きつけた。

「殺しなさい。見逃してやりますよ」

誰が誰を、など問うまでもない。だから交渉は、決裂以前の問題だった。

無言のまま、片手に銃を握り締め、ざぶざぶと波打ち際から砂浜へと上がる。

作戦は以下の通りだ。その一、何とかして近づく。その二、これまた何とかして至近距離から全弾ぶち込み、後はそのまま、殴って蹴って締め上げて、とにかく死ぬまで殺す。

そこまで真剣に考えて、思わず奇妙な笑いが漏れた。いや、絶対無理だろコレ。そこらの鼻タレ小僧だって、もう少しマシな作戦を思いつくはずだ。例えば、逃げるとか。

だから、これはもう、まごうことなき自棄《やけ》なのだろう。

剥《は》がれ落ちた仮面とともに、詐欺師として歩んできた人生の意味も価値も失われた。

今の俺に残されたものは、ついに思い出してしまった、あの日の後悔だけだから。

だから、今度こそ事実として、大切な者をこの手で殺すぐらいなら――。

「待って――ライナスッ!!」

甲高いクロニカの悲鳴に押される形で、腰を折ってその場にしゃがむ。まるで、合図とともに走り出す陸上競技者のように。

それではタイミングも何もかも丸わかりだ。傍《はた》から見れば自殺行為に等しく、だがしかし、俺が背後に隠していたのはクロニカだけじゃない。

「っ!!」

夕陽《ゆうひ》。逆光が、正面に立つイヴリーンの視界を焼き、一瞬でも閉ざしてくれれば十分だ。

濡《ぬ》れた靴裏が、引き潮を蹴立てた。ほんの十数フィートの距離を死力で駆け抜ける。

潮風に揺れる黒髪に肉薄し、その顔面に向けて引き金を引く間際。

「はい。悪いけど普通に無理ですね」

音もなく、影も形もない一撃が顔面を強襲した。だけでなく、喉、腹、そして足へと連続する衝撃に、なすすべもなく砂浜に沈められる。

折れた鼻から血を流す俺を、イヴリーンは拳を払ってつまらなそうに見下した。

「知りませんでしたか。私の武器は貴血因子《レガリア》だけではありません。というかむしろ、舞闘《こっち》の方が主力武装《メーンウエポン》ですので」

何をどうされたのかも分からない速度の徒手空拳、それを叩《たた》き込《こ》まれたのだと気付いた時にはすべてが遅く。いや、きっと最初から詰んでいたのだろう。

髪を掴《つか》まれ、血と砂で汚れた顔が引きずり上げられる。凶獣のような瞳が狩人《かりゅうど》のような冷徹さでじっと俺を覗《のぞ》き込《こ》み。そのまま首を、体ごと背後へ向けられた。

反転した視界の先に、力なく海にしゃがみ込んだ少女と目が合った。

泣き腫らした両眼《りょうめ》が俺を見る。その胸に、取り落としていたあの帽子を抱きしめながら。

「もう一度言います。殺せば、助けてやる。そしてまた、詐欺師に戻りなさい。安っぽい英雄ごっこなんて、似合いませんよ」

首に突き立った爪がギリギリと、痛みとともに最後通牒《つうちょう》を食いこませてきた。一線を越えた緊張感が、周囲をひどく静かにした。ある日突然の休暇を言い渡されたような、余りにも無情な静寂《しじま》が今、俺という人生を閉ざそうとしている。けれど。

「……下手くそが。もう少し気の利いたセリフ、言えねえのかよ」

「最後まで減らず口ですか……。まあ、短い付き合いですが、あなたらしい」

べったりと密着した死の気配を無視して、俺は握ったままの拳銃へ意識を傾けた。

「では、さようなら——馬鹿な人」

事態が、動く。俺の全《すべ》てが決着する。その刹那。

「〈真理の義眼《アイオブザプロヴィデンス》〉、第三眼《サードアイ》」

溶けた鉄のように、網膜を刺した熱さが否応《いやおう》なく、骨の髄へと注ぎ込まれていく。

そして、身に覚えのないはずの記憶が、一切の淀《よど》みなく俺の肉体を導いた。

「！　な、っ……!?」

背後への肘鉄とともに首を掴むイヴリーンの手首を捻《ひね》って外す。そのまま砂を蹴立てた爪先で、馬脚のように彼女の顎《あおむ》を蹴とばし、前転を決めながら脱出した。

気付けば俺は呆然《ぼうぜん》と、逆に仰向けになったイヴリーンを見下ろしていた。

迅雷のように過ぎ去った己の動作に困惑する。しかし以前とは違った。訳も分からず流されているのではない。確信の如《ごと》き経験が、俺の手足を達人の境地へ導いている。

「まさ、か……」

「何っだッ、そりゃぁッ!!」

跳ね起きるイヴリーン。間髪入れず強襲してきた拳に、しかし反応が追い付いた。

払い、続く二撃目を躱《かわ》し、蹴りを蹴りで相殺して拳を交わし合うこと十数連撃。勘と無意識の領域にて、影も残さぬ徒手空拳の攻防を実現する。

そして俺とメイドは、どちらからともなく自然に、すれ違うように距離を空けた。

宮廷舞闘《ノーブルクロス》。知らぬ単語が頭に響く。これは、つまり、

「どんなイカサマです。一目、見る事すらできなかった分際で、一体どうして次の瞬間にはマスターしてやがる……っ！」

その身で積んだプライド故か、歯噛《はが》みするイヴリーンに応えたのは、俺ではなかった。

「彼に移したのよ。あなたの技術と経験を」

水音を引き連れながら砂を踏んだ、クロニカだった。

「魂魄転写《こんぱくてんしゃ》……これが、私の奥の手。誰かの魂《こころ》を、別の誰かに移し替える」

ほとんど射殺《いころ》すような視線を流して、クロニカはそっと、俺の前に立った。

交差した細腕の中で、胸に抱かれた黒い帽子が潰れている。

「勘違い、しないで」

与えた力は、あくまで一時的に窮地を脱するためだと、少女は諭すように続けた。

「私はあなたに、戦う手段をあげたんじゃない。……技量が互角になった程度で立ち向かえば、確実に死ぬわよ」

「だろうな」

俺だって分かっている。貴血因子《レガリア》の有無。彼女と俺を隔てる生物としての性能差は、まだ天と地ほどに開いているのだ。しかし、

「足りない分は、その場しのぎで埋めてやるさ。取り繕うのは得意分野だ」

強がりを自分に言い聞かせながら、俺は拳を握って、黒白のメイドへ向き直った。

するとクロニカは慌てたように、叱るような口調で制止した。

「馬鹿っ！　ダメだって、死んじゃうって言ってるのよ！　……だから、もう、無理だから、あなたが何をやっても、ここで終わりなの。終わりにしないと、いけないの」

「うるせえ」

その一言で黙らせる。目を剥《む》いたクロニカへ、俺は心の底から溜息《ためいき》をついてみせた。

「もうそろそろ、うんざりなんだ。いつもいつも、俺が何でもかんでも言う事聞くと思うなよ。いい加減、勝手にやらせてもらうぜ」

「なっ……！　で、でもあなた、さっきは何でも言う事聞くって――」

「言ってない。思っただけだ。……そんで今は気が変わった」

「こ、この……あなたって男は！　本当にああ言ってはこう言うばっかりで……っ！」

顔を赤くして憤り、しかし一転、か細くなった声が、俺の胸に縋《すが》りつく。

「イヴリーンは、本気よ。真実一片の容赦なく、あなたを殺す」

「ああ」

「それに、もし仮にあなたが勝ったところで、私の運命は変わらない」

「そうかもな」

「そうよ。わたしは、最初から人間なんかじゃない、貴族でもない。ただの記憶の集合体、存在しない虚構のヒトガタ、束《つか》の間《ま》の癌細胞《がんさいぼう》……あなたとの旅の記憶だって、いつ〈王《ほんたい》〉に消化されて、私の自我もろとも消されてしまっても不思議じゃない」

「……」

「だから、ぜんぶ無駄な足掻《あが》きなの。なのに、どうして――」

あなたは、命を賭けるのか。そう問いかける瞳に、俺は暫《しば》しの間をおいてから、答えた。

「姉さんを失った過去に後悔なんてしていない。そう思い込むためだけに、俺は人生を捧《ささ》げてきた。……けど結局、最初の一歩目から矛盾してたんだ。悔んでなんかいないと思い込むほど、それが何より後悔を証明するんだからな」

愛も情も、人の心の価値なんて、カタチの無いものはどこにも存在しない。ずっとずっと、俺はそんな理屈を重ね塗ってきた。

そして予想通り、クロニカの左眼《ひだりめ》には、決して、目には見えないものが映っていた。

この期に及んでは、もう認めるしかないだろう。欺き、誤魔化《ごまか》し、目を逸《そ》らし続けてきた果てに、それでも自覚せざるを得なかった、たった一つの真実というものを。

「俺は、お前と一緒に、これからも旅を続けたい」

「……っ！」

そっと、クロニカの胸から帽子を取り上げて、誓うように頭に乗せた。

「だから決めたよ。お前が、これ以上追われて生きていくのが辛《つら》いのなら……思い出を奪われながら、旅をするのが耐えられないって言うなら、いいさ」

言葉を切って、あえて間をつくる。より強く、自分自身に刻み込むため。

「俺が、騎士団を、〈王〉を倒す。そんでお前の記憶も、不死身も、なんとかしてやる」

瞬間、俺を除く二人分の絶句が重なった。

「どうやるかなんて知らねえよ。不可能だと言われりゃそうかもな、けど知った事かよ。俺は、そうしたい。だから好きにやるだけだ」

偽りない気持ちを、声ではない視線で、俺は赤く潤んだ左眼へ伝えて。

「……ああ、つかよ、そもそもどうして俺だけこんなに喋《しゃべ》らされてんだ。クロニカ、お前こそ、ホントのところどう思ってんだよ」

「え……」

「お前自身はどうしたい。ここで終わりにして、真実嘘《うそ》偽りなく本当に、悔いはないって言えるのか」

その問いは、目の前の少女にとって、少し卑怯《ひきょう》すぎたかもしれない。

俺がどう答えて欲しいのかなんて、正直過ぎるほど見え透いていただろうから。

「そんな、そんなの……私は」

逡巡《しゅんじゅん》するように、クロニカは後退《あとずさ》った。はらはらと、紅雪《あかゆき》の髪の間から涙が落ちる。何度も口ごもりながら、押し殺していたのだろう感情が、絞り出すように吐き出される。

「後悔なんて、あるに決まってるじゃないっ……！」

泣きじゃくる。いつも微笑を浮かべていた相貌は、熱く激しくどこまでも崩れていき。

「あなたと一緒に歩くのが、楽しかった……！　景色が、食べ物が、着る服が、何でもないぜんぶがぁっ……一緒にいるだけで、ずっとずっと、かがやいて、感じられたからっ」

終わらなければいけないのに。終わりたかったはずなのに。

「これ以上忘れたくない、消したくない……なのに、なのに、でも、まだ、歩きたい」

失《な》くし続けることに耐え切れなかったはずなのに、それでもと。

いつの間にかこんな気持ちを抱いてしまったのだと、責めるような左眼《ひだりめ》が俺を見た。

「あなたと一緒なら、たとえ忘れながらでも、どこまでも旅をしたいっ！」

なんて卑怯《ひきょう》な男だろう。なんて極悪人だろう。こんなことを言わせるなんて——そう非難する視線に、俺はこみ上げる感情を噛《か》みしめて、そっと少女の頭を撫《な》でた。

「ありがとな。……もう、大丈夫だ。後は任せろ」

同時、唐突に響き渡った快笑が、俺とクロニカの間を断ち切った。

振り返る。十歩を隔てた砂浜に、犬歯を剥《む》いたイヴリーンが呆《あき》れたように笑っている。

「傑作ですよ、あなたたち。三流芝居は、見るに堪えない」

相変わらず、匂い立つ殺意は微塵《みじん》も揺らがず。けれど声音にはどこか爽快さを乗せて。

「口先だけの詐欺師が、無力に等しい小娘を守りながら、騎士団に、〈王〉に挑み、勝利すると……面白すぎて、思わず殺したくなる冗談です」

そこでかぶりを振って、イヴリーンは笑みを消して、切っ先を突きつけるように言った。

「ですが、もしも本気で言っているのならば――証明してみろ。この場で、この私を倒し、不可能を可能にすることを」

指先が、そっと黒髪の頭上でヘッドドレスを直し、握られた拳が告げてきた。

「私は、黒箒《メイド》だ。この国に残るゴミどもを掃除《そうじ》て殺す、血濡《ぬ》れた一振り。阻むのならば容赦しない。ライナス＝クルーガー……お前を、処刑します」

不意に凪《な》いだ海風。すぐ傍らで、クロニカが息を呑《の》むのが伝わった。

「……お願い――死なないで」

「ああ、何とかするさ……だから、待ってろ」

安心させるように、俺は努めて気軽に少女の肩を叩《たた》き。

そして、まだ持っていた銃をこれ見よがしに投げ捨てた――砂浜に落ちる乾いた音が、戦鐘《ゴング》の代わりを務めて響く。

9

その、直後だった。
咄嗟《とっさ》に庇《かば》うように、左眼を開いた少女が、俺を突き飛ばして、
音を振り切り飛来した影の槍《やり》が、クロニカを刺し貫いたのは。

「——っ、クロニカッ!!」

「どうせ死なないのでしょう。なら、放っておきなさい」

俺を狙い、そして外した影槍は少女の腹部を貫いて軌道を変え、そして彼女自身が駆け下りてきた丘の断壁へ、磔刑《たっけい》のように細い肢体を縫い留《と》めた。

そこに込められた次善の意図は、今や明確に理解できた。

不死身では人質にならない。だから逃げないよう拘束する。けれど己の影に収納しないのは、たったそれだけの、わずかな重量増加さえも嫌ったから。

「さもないと、あなたが死にますよ……まあ、今から殺すのですが」

今から、一切の手抜きなく、俺を叩《たた》き潰《つぶ》すために。

「来なさい、詐欺師。今度は本気で、踊ってあげましょう」

どうにか体勢を立て直し、蹴立てた砂音は二重に木霊した。俺とイヴリーン、互いのステップは全くの同時。同じ歩調、同じリズムが、調和した律動を砂浜に刻む。

そしてすれ違う一瞬。互いが放つ拳の軌道も、そこから続く連携も、俺たちはその全《すべ》てを知り尽くしていたに違いない。

よどみなく紡がれる拳と肘と裏拳の三連撃を払いつつ、その場で互いの回し蹴りをぶつけ合う。回転力が乗った足刀は、しかし体重差から俺の優位、とはならなかった。

「ぐッ!!」

重い。押される。素の身体能力の差が露《あら》わになった。反射神経は転写された記憶に適応させられているせいか大差はないが、これだけはやはり覆しがたく。加えて、

「まさか、正々堂々《ステゴロ》だとは思っていませんよね」

視覚外から奇襲してくる影の刃《やいば》を間一髪で回避する。体勢を崩したところへの追い打ち、これも辛うじて捌《さば》き、続く影刃も、いくらか肉を切らせて致命打を避《よ》ける。

そうして、やっと一度目の交錯は終了した。慣性という糸に引かれて互いの距離が開いていく。再び十歩を隔て対峙《たいじ》した、俺とイヴリーンの姿は対照的だった。

こちらは息を切らし、裂かれ抉《えぐ》られた手足からの流血が止まらない。一方、彼女は息一つ乱さずかすり傷すらもない。

一合でこの有様だ。次は多分死ぬ。しかし、不思議と絶望感は無かった。多分慣れたのだろう。思えばクロニカに出会ってから似たようなピンチの連続だったから。

目を細めたイヴリーンが、少しだけ苛立《いらだ》ったように足を運んだ。俺も応じて、一歩。そして二歩三歩。緩急の牽制《けんせい》による触れざる攻防を交えつつ、決死点へと近づいてゆく。

だから、いつものように考えろ。いつだって、俺はそうやって乗り切ってきたから。

技量は互角。しかし身体性能と、因子の有無は覆せない。ならそこからだ。俺には何がある。イヴリーンには貴血因子《レガリア》があるように、俺にあって彼女にないもの、俺の人生に基づいた、俺だけの個性を活《い》かすのだ。

閃《ひらめ》きと同時、間合いが重なる寸前に。俺の指先はそこへと動いていた。

己の顔に、見えない仮面をはりつける。

それはイヴリーンの技ではなく、この手に馴染《なじ》んだ動作。この俺が、圧倒的な意味でここに実在する俺が、片時たりとも休まず、培い、研ぎ上げ、磨いてきた業だ。

「「ッ!!」」

拳が、蹴りが、至近距離で激突した。当たり前に、一方的に、血と命の消耗を強いられる裏で意識はより深く、転写された魂《こころ》の記憶《おく》を掘り返していく。

イヴリーンという人間の、全《すべ》てを理解するために。そして、

最初に見えた景色は、見知らぬ弟の顔だった。

——イヴリーン＝ハベルハバルには、双子の弟がいた。

弟の名は、アイザック＝ハベルハバル。快活で利発な弟は、姉とは正反対の性格だったけれど、姉弟仲は良かった。互いに家族として愛し、愛されていたと思う。

そして父は、とある貴族家の主《あるじ》。母は、その家の使用人。

だから双子の姉弟《わたしたち》は、不義の子だった。

原則として、一つの貴血因子《レガリア》は、一人にしか受け継がれない。父か母、その片方しか貴族でない場合、生まれてくる子どもの内、貴族になれるのは一人だけだ。

しかし極まれに、片親から継承した因子を、双生児間で共有して発現する事例がある。

双血継承《ジェミニブラッド》。そう呼ばれる、遺伝的な稀血《レアケース》。

それが判明したのは、私と弟が十四歳になり、同時に因子を発現させた時だった。

即座に、不貞が発覚した母は、私たちの目の前で惨殺された。

そして、今まで貴族として教育を受けてこなかった上、平民《にんげん》の腹から生まれた妾《めかけ》の子らは、家名の継承どころか、人としてすら認められず。

哀れな姉弟は、卑しくも奪い取った貴血因子《レガリア》を返すよう求められた。

つまりは、新たな赤子に、二人分の因子を継承させろと。

もともとは一つの貴血因子《レガリア》から派生した双血因子だ。不安定な突然変異は大半が一代限り、次代継承の際、遺伝修正力で元の一つに戻る可能性が高い。

すぐに私とアイザックは独房に監禁され、狂気と禁忌の行為を強要された。

私は血を抜かれて四肢を拘束され、弟は拷問と薬物で理性を消失させられた。

痛い、苦しいよ、姉さん。

苦痛に満ちた弟の吐息が、裸の胸の上に落とされた。

両の瞳が抉《えぐ》られ、両手を斬り落とされた裸の弟が覆いかぶさってくる。

そのあまりにも変わり果てた姿が、何よりも鋭く心を刺し貫いたから。

どす黒い衝動が、胸の奥底で激しい産声を上げた。沸き立つ憎悪が、何よりも大切な、たった一人の弟への愛情を上回った瞬間。

——ごめんね。

気付けば、最後の力を振り絞って、私は弟の首筋に喰《く》らいついていた。

――殺す。必ず、ぜんぶ殺すから。

流れ出た肉親の血を啜《すす》り、飲み干し、補給して、実父を含めた屋敷の全員を殺した。

そうして、玄関《エントランス》にぶちまけた血の海のなか、弟の生首を抱いていた時だった。迎えが来たのは。

『立ちなさい、お嬢さん。今のあなたはまるで獣です。殺しのマナーを、一から教えて差し上げましょう』

その瞬間、私は師を得て、黒第《メイド》になったのだ。

殺すために。

貴族も、貴血因子《レガリア》も、王国も、私と弟を、この汚らわしく忌々しい運命に組み込んだ何もかもを、残らず必ず殺してやる。そのためだけに生きると決めた。

あの子の血の味が舌から落ちない。飲み込んだいのちの温《あたた》かさが、喉に張りついたまま絶え間なく渇いている。

よって殺す。とにかく殺す。そうだ全《すべ》てを殺すまで、いや殺し尽くしても止まるものか。

叫んでいるのだ。この身を流れる血の中で、初めて殺した最愛の肉親が、痛い苦しい、全てが憎くてたまらないんだと。

だから私は、この子が泣《な》き止《や》むまで――。

「――……殺し続けると、誓ったんだよ」

「──なっ!?」

顔面を貫かんとする影の穂先に、俺は自ら飛び込んだ。頭を穿《うが》たれるその刹那、極限までの見切りを以《もっ》て紙一重を掴《つか》み、こめかみを抉《えぐ》られた視界に血飛沫《ちしぶき》が舞う。

捨て身によって得られたのは、たったの一手。

そして、その一手こそが会心となった。一瞬の隙を晒《さら》した喉笛を狙って、食らいつく。

本人の抱える無意識を掘り起こし、出てきた痛みも嘆きも起爆剤に果たした覚醒。

彼女以上に彼女らしい、執念が為《な》せる獣の一撃が、その首筋を深々と食い千切った。

「ぁっ……がッ、こ、れは……ッ!!」

すれ違う最中、噛《か》み千切られた動脈に影を巻きつつ、イヴリーンは憎々しげに吠《ほ》えた。

俺にとっては造作もない。憎悪も怒りも、あらゆる心の原動力を、本人よりも強く激しく過剰に演じ、その一点、その瞬間においてだけは本物を凌駕《りょうが》することなど。

ずっと、存在しない真実を演じ続けてきた。ずっと、居もしない誰かを被《かぶ》り続けてきた。

ゆえに今、詭弁《きべん》でできた愚者の仮面が、彼女の影を踏んでいる。

「は、はは、……傑作、ですね。自分自身に、一本取られる……なんて」

ぐらぐらと、不明瞭にふらつきながら、イヴリーンは深手を押さえて呟《つぶや》いた。

おびただしい出血が、メイドの足元の砂浜を汚している。貴血因子《レガリア》の源泉は宿主の血液だ。これ以降、因子出力と身体能力の低下は避けられないに違いない。

衝撃に外れかけた顎を戻して、歯に挟まった肉片を吐き出す。それから、俺は再び他人の意識下へと潜り始めた。この機を逃さず一気に決めるために。

いける。勝てる。そんな俺の目論見《もくろみ》は、だがしかし、

「……でも、おかげで、ようやく気付けました。あの子が、今までどこにいたのか」

鮮血に染まった、晴れやかなその表情を前に、戦慄とともに打ち砕かれた。

違う、俺は勝機をつくったんじゃない。

踏んではいけないものを、踏み抜いてしまったのだ。

「ありがとうございます。詐欺師、ライナス＝クルーガー」

どろりと、イヴリーンの背後に何かが滲《にじ》み出《だ》した。それは、先ほど追体験した彼女の闇をそのままに写し上げたような、絶えず沸騰する憎悪のカタチ。

「お礼に、殺してあげますよ」

それは、魂の片割れの喉笛を噛《か》み千切り、血肉を啜《すす》った時に、姉の中に流れ込んでいた弟の――アイザック＝ハベルハバルの貴血因子《レガリア》。

過去《トラウマ》を疑似的に再現した一撃が、きっと呼び覚ましてしまったのだろう。

これまで自分自身の影に同化していた相似なる双子の陰影に、この瞬間を切っ掛けとしてイヴリーンは気付いた……否《いな》、俺が、気付かせてしまった。

「〈夜行影牙《シャドウテイカー》〉、真影解放《ペルソナドライヴ》」

傷だらけのメイド服から伸びたもう一つの影が、魔剣の如《ごと》くに立ち上がる。

その影は、黒くない。

血塗られた過去の投影は、それと同じ色をしているのだから。

漆黒が編み上げた影刃と絡み合いながらそびえ立つのは、緋文字《ひもんじ》で綴《つづ》られた血刃《アナザーブラッド》。

しかして、許されざる双影を従えた憎悪の化身が、今ここに完成した。

10

血錆《さ》びた戦慄が、風よりも早く背筋を走り抜けた。高密度の殺意が大気を歪《ゆが》めて光を屈せしめ、潮騒《しおさい》を殺し尽くすような赤黒い陽炎が、メイドの全身から揺らめいている。

その殺伐とした血風が、俺の頭上から帽子を剥《は》ぎ取《と》り、背後で軽い砂音を響かせた。

「あなたが悪いのですよ、ライナス」

真紅の影が、夕焼けの砂辺を一閃《いっせん》する。遅れて、爆裂した衝撃波が頬《ほお》を叩《たた》く。

「私に、あの子を思い出させた、あなたが」

その影が刻んだ爪痕は、一直線の地割れのように浜辺を切り裂いていた。

思い出したように手足が震える。逃げるべきだ。掴《つか》んだ勝機は、遥《はる》か彼方《かなた》に消え去った。

イヴリーンは最早《もはや》、さっきまでの彼女ではない。

なのに、どうしてか、狂おしいほどに叫ぶ生存本能は、俺の足を動かしてはくれず。

今度こそ、俺に狙いを定めた双血の影刃が、空を引き裂いて走り――。

その瞬間、腹の底から、熱い吐き気が込み上げた。

「――ッ!?」

　こらえる間もなく、灼熱《しゃくねつ》の塊が喉を押し通り、口から勢いよく飛び出していく。

　それは、先の一撃で嚙《か》み千切っていた血肉とともに、いつの間にか俺の中に飛び込んでいたイヴリーンの影の一部。目前に吐き出された黒い塊から、響いた声は。

「〈白日炎天《ホワイトフレア》〉、熱域拡大」

　迸《ほとばし》るは爆熱爆光。迫りくる二重の影刃を弾《はじ》き、焼け焦げた砂に降り立ったのは、煌《きら》めく金色を蓬髪《ほうはつ》となびかせた一人の淑女。

「間一髪、危ない所でしたわね！　ですが、もうご安心あそばせ」

　場違いに高らかなその声に、俺とイヴリーンは、またしても表情を同じくした。

　そういえばコイツの事、すっかり忘れてた。

「この胸の恋に殉じるため、わたくしパトリツィア＝ウシュケーン！　只今《ただいま》見参ですわ!!

……って、うわー、なんですの、あの陰険メイド。ちょっと見ない間にキャラが大分悪化してません？」

「色々あってな、大体そんな感じだ。で、悪いけど助けてくれるか、パティ」

「是非もなし。まだあなた様との再デートの約束、果たしてもらってませんもの」

「断じてそんな約束をした覚えはない。……けど、はあ、分かった。生きて帰れたら、どこへなりともエスコートさせていただきますよ、お嬢様」

「しゃあっ!!　言質！　言質取りましたわ！　今の聞いてましたわよね陰険メイド！　お

前に勝ったらデートですわ！　もう負ける気しませんので悪《あ》しからず！」

「……少しは、空気を読んだ言動が出来ないんですか、あなた」

再三、呆《あき》れ返ったイヴリーンの半眼にも構わず、パトリツィアは俺の隣へ歩み寄る。

そして熱く、白い指先が、傷だらけの腕をそっと撫《な》でてきた。

「影の中でも、おおよその話は聞こえていました。……あの癌細胞《ドローキャンサー》のために、あなたは、こんなにも傷ついているのですね」

離れた砂辺に縫い留《と》められた、クロニカの姿を指して、パトリツィアは切なげに、しかしそれ以上に嬉《うれ》しそうに。

「やっぱり、あなたは嘘《うそ》つきですわ。……悪い人なんかじゃ、なかった」

その笑顔が、彼女と出会ってからの何時よりも、眩《まぶ》しく感じられた瞬間。

唐突に、襟首を掴《つか》まれ引き寄せられて、俺は唇を奪われた。

数秒の間。柔らかな熱を交わし合い、金の淑女はそっと離れていく。

「……今のは、前金代わりです。残りも、後できっちりしてもらいますので」

それきり、パトリツィアは頬《ほお》を真っ赤に染めて俯《うつむ》いた、と思ったらまた顔を上げて。

「い、いえ、やっぱり名残惜しいのでもう一回！　もう一回だけ！　ワンモアしますわよ、ライナス！　つ、次はもっと情熱的に、で、ディープな感じで……！」

「続きならあの世でやりなさい」

鋭く飛んできた声に、二人で同時に顔を向ける。視線の先で肩をすくめるイヴリーン。

最後の情けを握り潰したようなその拳は、躊躇《ためら》いのない殺気で空を切った。

「いいからさっさと来なさいバカどもが。まとめて、ピリオドを打ってあげます」

俺は一度だけ、パトリツィアと顔を見合わせて、頷《うなず》いた。

「来るぞ、やれるか」

「ええ。もうすぐ陽《ひ》が沈みます。夜になれば、あのメイドは舞装《ドレス》まで引っ張り出してきますわ。ですからその前に――」

俺とパトリツィアは同時に構えた。互いのリズムを、背中合わせに伝えながら。

「ヤツの頭で、十二時の鐘を打ち鳴らしましょう!!」

奇《く》しくもその時、いよいよ水平線へ沈みゆく茜色《あかねいろ》は、あと一曲分ほど残っていた。

11

パトリツィアの啖呵《たんか》を合図にして、俺は預けた背中と一緒に砂浜を踏み出した。
水平線に沈む、恐らくは人生最後かもしれない夕陽が、いやに視界に焼き付いて。
しかし次瞬、切ないほどに真紅に輝くその海が、唐突に、紫水晶に染まり、
時が、止まった。
「――は?」
そしていつの間にか、俺は静止した周囲を俯瞰《ふかん》する位置で、椅子に腰かけていた。

「海を眺めてたら思い付いたの、あなたが何時《いつ》かやったみたいに、銀幕《スクリーン》代わりにできるかもって……上手《うま》くいって、良かったわ」

唐突に漂う弛緩《しかん》した空気に、俺は取り残されたような気分のまま。

「ここは、即興で構築してみたの。視線を介してお互いの意識を無理やり繋《つな》げて引き延ばした……まあ、ちょっとした休憩時間よ」

湯気の立つティーカップをテーブルに置いて、対面に座った少女が微笑《ほほえ》んだ。

「まずは一杯、どうかしら？　あなた、飲んだことないでしょう？　アリアのお茶。私の記憶から再現してるから、もう大分薄味かもしれないけど」

促されるままに、一口飲む。しかし、その味は。

「ぶっ！　お前！　これ……」

「あは、ふふ。引っかかったわね。イヴリーンのよ、それ」

咄嗟《とっさ》にティーカップを投げ捨てる。非難を込めて向き直ると、少女の前には、いつの間にか山盛りのクリームと果物の乗ったサンデーグラスが置かれていた。

「はい、口直し。あーんして」

瑞々《みずみず》しい甘さが口を満たす。クロニカは満足そうに微笑んで、それから静かに目を伏せて、ぽつりと言った。

「……ごめんなさい」

「なんだよ、急に」

「私、ずっと、あなたを誤解してた。とんでもない大嘘《おおうそ》つきの、悪人で、私を救ってくれる人だって、勝手に期待してたの」

でも違った。声にされない想《おも》いが伝わるのは、この時間が互いの心の産物だからか。

「お金に汚くて、素直じゃなくて……でも、ホントは誰より寂《さみ》しがり屋《や》の男の子。私と同じで、一人ぼっちに耐えられない、ただの人間だって、ようやく気づけた」

いつの間にかテーブルは消え、互いを隔てる距離は無くなっていた。

ごめんね、と背中に回された右手は、切ないほどに優しくて。

その感触は、あの日を境に、俺の人生から失われたはずの温度だと思えた。

「だから……やっと、ホントのあなたに触れられたから――」

その続きを、少女がためらうのは恐れているからだと伝わったから。

今度は俺の方から、小さな背中に手を回して、強く抱きしめた。

「ライ、ナス……っ」

暫《しば》し見つめ合ったまま、俺達は自然と心を重ねていた。

旅の続きの、約束を。

12

――一瞬の暗転を経て、全《すべ》ての時間は、再び坂を転がり始めた。

もう後戻りはできない決着へ向けて、どこまでも果断に容赦なく。

爆風と斬撃。激戦の余波が幾重にも刻まれた砂浜は、とうの昔に焦土と化していた。

その決死なる激突点にて、三人は同時に間合いを踏んだ。

「おおアアッ!!」

技を奪い、心を盗んだ詐欺師の手管。本人以上の再現性を憑りつけた分身拳《ドッペルゲンガー》がもう一度、致命的な隙を狙う。

「ハアあぁッ!!」

熱血する爆炎をまとった徒手空拳。その身に秘めた熱量を余すことなく着飾った灼熱《しゃくねつ》の淑女が、影を焼きながら正面突破を狙う。

交錯の瞬間、イヴリーンを挟むような二体一の構図。左右から迫る致命的な暴力に晒《さら》されながら、しかし血塗《ちまみ》れのメイドは吐き捨てた。

「――ぬるい」

そして壮絶なまでの血濡《ぬ》れた微笑が、二人を同時に迎撃する。

本人以上の再現性？　それがどうしたと言わんばかりの、針を振り切った肉体性能が牙を剥《む》く。音速突破の正拳の衝撃波だけで、詐欺師は胸板を砕かれ吹っ飛ばされる。

「っ――ライナス!!」

「あるのですか。他人の心配を、する暇《たやす》が」

瞬時、パトリツィアの放つ爆熱を、容易く切り裂いたのは血よりも赤い影の刃《やいば》。

光と熱は、影の弱点。しかし、もう一つの赤影にとっては違う。

触れたもの全《すべ》てを焼き焦がし、手の付けられない憎悪を常に煮えくりかえす血の刃は、弱点であるはずの光熱を効かぬとばかりに引き裂き散らし、黒い影刃とともに倍する手数で金髪へと襲いかかる。

肩口に食い込んだ刃が、光熱の衣を貫き、肉を裂く。その瞬間、熱量の爆発で自らを後方に飛ばし、パトリツィアは辛くも致命傷を逃れた。

ライナスもまた、波打ち際から身を起こし、血を吐きながら拳を握る。

「話になりませんね、あなたたち」

数回繰り返した交錯が、ついに決定的な趨勢《すうせい》の傾きを示した時、イヴリーンは見下すでもなく淡々と、厳然たる実力差を呟《つぶや》いた。

今のイヴリーンは、貴族という生物の範疇《はんちゆう》すら越えていた。一つの身体《からだ》に掟《おきて》破りの二重因子。禁断の双血が姉の身を極限以上に強化している。が、その代償は――。

「がはっ――！」

唐突にメイド服の口元を押さえ、黒ずんだ血と溶けた内臓の欠片《かけら》を吐き出された。

一つの肉体にはあり余る因子出力が、内側から彼女の身体を破壊しているのだ。

「イヴリーン、お前……」

その末路を察したライナスの呟きに、イヴリーンは咳込《せきこ》みながら自嘲気味に応じた。

「……だから、他人の心配などしている暇は、無いでしょうに」

パトリツィアもまた肩口の深手を押さえながら、言った。

「たとえ私たちに勝てたとしても……それ以上は、あなたも死にますわよ」

「それが、何か問題ですか」

即答。イヴリーンは全くの自明のように言い切った。関係ないのだと。あの日殺すと誓った以外に考慮する事など何もなく。己の末路がどこだろうと、止まる気も無い。

何故《なぜ》ならば、この汚れた身を流れる血の中で、弟《アイザック》が泣いているから。自らの手で、全《すべ》てを奪ってしまった最愛の肉親が叫んでいるのだ。

苦しい、痛いよ、辛《つら》い。どうして、姉さん。僕はこんな目に遭っているのだと。

どうして、僕を殺したのと。

貴族も、貴血因子《レガリア》も、姉さんも。この世の全てが憎い、許せない、だから全てを壊して一緒に死んでよと、破滅的に沸騰する怨念を抑える術《すべ》を知らないから。

ずっと自分を動かしてきた憎悪は、自分だけのものではなかったのだと知った今、イヴリーンは贖罪《しょくざい》のように、その身を滅ぼす衝動の全てをただ受け入れるのみ。

「ええ……そうですね。いいでしょう、今度こそ一緒に死にましょう、アイザック。それまでに、一つでも多くのゴミを殺して、それから、どうしようもない私たちも、跡形もなく消え去るとしましょうか」

……そして再び、血飛沫《ちしぶき》が舞う、肉が飛ぶ、ぶつかり合った命の欠片《かけら》が散っていく。

拳を交わす度に、俺には今のイヴリーンの心境が伝わってくる気がした。

転写された記憶が共感でもしているのか、真相は不明ながらも、かつて殺してしまった弟に関してのトラウマが、今の彼女を形成し、駆動させているのは間違いなく。

そこで躱《かわ》し損ねた貫手に、脇腹を深々と抉《えぐ》られた。

間髪を容《い》れず左腕を折られる。折れた肋骨《ろっこつ》に再度の衝撃、破けた肺が血を吹き出す。

けれど、それでも。

まだ動くらしい足で、連撃から逃れ出る。交錯をまた一合、生き延びる。

俺にはもう、自分がどうやって生きているのかさえ分からなかった。

このまま立っていても、良《い》い事がないのは分かっている。更なる暴力によってより凄惨に、より致命的に、削られるだけだ。——けれど、でも、

コインの音が、聞こえるのだ。

一枚一枚、ささやかに響くその音は、懐かしい、あの日々から木霊していて。

「ああ……そう、だった」

遠い遠い、久しき、昔。あのガラス瓶に希望を貯《た》めていたのは姉さんだけじゃなかった。

俺もまた、ほんの少しずつ小銭を足しながら、小さな音に夢を託していたんだ。

『ねえ、ライナス。そう言えばあなたは何かないの？』

『何かって、何のことだよ。姉さん』

『夢よ。劇場を建て直すのは、私の夢。でも、これは二人の貯金なんだから、あなただっ

て、何に使いたいか決めていいのよ……あ、でも、あんまりスゴイやつだと、瓶が何個あってても足らなくなっちゃうかも』

『……いや、別にそんな大したことじゃないけどさ』

『あ！　じゃあやっぱりあるのね！　ねね、お姉ちゃんに聞かせてくれない？』

『嫌だ』

『何でえっ!?』

恥ずかしかったから、無言で顔を背けた。けど、今なら言えるよ、姉さん。

俺の夢は、いつか、あなたに幸せを贈ることだったんだ。

いつか、列車に乗って、あなたに色んな景色を見せてみたいと思った。

いつか、うまい料理をあなたに御馳走《ごちそう》したかった。

いつか、とびきり上等な服を、贈りたかった。

姉さん、そうだ。俺はずっと、ずっと、あなたの笑顔のために、生きたくて。

ふと視界の端で、吹き飛ばされたパトリツィアが膝をつくのが見えた。

「終わりです」

堰《せき》を切ったように、彼女が受け持ってくれていた影刃が全《すべ》て、俺に向かって殺到する。

けれど、終われないのだ。まだ死ねないのだ。

姉さんはもういない。だからせめて、アイツには、贈りたいものがまだ沢山あるから。

考えろ、俺。死なないためには、何が必要だ。この場を乗り切るには、何をすべきだ。

転写されたイヴリーン自身の記憶、経験、そんなものではもう勝てない。
だから、だから、俺の指が選んだのは、やはりそれしか有り得なかった。
創り上げた、見えない仮面を顔に被《かぶ》る。
姉《かのじょ》の記憶から拾い上げた断片で、弟《かれ》の人生を再構築し、
俺が、全てを込めて演じる。

嘘《うそ》をつくときのコツを教えよう。

真実だけを、話すことだ。

「姉さん」

「一度だって、恨んだことなんかない。俺もあなたを、ずっと、ずっと愛してた」

「──ぁ、っ……！」

止まる。鈍る。ほんの僅かな時間だけ、イヴリーンの憎悪が凍り付いた。
弟《アイザック》の仮面が、彼女の何を呼び起こしたのかは、分からない。
しかし結果として生じた、最後の機会を見逃さなかったのは、俺だけではなかった。

「〈白日炎天《ホワイトフレア》〉――恋獄創生《れんごく》ッ!!」

それはパトリツィアの最大火力。満身創痍《まんしんそうい》を通り越し、けれど揺るがぬ眼光は、膝を折ったその時から、ずっと真《ま》っ直《す》ぐ俺を見つめていた。

その両腕が白熱を凝縮してゆく。命も恋慕も、彼女の持てる全《すべ》てを燃料にしたような熱核が、咄嗟《とっさ》に振り返ったイヴリーンへ炸裂《さくれつ》した。

「食らいなさいな」

解放される熱量は最早《もはや》、今の世の物理で語れる領域を突破していたのかもしれない。

視界が白く染まる寸前、影の群れが幾重にも盾を織りなすのが見えて、直後、一拍遅れた爆熱と衝撃が世界の全てを吹き飛ばした。

巨人の歩行を思わせる熱風の勢いが、俺の体を蒸発する海面へと叩《たた》き込《こ》んだ。

傷ついた肺で呼吸するのを早々に諦め、もがきながら海から這《は》い出《で》る。即座に乾いてゆく海水が、火傷《やけど》とともに塩の欠片《かけら》を顔に張り付けた。

そして、地獄のように焼け溶けたガラス質の地面に、イヴリーンは、まだ立っていた。

全て吹き飛ばされたのか、その背中に、もう影はない。

パトリツィアはついに力を使い果たして、うつ伏せに倒れたまま動かない。

砕けかけた拳を握ると、焼け焦げたメイド服もまた応じた。

そしてどちらともなく、俺達は微笑のような、苦笑を互いに浮かべて。

「……幕を、下ろしましょうか」

覚束《おぼつか》ない足取りで、一歩ずつ、引き合うように近づいていく。

お互い風前の灯火《ともしび》。つまりは、先に相手の命を吹き消した方が、勝つ。

四歩を踏んだその時、俺の膝がかくんと折れた。支えを失った体が崩れ落ちる。

「さようなら」

隙を逃さず、最後の一歩とともに距離を詰めてきたメイドの拳が迫りくる。

この距離では躱《かわ》せない。払いのける力も残っていない。

だから、勝敗はもう、決している。

「イヴリーン……お前の、負けだ」

そして響いたのは、横合いからの銃声だった。

撃たれた腹を押さえ、驚愕《きょうがく》に目を見開いて振り返るイヴリーンの、視線の先には――。

「私たちの、勝ちよ」

抉《えぐ》れた脇腹を押さえる少女の左手は、真っ赤に染まって震えていた。

しかしもう片手は、硝煙たなびく銃口を、きっちりと前に向けていた。

パトリツィアの最後の一撃は、彼女を留《とど》めていた影槍も跡形もなく消し飛ばしていた。

だが、なぜその手に、拳銃《それ》が戻っているのかというと。

「――まさか、あの、時か……」

戦闘が始まる最初、銃は投げ捨てた――ふりをしただけだ。あの時に投げ捨てたのは密《ひそ》かに握り固めていた、砂の塊に過ぎない。

本物の銃は、さり気なく、肩を叩《たた》いた隙に、クロニカへ返していたのだ。

正直言って、この流れは偶然だ。予見も意図も、断じて期していたわけではない。

けれど、俺はクロニカを信じていた。だから、活《い》きるかも分からない布石を渡したのだ。

「……ごめんなさい、イヴリーン。でも」

「騙《だま》される方が、悪いんだぜ」

そして勝敗分け立つ弾丸が、二発、三発、イヴリーンの胴を貫いた。

それでもなお、彼女は俺の首筋に食らいつこうと、喉首を伸ばして。

「―――くそ、が」

ついに、勝負の幕は下り、
遠くの水平線で、夕日がついに死に絶えた。

――荒廃したかつての砂浜に、濡《ぬ》れ羽色《ばいろ》の黒髪を広げたままイヴリーンが倒れている。

「……殺しなさい。でなければ、きっと後悔しますよ」

「だろうな。でも、決めるのは俺じゃない」

ぽすりと、背伸びした爪先が、俺の頭に黒いミルキーハットを乗せた。

再び、俺の隣に立ったクロニカ。その手にある拳銃には、後一発残っている。が、

「……友達を殺しても、きっと後悔するわ。なら、私は殺さない方を選ぶ」

そして今度こそ、役目を終えた銃口が、砂の上に落とされて。

メイドは倒れ伏したままそれを見て、どこか吹っ切れたように、微笑《ほほえ》んだ。

「その言葉、覚えておきなさい。……私は、あなた方を追いかけます。そして、地の果てだろうと、海の果てだろうと追い詰めて……きっと、後悔させてあげますから」

そんな脅迫に、クロニカは拾い直した日記を抱えながら、無邪気に返した。

「ええ。また会えるのを、楽しみにしてる」

「じゃあな。……短い間、世話になったよ」

そうして俺たちは、しばしの仲間だった彼女に別れを告げて、砂の上を歩き出した。

ふと背中に届いた苦笑の気配は、きっと気のせいに違いない。

Epilogue

夜の海岸線を、港を目指して二人で歩く。暗くなった海に、瞬き始めた星明りが、ささやかな夜想曲を添えていた。

気絶したパトリツィアは、一応軽く手当だけして置いてきた。約束を反故《ほご》にする形になるが、流石《さすが》に国外まで付き合えというのは無茶《むちゃ》だろう。

「別に、彼女なら付いて来てくれたとは思うわよ。本当にいいの？　両手に花だったのを置き去りにして」

「さり気なく自分を花に数えるな。子どものお守は一人で充分だ」

「また減らず口」

唇を尖《とが》らせるクロニカは、けれど、どこから浮かれたように口角が上がっていた。

「なんだよ、そのにやけ面、アホみたいだぞ」

訊《たず》ねると同時、思いっきり臑《すね》を蹴られた。

「嬉《うれ》しかったの。あの時、あなたが騎士団と〈王〉を倒すって、本気で言ってくれたから」

「今更だが……ホントにどうやったら倒せるのか、見当もつかねえけどな」

「でも、最後まで付き合ってくれるんでしょう？」

頷《うなず》くと、小さな指先が、煌々《こうこう》と灯《とも》る港湾の灯《あか》りを指して微笑した。

「ありがとう、ライナス」

俺と少女は、これから海を渡る。騎士団の追手は、きっとその先にもやって来るだろう。

〈王〉を倒す。そして、クロニカを解放する。

その手段も、公算も、今の俺には、何一つとして見当すらついていない。

そしてまだ見ぬ外国が、ここより優しい世界である保証はどこにもない。

けれど少女と一緒なら、きっと大丈夫だと根拠なく思うぐらいはできた。

だから今は、それでいい。それだけで、いい。

「ねえ、いつか雪も見てみたいの。海の向こうには、降ると思う？」

「さあな。けど今は——」

ふと立ち止まり、帽子を押さえて、頭上の夜空を見上げる。

つられて、視線を上にしたクロニカの手をそっと握り、俺は言った。

「星が、きれいだな」

「……そうね」

あとがき

はじめまして。滝浪《たきなみ》 酒利《さとし》と申します。

最初にこの場をお借りして、新人賞の選考から出版まで大変お世話になりましたMF文庫J編集部様、並びに多大なお力添えをいただいた上、一〇〇メートルの高所から落下までしてくださいました担当編集様、そして大変素晴らしいイラストの数々とともに、貴重なお時間と熱意を拙著に傾けてくださったRoitz様に、心よりの感謝を申し上げます。

続いて、私をこれまで支えていただいた両親と親族並びに、かつて弓を並べた五名の友人へ感謝を捧《ささ》げます。

そして何より、本書を手に取っていただいた読者の方々、誠にありがとうございます。

さっそくですが、本書の表紙はもうご覧になられたでしょうか？　万が一ご覧になっていないという方は、こんなところに目を通している場合ではありませんので本を閉じてご確認ください。もうご覧になられた方も、改めてもう一度ご確認ください。

ヤバくないでしょうか？　私の頭の方ではなく、イラスト担当Roitz様が書き下ろしてくださった神の如《ごと》き表紙のとてつもなく素晴らしいクォリティについての話です。

具体的にどこがどうとか語るだけ野暮《やぼ》です。キャラデザと構図と背景の三位一体の暴力に、原作者である私は、しかしあの表紙を見た瞬間に、初めて原作と立ち会ったのだと確信しています。

無論表紙だけでなく、口絵や挿絵まで、本書にはRoitz様の手がける素敵なイラストが満載です。中でも、私のお気に入りはライナスで、「イジメがいのありそうな生意気な顔つきにしてください」と言ったら本当にそうなりました（※作者個人の見解です）。

デビュー作にこのような素晴らしいイラストの数々を頂けたことは、過言ではなく私の人生において大きな意味を持ちます。シド星に留学して大学を留年し、就職活動中に詐欺師が主人公の話を書こうと思い付き、ルビコンに行くため仕事を辞めたこれまでの人生も、決して無駄ではなかったのでしょう。そういうことにさせてください。

それでは、引き続き二巻以降もRoitz様からの素晴らしいイラストを拝むため、これから皆様のお力添えを賜りたく、ここにお願い申し上げます。

令和五年　11月ぐらい　滝浪 酒利

MF文庫J

マスカレード・コンフィデンス
詐欺師は少女と仮面仕掛けの旅をする

2023 年 11 月 25 日　初版発行

著者　滝浪酒利

発行者　山下直久

発行　株式会社 KADOKAWA
〒 102-8177 東京都千代田区富士見 2-13-3
0570-002-301（ナビダイヤル）

印刷　株式会社広済堂ネクスト

製本　株式会社広済堂ネクスト

Printed in Japan　ISBN 978-4-04-683075-3 C0193

この作品は、第19回MF文庫Jライトノベル新人賞〈最優秀賞〉受賞作品「マスカレードコンフィデンス」を改稿・改題したものです。

【 ファンレター、作品のご感想をお待ちしています 】
〒102-0071 東京都千代田区富士見2-13-12
株式会社KADOKAWA　MF文庫J編集部気付「滝浪酒利先生」係「Roitz先生」係